本书受云南大学研究生精品课程
校级项目资助

性乎天机 情乎物际

汤显祖及其文学创作

文化藝術出版社
Culture and Art Publishing House

图书在版编目（CIP）数据

性乎天机　情乎物际：汤显祖及其文学创作 / 曾莹著. -- 北京：文化艺术出版社, 2024.11. -- ISBN 978-7-5039-7719-0

Ⅰ. I207.37

中国国家版本馆CIP数据核字第2024SN0817号

性乎天机　情乎物际
汤显祖及其文学创作

著　　者	曾　莹
责任编辑	刘锐桢
责任校对	董　斌
书籍设计	楚燕平
出版发行	文化藝術出版社
地　　址	北京市东城区东四八条52号（100700）
网　　址	www.caaph.com
电子邮箱	s@caaph.com
电　　话	（010）84057666（总编室）　84057667（办公室） 　　　　　84057696—84057699（发行部）
传　　真	（010）84057660（总编室）　84057670（办公室） 　　　　　84057690（发行部）
经　　销	新华书店
印　　刷	国英印务有限公司
版　　次	2024年12月第1版
印　　次	2024年12月第1次印刷
开　　本	710毫米×1000毫米　1/16
印　　张	19.25
字　　数	260千字
书　　号	ISBN 978-7-5039-7719-0
定　　价	88.00元

版权所有，侵权必究。如有印装错误，随时调换。

序

在中国文化史上，汤显祖一直是一个不可或缺的存在。一部《牡丹亭》，热演四百年，将极具哲学高度的"至情论"，绵延为戏曲文学创作的重要思想，不但持续地影响着明清戏曲文学的思想旨趣，而且在当代文化发展中仍然极具现代意味。而"临川四梦"，张扬着人的"生而有情"，因情成梦，以梦为戏，将青春、生命、哲学、理想，相续幻化为戏曲场境，至今仍然是文学、哲学、艺术交融互渗的典型范本。

四百年来，对于汤显祖的认知主要集中于他的戏曲创作。他在哲学、思想上的深刻见地，在诗赋、文论、小品等领域的突出创作，常常为其脍炙人口的戏曲成就所遮蔽，也常常为明清耀人眼目的哲学热点、文学亮点所遮蔽。事实上，当汤显祖作为世界文化名人与莎士比亚相提并论时，恰恰是他波折起伏的人生履历、丰富多元的思想观念、文备众体的艺术创作，深刻地显示在从政与为学、志道与游艺、抱负与闲情、入仕与出世之间，中国传统的仕宦文人是如何自如进退，而在自我选择中实现思想的升华、文学的超越、艺术的自由，以及生命个体的成就。由此我们也能更深刻地看到，在世界戏剧之林中，中国古典戏曲迥异于其他任何戏剧品类的根本特质。

汤显祖在戏曲创作领域所达到的高度，得益于他在哲学、文学方面的深厚修养；他在诗赋、文章领域所进行的创作积累以及他谱系分明的思想立场，同样为他的戏曲创作，赋予了跨越时俗的思想深度、文学高度、情感厚度和人性温度。应该说，"汤显祖"即是一个完备的文化结构，只有全面把握其人其文、其戏其艺，才有可能更加深入地发现他在具体作品中的灵机妙悟，品味他为文学艺术所赋予的神色意趣，感悟他在创作中张扬的哲理、诗情、文思、才华。这正是曾莹女士研究汤显祖的开掘重点，也是她对此前诸多成果的超越所在。

古典文学研究领域在方法上一直秉持着知人论世的原则。曾莹女士长期浸淫于文史研究，谙熟学科方法，在聚焦汤显祖及其创作时，完整地梳理了他的生命履历。以识其人而知其事的细节勾勒，溯其源，解其世，在历史语境的还原中，完成对汤显祖人生轨迹、思想动态和文化创造的全面把握，特别是将他的文体创作置放在历史语境的考辨论述中，更加深入地揭示了各类型文体创作与人、与时代的深厚关联。

除此之外，曾莹女士的研究还把握了这个领域中众多学者所忽略的研究视角，即从评论语境和创作语境对汤显祖给予更多层面的解读和发现。所谓评论语境，即在文学作品流传过程中，不同的接受者通过独立的文艺评析和相关研究，挖掘、延伸着作品的文学想象空间，这些基于他者的立场所完成的阐发、释读和探索，其认知有深有浅，有错有对，不论是否为创作者所必有，都会为作品带来更加丰富的契合，增加作品的经典品质。所谓创作语境，即从研究者本身出发，以创作的同频共振来实现文心对接、思想沟通，特别是基于自身对于辞章之学的技术操作与写作体悟，深入感知和理解创作者艺术养成过程中的各种细节。对汤显祖的研究，四百年来不同时代的人们给予的研究和评析，构成了庞大的、历时性的知识谱系，辨析其间多样的观点立场，能够更加细致地透视出"汤显祖"经典化的细节。对于汤显祖的创作而言，研究者以诗人、编剧、创作者等实践者身份，能够更加直接地摆脱异代隔阂，跨越认知边界，感知汤显祖的创作动机，理解汤显祖的文学境界。

应该说，历史语境、评论语境、创作语境是研究汤显祖时，对其生活的历史空间、对后世进行阐释的文化空间、对研究者与汤显祖异代沟通的心灵空间，设置了三个重要的视角和维度，能够更加精准地把握"汤显祖"这个文化结构的细腻构成，更加直指研究对象的本心。曾莹女士正是在置身历史、纵览古今、体贴艺术的过程中，以心印史，以心印文，以心印心，用极具个性的研究立场，将对汤显祖及其作品的研究又推进一层。

曾莹女士是我十分钦佩的师者。她是教师，长期坚守在教学一线；她是诗人，常年倾心于诗文创作；她是学者，始终面对着古典文化领域的诸多问题。她能够不受外部干扰，始终保持清净的精神状态，在沉静的时间积累中自得创作与研究的乐趣。因此，她的文章强烈地显示出少见的定力，也强烈地流露出深邃的认知，这些都可以在《性乎天机　情乎物际：汤显祖及其文学创作》中清晰地看到。汤显祖研究目前还有很多需要深入的领域，例如我就听到一位学者的意见，他认为汤显祖研究比较热门，但是缺乏一部完备的"汤显祖全集校注"，并认为当前的研究界，只有曾莹女士能够胜任这项工作。我非常赞同这个意见，虽然知道曾莹女士还有很多极好的学术课题在攻关，但我仍然期待着她能够在汤显祖研究领域再多几部《性乎天机　情乎物际：汤显祖及其文学创作》这样的成果。

王　馗（中国艺术研究院戏曲研究所所长、
研究员、中国戏曲学会会长）
2024年8月

目 录

引　言　走近汤显祖 / 001

第一章　汤显祖的家世与生平 / 009
　　第一节　生于临川：家世有清辉 / 012
　　第二节　成童几庶：生涯多蹭蹬 / 029
　　第三节　意气干人：传记须辨识 / 036

第二章　汤显祖的师承与思想构成 / 049
　　第一节　开蒙与应考 / 052
　　第二节　从姑山与南京 / 057
　　第三节　贵生与全情 / 064
　　第四节　达观与李贽 / 077

第三章　汤显祖的诗歌创作 / 087
　　第一节　《红泉逸草》——汤显祖诗歌创作的起点 / 092

第二节　《问棘邮草》与初唐风致　/　103

第三节　远谪徐闻与江山之助　/　117

第四节　归来所作及诗歌主张　/　135

第四章　汤显祖的戏曲创作　/　151

第一节　《紫箫记》与《紫钗记》　/　158

第二节　至文至情《牡丹亭》　/　169

第三节　《南柯记》与《邯郸记》　/　197

第四节　汤显祖曲论举隅　/　211

第五章　汤显祖的文赋与小品创作　/　221

第一节　蔚为大观的骚赋　/　227

第二节　奇气隐跃的古文　/　243

第三节　自成一家的小品　/　261

结　语　/　281

参考文献　/　290

引 言

走近汤显祖

徐朔方在《晚明曲家年谱·汤显祖年谱》的"引论"中如是写道:

> 汤显祖以《牡丹亭还魂记》(简称《牡丹亭》)的创作,成为中国文学史上不朽的作家之一。他的名字和关汉卿、王实甫后先相辉映。在明代三百年中,没有别的任何一位戏曲作家像他那样受到后人的敬仰。但是在当年他却主要以词赋和古文倾动海内。他被列入当代举业八大家之一。他既是八股文的能手,又是王世贞等后七子的复古主义的劲敌。而《明史》之所以为他立传,却因为他是一位政治活动家。汤显祖的为人和成就包含着不同的以至似乎是矛盾的几个方面,它们既是时代精神的集中反映,同时又是他的个性和品格的极其独特的表现。①

由这一段文字,不难看到明人汤显祖所获得的相关评价存在着明显的今昔差异。今天,对于广大的读者和研究者来说,汤显祖显然是有明一代当仁不让的戏曲大家。在明代剧坛,他所呈现的是一峰独矗、横扫千军之势,凭借"临川四梦"的创作而足以压倒其他。所以,他是以"戏曲家"的身份进入文学史的视野,也是以这样一个身份为今天的我们所熟知。"不朽"二字,正落在他的戏曲创作之上。一般认为,他不仅仅是足以媲美前贤,能够与元人关汉卿、王实甫等并峙剧坛、照映千秋的第一流戏曲家,

---

① 徐朔方:《汤显祖年谱》,载《晚明曲家年谱》第三卷·赣皖卷,浙江古籍出版社1993年版,第201页。

同时也是可以横跨中西,能够与同年(1616)逝世的伟大的莎士比亚并称,具有世界文学意义的明代戏曲家。可以说,汤显祖在传奇写作上的无上地位,有明一代无人能够撼动。后人的相关论议不过是一再论证并夯实了其于传奇写作上的杰出。

不过在当日,正如徐朔方所言,汤显祖却是凭借自身的辞赋和古文创作"倾动海内"。王夫之评及汤显祖诗文诸作,不但以"灵警"称之,同时还把他视为真正能够体现明代诗文成就的重要作家,其语称:

诗文立门庭,使人学己,人一学即似者,自诩为"大家",为"才子",亦艺苑教师而已。高廷礼、李献吉、何大复、李于鳞、王元美、钟伯敬、谭友夏,所尚异科,其归一也。才立一门庭,则但有其局格,更无性情,更无兴会,更无思致;自缚缚人,谁为之解者?昭代风雅,自不属此数公。若刘伯温之思理,高季迪之韵度,刘彦昺之高华,贝廷琚之俊逸,汤义仍之灵警,绝壁孤骞,无可攀蹑,人固望洋而返,而后以其亭亭岳岳之风神,与古人相辉映。[1]

汤显祖因为其八股文写作之卓绝,甚至被誉为所谓"时文八大家"。显然在明清诸人眼中,汤显祖在戏曲创作之外的文学成就,才是其才学、才情的主要承载者。另外,汤显祖入《明史》,所凭借的也并非文学方面的卓然成就,而是其于政治领域的种种作为。不妨说,在修史之人看来,汤显祖于政治上的种种作为,较之文学成就,更有彪炳千秋的意义。

这样一些今昔异见,不但反映出不同时代评价标准和具体看法的差异,其实也充分说明汤显祖这一人物身上所具有的丰富性与复杂性。他不是能够被某个标签简单标示的存在。他是戏曲家,他也不只是戏曲家。他

---

[1] (清)王夫之:《姜斋诗话》,载(清)王夫之等撰,丁福保辑《清诗话》,上海古籍出版社2015年版,第14页。

的经历、性情、创作、成就、地位、影响，都存在一定的复杂性与独特性。这样的复杂性与独特性，一方面根源于家世、师承的涵育与赋予，当然也来自个人生涯的成就和淬炼，同时也和汤显祖对于人生、文学独特的观照与领受息息相关；另一方面，其实也直接反映出中晚明这样一个特殊时段所具有的种种特质，关乎社会，关乎人情，也包含了自然山水，以及文学风尚，将其视为时代精神的焕映，其实也是不为过的。

邹元江在《汤显祖新论》引言里的一些议论值得注意。他写道：

> 汤显祖作为伟大的戏剧家是世所公认的。但汤显祖并不仅仅是一个戏剧家。明万历年间的"学官诸弟子"之所以"争先北面承学"于他，就因为他们认定汤义仍"所繇重海内，不独以才"。即他不仅仅有诗赋灵性、艺术天才，更重要的是有思想，而且其深邃广博为一般学官"闻所未闻"，以至"诸弟子执经问难靡虚日，户屦（jù，古时用麻、葛等制成的鞋）常满，至廨舍隘不能容"。①

> 汤显祖是一位在明末富有传奇色彩的、具有浓厚深刻的思想家气质的伟大艺术家，他一生思考的痛苦正是与导致后来明清之际"天崩地解"的启蒙思想的艰难蜕变产生的阵痛相一致的。从某种意义上说，他比影响巨大的李贽更复杂，比同时代的学人、曲家如徐渭、"公安三袁"等更深刻。②

> 通过他的道气论、贵生论、境界论来看他作为思想家的深邃；通过他的情至论、梦思论、真色论来看他作为美学家的风采；通过他的"临川四梦"、诗词文赋来看他作为艺术家的气质。③

---

① 邹元江：《汤显祖新论》，上海人民出版社2015年版，第1页。
② 邹元江：《汤显祖新论》，第3页。
③ 邹元江：《汤显祖新论》，第5页。

此数段引文，更让我们看到了汤显祖在"思想"上的独特与挺出。这恰恰也是前人并没有给予更多措意的一个方面。此前论及汤显祖，往往只强调了他作为戏曲家的杰出，而未能很好地留意时人对其诗赋文章的高度肯定。或者，仅仅注意他在文学上的造诣，而基本忽略了他在明代政治史上的一席之地。邹元江所论，则进一步指出：作为艺术家的汤显祖，他的跃出群伦，更在于其复杂而深刻的思想。诗赋灵性、艺术天才之外，更重要的恰恰是其思想构成。将汤显祖称作具有浓厚深刻"思想家气质的伟大艺术家"，是令人耳目一新的，同时也是颇见卓识的。

很多时候，我们总是以为文学史上一些声名显赫的人物，经过长时间以来的诸多讨论，已经是研究殆尽的存在——没有继续探讨的必要，或者说空间，也不存在未获把握的特性，而实际情况往往并非如此。以汤显祖来看，我们关于其人的认知，明显就还存有非常之多的隔膜、误解，以及片面浅薄之处。未曾拨开的迷雾，未获厘清的问题，还有那些需要进一步深入探寻、系统把握的特异之处，其实仍有不少。所以，走近这样一位独特而又丰富，既有令人称绝的文学才华，又有叫人惊叹的思想构成的历史人物，实可谓亟在必行。

通过了解其籍贯、家世、生平以及时代与文坛，我们大概可以获得一些初步的认知。而深入细致地阅读其作品，了解其生涯点滴，也可以进一步触到其思想怀抱，对这样一位擅长多种文体，同时又以思想的深刻独特见称的艺术家有更为全面的了解与认知。

在"走近汤显祖"的相关途程中，我们大概会涉及这样一些问题——换句话说，这番"走近"的努力，其实正是为了就这样一些核心的问题做出尽可能允当的回答。撮其要，试列之于下，姑且作为"走近"的若干提示。

第一，汤显祖何以能够凭借一部《牡丹亭》（又称《牡丹亭记》）就成为"中国文学史上不朽的作家之一"？如何看待《牡丹亭》的杰出，以及其在整个中国戏剧发展史上的地位？而汤显祖的戏曲创作，"临川四梦"之间是一个怎样的序列，如何把握其具体的特点，又如何评判其高下？《牡丹亭》于其间，果然是无法超越的传奇吗？等等。

第二，相比关汉卿、王实甫，在中国古代文学史的戏曲家序列中，汤显祖所处的具体位置是什么？于前后而言，他所具有的意义在于何处？他与关、王等人的异同又在于哪里？当然，当我们开始讨论其异同时，势必会涉及不同时代的戏曲发展，以及不同戏曲体例之间的异同。

第三，有明三百年，汤显祖显然是戏曲创作的绝对高度。然而在当年，他的戏曲创作却显然不如他的其他文体更为闻名，其中，具体的原因是什么？同时，这样一个现象，折射了当日怎样的戏曲观？

第四，汤显祖是八股的能手，同时又被视作复古主义的劲敌，他的诗文写作，难道就全然偏离了复古的轨道，有独树一帜的创作特色？同时这样一些特征，对其文学创作有何具体的影响？于戏曲一体，是如何表现的？于其他文体的写作，又有着怎样不同的呈现？就此，汤氏有无相应的理论阐发？

第五，汤显祖的诗歌创作有着怎样的特征？立足于明代诗坛而言，该如何准确把握其特定地位？立足于整个古代诗歌发展来看，又当如何评价其具体价值？

第六，晚明小品文写作，历来被认为是晚明文学的最大亮色。在这亮色当中，有无汤显祖的存在印记？如果有，该如何准确把握其地位与特性？如果无，又该如何深入探讨其具体原因？另外，汤显祖的散文、辞赋创作也在其中占有了相当数量，其具体特性和成就在于什么？该如何加以评价？

第七，汤显祖于政治上，究竟是一个怎样的人物？有何特色？有何功绩？何以能够凭借政治表现而非文学成就进入《明史》？他的仕宦经历，与其思想构成、文学创作之间有何具体关系？他的个体特性，与当日士人风尚之间的具体关联在于什么？

第八，汤显祖与当时哪些著名人物存有交游？这些交游分别呈现出怎样的状态？这些交游对于汤显祖和当日文坛而言，有着怎样的意义？这些交游，对于后世对汤显祖的认知而言，又有何种影响？

第九，汤显祖的思想构成有着怎样的特征？这样一个思想构成，与所处时代的思想构成有何异同？作为学者，汤显祖思想构成的渊源统绪当如何把握？作为文学家，汤显祖特定思想构成对于当日乃至后世文学发展的意义在于什么？

第十，汤显祖所处时代有着怎样的时代精神？于此时代精神的照拂之下，作为个体的汤显祖与时代精神之间的关联是什么？有何具体的相异与趋同？

以上十个问题，即为我们重新"走近"汤显祖所力图要厘清的一些内容。依循着这样一些问题"走近"，如果能够终获解答，那当然是最好不过的结果；如果依然无法觅到最终的答案，也能够做到始终有径可循，不致无的放矢、迷失方向。

第一章

汤显祖的家世与生平

汤显祖（1550—1616），江西临川人。就其六十七年的人生看来，可谓横跨三朝——生于嘉靖（1522—1566），经历隆庆（1567—1572），盘桓于万历（1573—1620），是典型的中晚明时段之人。而这个时段，于文学而言，既有复古大潮的继续涌起，后七子之流执文坛大纛，同时反对这种僵化复古的人也在不断涌现，徐渭、归有光、汤显祖，都是其间著名代表。小品文于此时的勃兴，则彰显着"性灵""个体"的诸般存在，以至渐趋辉煌——这是整个明代在诗歌中失落的诗性令人耳目一新甚至一惊的盛大复归，也昭告着"道统文学"的终于败退，以及"王纲解纽"的必然到来。于思想而言，既有"心学"的兴起而至天下流行，又有王艮、颜山农等阳明后学的异军突起，也包括李贽、达观等分明有违于正统、常情的所谓"异端"所呈现出来的恣肆与狂荡，其著述言行，俱可谓耸动一时。于政治而言，则明朝的腐朽在这样一个时段呈现出愈演愈烈的趋势，其崩塌朽坏已经无法逆挽。自上而下的种种荒唐混乱表现为君王昏淫、朝政隳坏、吏治窳败，可说是这一时期政治方面的主要景观。

生长于斯的汤显祖，自然会辉映着这一时代的种种光色，是所谓"共性"之所在。同时，也会因为籍贯、家世的相关赋予，包括自身经历的特殊性，而呈现出一些与众不同的特异之处。

第一节
生于临川：家世有清辉

汤显祖是江西临川人。临川又称"抚州"，东汉和帝永元八年（96）于此设立"抚州府"，又因此地两面临水而得名。考其所临之川，则有发源于江西西南山区的崇仁河，以及发源于江西东南山区的盱江。清人顾祖禹《读史方舆纪要·江西四·建昌府》即有："盱江，在府城东。一名建昌江。源出广昌县南血木岭……到临川县石门亦名汝水，下流注于赣水。"[1]《汉语大字典》"盱"条则有："地名。指今江西省盱江（抚河）流域一带。宋文天祥《建昌军青云庄记》：'大江以西，搢绅衣冠盱为盛……'"[2] 是以此地又有"盱江"之别称，故而像影响汤显祖最深的老师罗汝芳，于钱谦益笔下，即被径称"盱江"。崇仁河与盱江汇流，即成抚河。抚河于南昌流入赣江，一路向北涌入鄱阳湖，再入长江。故而，临川一地，除了历史悠久的文化传统之外，还有着突出的山川形胜。地理位置决定了其四通八达的交通便利，集流而成的江河之势也造就了此间人物不同一般的胸襟、抱负。

《汤显祖集全编》诗文卷一二有《雷阳初归，别乐少南文学。文学故从其大人之燕，归青云峰读书，谈予所居"北垣回武曲，东井映文昌"为

---

[1] （清）顾祖禹撰，贺次君、施和金点校：《读史方舆纪要》，中华书局2005年版，第3979页。
[2] 《汉语大字典》，四川辞书出版社、湖北辞书出版社1986年版，第1487页。

胜，漫云》①一诗，题中"北垣回武曲，东井映文昌"一联正写出了汤氏世居"文昌里"之胜。此地既与关帝庙相邻，又和文昌门相望，可谓兼具了文武双向的护持与涵育，地灵人杰，不待多言。根据徐朔方考订，"文昌为里名，亦为桥名。东井在桥东，今无考。或云即今东仓乡巷井，未知确否，武曲指关帝庙，在城北"②。汤显祖之父承塘公，尚有一联题写文昌门外之文会书堂。其联写作：

文比韩苏欧柳，行追稷契皋夔。③

其期许之情，标榜之意，俱在其中。汤显祖对于乡邦故里，也一向充满了骄傲与眷慕的情绪。此类情绪，同样屡见笔端。《揽秀楼文选序》一文，即写有："夫豫章多美才。江湖之滨，无不猥大。常然矣。顾其中有负万乘之器，而连卷离奇；有备百物之宜，而烂熳历落。总之各效其品之所异，无失于法之所同耳已。况吾江以西固名理地也。故真有才者，原理以定常，适法以尽变。常不定不可以定品，变不尽不可以尽才。"④ 这就是典型的称美其地其人的文字。汤显祖对于乡土人才的那份推重与倚恃，确实称得上一目了然。

---

① （明）汤显祖著，徐朔方笺校：《汤显祖集全编》，上海古籍出版社2015年版，第701页。
② 徐朔方：《汤显祖年谱》，载《晚明曲家年谱》第三卷·赣皖卷，第218页。
③ 徐朔方：《汤显祖年谱》，载《晚明曲家年谱》第三卷·赣皖卷，第216页。
④ （明）汤显祖著，徐朔方笺校：《汤显祖集全编》，第1531页。

一

据徐朔方《汤显祖年谱》，可知汤显祖的高祖，名讳峻明，字子高，为邑庠生。其人虽无功名，但读书人的身份是显然可见的。另外，史载汤显祖的这位高祖在良岗庄有所谓"万石仓廒"，在郡县遭遇饥荒的时候，曾经慷慨开仓，出粮赈饥，于是获得了"尚义"的旌表。汤氏家族也一向将此番旌表视作整个家族最具荣光的时刻。2016年出土的汤显祖所撰《祖母魏夫人迁祔灵芝园墓志铭》一篇记有一事，隆庆六年壬申（1572），除夕之时汤显祖家遭遇火灾，烧毁殆尽。汤显祖的祖母就在火灾之后的废墟流泪盘桓，不忍离去。在她看来："室可更为之，独诏所旌立子高公义门，非郡县力不可复。"当时已有诸生身份的汤显祖遂向乡校提出请求，乡校又继续向当时的郡太守古某提告，最终这一旌表得到了恢复。这一恢复大大安抚了汤显祖的祖母，所以她才会"喜动颜色"地感叹——"孙必以进士大吾门矣"，于诸孙当中更对汤显祖最为看重。

这位子高公同时还是拥有四万卷藏书的人。就私人收藏而言，当日凭一己之力而有这样一个藏书数量，其对于书籍的好尚、文脉的重视，俱可谓一目了然。这样一种态度，势必会影响到后世子孙；这样一笔"财富"，也势必能够对后世子孙的学问修为带来滋养。

汤显祖的曾祖，名为廷用，又一名为璡，字勷圣。史称生有隽才，为名诸生。很显然，这位曾祖依然在仕宦路上无多建树，仅仅是当地已入学的一名生员。不过，这样一种身份依然得到了载录，甚至是矜夸，更加能够感受到这一家族一以贯之的对于知识、才情的重视。

汤显祖的祖父，较之前面两世，其读书士人的身份更为显著，其恣意行事，也得到了当世之人较多的肯定。陈烨《西塘公传》一篇即有：

> 公讳懋昭，字日新，号酉塘……性秉洁清，心存远大。读书过目不忘，作文顷刻立就。髫龄补弟子员，每试则冠多士，望重儒林，学者推为词坛上将。年至四十，弃廪饩，远梦罴。隐处于酉塘庄，因而为号；并题联以写意，曰："金马玉堂富贵输他千百倍，藤床竹几清凉让我两三分。"①

2016年出土的汤显祖所撰《祖母魏夫人迁祔灵芝园墓志铭》一文又有：

> ……我祖酉塘公懋昭君配也。公以诸生为祖子高公爱孙。一意孝谨为善。诸异母弟有不若者，常流涕自责，遇乞人于途，必拱而过之。喜诗书，尊贤䘏众，醇如也。②

由此两段文字，可知汤显祖的这位祖父一方面才思敏捷、智识超群，虽然没有在功名仕途上有更多建树，却赢得了侪辈的推重。这个推重，既包括文名，也包括了德行——其人不但喜爱诗书，能够尊贤䘏众，而且孝谨为善，待人醇如。另一方面，他能够远离尘嚣，甘于隐逸，也可见其隐居求志之高致。这样一种淡泊名利、不汲汲于富贵势位的心志，就那个时代而言，是非常难能可贵的，甚至有几分独树一帜的特性。既有对于先世的继承，更有对于后世的某种开启。其影响之深远，自不待言。不难看到，醉心于读书，却无意于功名，是这个家族特有也是共有的气质，甚至可以说是存于血脉之中的某种特殊基质。

"懋昭"一名，又写作"茂昭"。汤显祖《吉永丰家族文录序》一文即有："盖予祖茂昭公言……"③是以可知。而这位祖父，于上述特性之外，我们还可以看到其颇具道风的思想倾向。《红泉逸草》是汤显祖最早的诗

---

① 毛效同编著：《汤显祖研究资料汇编》，上海古籍出版社2016年版，第122页。
② 参见出土的墓碑。
③ （明）汤显祖著，徐朔方笺校：《汤显祖集全编》，第1445页。

集，其间收录了汤显祖25岁之前所作诗歌。其中有《和大父云盖怀仙之作》一诗，直接写道："第少仙童色，空承大父言。"① 可知其祖父西塘公对于汤显祖所存有的特殊期许。同样的意思，在《红泉逸草》所收《和大父游城西魏夫人坛故址诗》一诗小序中再次提及：

> 家大父蚤综籍于精簧，晚言筌于道术。捐情末世，托契高云。家君恒督我以儒检，大父辄要我以仙游。②

很显然，汤显祖幼年的教养，乃是在两种倾向中熏染完成的。一种，是其父亲在儒学方面的严格要求；另一种，则是其祖父在"道风"方面的殷切期盼。一则云"仙童"，一则称"仙游"，显然这样的道风应该是与道教思想有着更为亲近的关系。

汤显祖的挚友帅机写过一篇《魏夫人诔》，魏夫人即前文所及汤显祖的祖母。该篇诔文写道：

> 魏夫人者，余友汤显祖王母也。生弘治戊申，殁于万历己卯，阅历五朝，春秋九十有二……生平精心道佛，好诵元始金碧之文。年九十矣，聪灵如一。尚能读《种树经》《养鱼经》诸小字书。见二里许外船行走，有光若飞，其精异乃尔。③

魏夫人是西塘公的继室。汤显祖在《祖母魏夫人迁祔灵芝园墓志铭》一文中就记有：

> 我祖母魏，郡城福民街魏公鹗女……祖母继李孺人为室，振以端严。

---

① （明）汤显祖著，徐朔方笺校：《汤显祖集全编》，第118页。
② （明）汤显祖著，徐朔方笺校：《汤显祖集全编》，第124、125页。
③ 毛效同编著：《汤显祖研究资料汇编》，第123页。

逮事廷用公瑄以孝，助公以仁，而宜家以敬，下至产畜园池之入，必以躬亲。诸娣姒常以节岁宴玩，祖母谨祀先，如礼讫，闭户坐，凝如也。佳客文士至，则脱簪珥，市厨具，必脓以精。抚子妇诸孙，慈而有礼，视明而听察，色毅而言庄。每自操刀匕，群婢子不敢前也。坐于堂，诸保媪不敢近也。至于今，遂以严净为家法。①

这位祖母，在诸孙中最爱、最看重的便是汤显祖。汤显祖也多次在文中提到他与祖母之间感情甚为深厚。比如，汤显祖《问棘邮草》集中，《龄春赋·序》便写道：

余太母为魏夫人，年九十一二矣。动为小子治宾客，暴书器。小子或违去信宿，则卦卜。至游太学，应诏辟，为严装送发，不啼也。小子受恩念深至。儿时病，不好床席，常以太母腹为藉。至十余岁，补弟子时，尚卧其肘。以是外出夜梦，常惟梦太母耳。私心不急于宦达，以是。②

不好床席，枕腹为藉，尚卧其肘，就文中细节来看，则祖母的疼爱，以及孙辈的娇痴和依恋之态，可谓历历在目。而这也成了汤显祖无意于宦达的一项至关重要的理由。由汤显祖对于祖母的这份眷恋，亦不难推知，这么一个慈爱又严净，同时精于佛道的祖母，对于汤显祖的成长会有怎样的影响。

---

① 参见出土的墓碑。
② （明）汤显祖著，徐朔方笺校：《汤显祖集全编》，第286、287页。

二

相比祖母的慈爱，汤显祖的父亲明显要严厉得多。王志《承塘公传》记有：

> 公讳尚贤，字彦父，号承塘。继尊公酉塘志也。生而秀美，貌若玉山琼树。弱冠即受饩于邑庠，为文高古，举行端方，学者佥称畏友。且尊贤重士，若同里帅子机，饶子仑，周子献臣，曾子如海，谢子廷谅、廷赞，皆知名士；公悉延至家与长君若士先生共事笔砚，赖其加意造成，各登进士，卓然为一代名流。公可谓知人之明矣。①

易应昌《敕封太常寺博士承塘汤先生元配吴太恭人合葬墓志铭》则称：

> 性不喜轩盖跃马，着履行城市村落间，往来甚迅，寡疾病，病亦勿药；通黄帝、彭祖之术，时借以自辅。年逾耄耋，举止不异少壮人。观书或隆寒跣足，礼神或顷刻百拜，世疑其有道云……郡县长吏闻翁之风而高之，欲以乡饮嘉宾相延，翁坚不出。最后太守苏公亲诣固请，不获已始为一赴。苏公见而叹曰："名可得闻，人不可得见。"岂虚语哉！因额其庐曰"可闻不可见"。②

汤显祖的父亲，"尚贤"为其名讳，"彦父"为其字，为了强调自身志

---

① 毛效同编著：《汤显祖研究资料汇编》，第125页。
② 毛效同编著：《汤显祖研究资料汇编》，第126—128页。

在承继尊翁之志，更有"承塘"之号。于许多记载中我们可以清晰地看到，这样一位承塘公，几乎是一位各方面俱可称得上完美的人物——既有姿容之美，又有品行之端，为文高古，为人端方，重视教育，尊贤重士，不仅在家庭教育方面收获颇丰，而且对于乡邦名士的培养，也有着卓绝的功绩。毫无疑问，其人是典型的儒者，然而儒行之外，承塘公也颇有隐逸之志、名士之风。那份高古与淡然，落诸纸上，依然不失鲜活生动，令人心生向往。

按照徐朔方《汤显祖年谱》，汤显祖母亲姓吴，为临川东南二十余里庵下吴允颎女。少读书，体弱。二十一岁生显祖。汤显祖《龄春赋》亦称："余母甚严静兮，少读书而习故。"[①] 其严静的性格，带有一份自幼读书、诗书滋养的文弱气韵。

汤显祖共有弟兄六人，他是长子，其中儒祖为其同母弟，是次子。儒祖字醇甫，号少海，封太常博士。儒祖同样也可谓生有隽才，总角即补博士弟子员，与显祖齐名，当时甚至有"二龙"之号。凤祖是承塘公的第三个儿子，字仪庭，有"太常博士"之封。凤祖早年不得志于场屋，其后奉例补国学生，又奉恩诏而任一微官。任职期间，正直成性，与人交往，至诚相待，所以居官所至，上下信之。解官归去之后，干脆杜门谢交绝游，甚至足迹不至公府，无丝毫干禄之心。能够安于居家生涯，并不以未竟其才为恨，日常消遣，无非饮酒赋诗，闲雅自若，淡泊自如。会祖、良祖，是四弟、五弟。易应昌《敕封太常寺博士承塘汤先生元配吴太恭人合葬墓志铭》记有：

会祖、良祖不偶，而会祖超然物外，有竹林清致。[②]

[①] （明）汤显祖著，徐朔方笺校：《汤显祖集全编》，第288页。
[②] 毛效同编著：《汤显祖研究资料汇编》，第128页。

可以看到，汤显祖整个家族，似乎都可以将功名利禄、仕宦荣辱看得非常淡，没有更多的萦怀耿耿。与之相反，他们更为重视的，是立身处世的那份高风和清致。身心的从容安适，似乎才是人生最应该在意的内容。

寅祖是汤显祖的六弟，也是承塘公最小的儿子，字羲仍，别号亦士，诰封太常博士。寅祖自幼就显露出大才，极为聪慧，也非常刻苦勤奋。汤显祖的父亲对于这个小儿子格外地看重。其看重的表现，是令今天的我们多少有些意外的。根据记载，汤显祖曾经有意教授幼弟有关场屋时文这方面的学问，承塘公知道后十分不满，直接呵斥道："你是想要耽误他吗？怎么能够用科举功名扰乱他的心志？"这一记载值得注意的地方在于：对于承塘公而言，真正的大才，或者说高明，完全是一种科举考试之外的存在，决不应该被这些实际的功名利禄、世俗条框限制。承塘公的异于时人，汤显祖整个家族的超拔不凡，在这样的记述当中，实可谓表露无遗。

有这样的家族血脉，也许才有了同样能够淡泊于功名的汤显祖——虽有不世之才，却能够不汲汲于实现。或者这样说，是选择了全然不同于世人的方式去加以实现与成就。

三

汤显祖大概在二十岁的时候娶了吴氏夫人。2016年出土汤显祖所作《明敕赠吴孺人墓志铭》记有：

> 吴孺人小字玉瑛，东乡县塔桥吴知州槐第三男隐君长城女也。孺人生永州别驾署中，慧而知书，为祖母饶、母张所贵爱。余癸亥岁，从游吏科给事徐公良傅之门，而长城君在焉。奇余，属以女。是岁，余以童子为诸

生,颇有贵豪家强而婿余者,余不可。余且冠,亲迎,家大人为择宾,以周君孔教加冠焉,而以饶君仑宾余以迎。①

就这一段文字看来,汤显祖是在十三四岁从徐良傅问学的时候,被后来的岳父相中,所以才早早缔结了这样一段姻缘。弱冠之年,终成婚姻。汤显祖的好友饶仑还是当时的傧相。

吴夫人之后,汤显祖曾于宣城复纳赵氏夫人,后又续娶傅氏夫人。汤显祖《少妇叹》三首,其一写道:

长安少女嫁南郎,指道高迁即帝乡。十七年来弹泪尽,却随回雁寄衣裳。②

对于此诗,徐朔方《汤显祖年谱》考订则有:

少妇当是傅氏,万历十一年娶于北京。其三云"错呼灯影送鸣珂",鸣珂,原指贵人马饰,以玉为之。后人遂以贵人所居曰鸣珂里。唐白行简《李娃传》以倡女李娃居处曰鸣珂里。小说戏曲中遂以鸣珂与青楼北里相连。少妇傅氏,娶于京师,殆为个中人也。③

配偶之外,汤显祖的子嗣有长子士蘧、次子大耆、三子开远、四子开先。士蘧早慧,邱少麟《重刻汤友尼觉花编序》:"友尼名士蘧,一字孟舒,盖先生长子。六七岁时,读书南都太常斋衙。大老耿、陆、赵、许四公,皆来就而抚之,得神童之誉。十六岁补县庠。十九岁入太学,郭、

---

① 参见出土的墓碑。
② (明)汤显祖著,徐朔方笺校:《汤显祖集全编》,第844页。
③ 徐朔方:《汤显祖年谱》,载《晚明曲家年谱》第三卷·赣皖卷,第391页。

傅二司成每谈其文，呼为人龙。"① 这个儿子，汤显祖格外看重，却不幸夭逝。《玉茗堂诗》中，士蘧去世之后汤显祖可谓悲号不断，诗章层出。像是《寒食上蘧冢》一首，已经写在数年之后，依然写得沉痛异常、字字泣血。其诗曰：

> 总为金陵破我家，子规啼血暮光斜。寒浆独上清明冢，年少文章作土苴。②

这首诗大致写在汤显祖弃官家居之后，而汤士蘧的去世，则分明是在汤显祖为官南京之时。可知无论光阴如何流逝，丧失爱儿的怆痛始终都无法被时间抚平。汤显祖之深情，于此可见一斑。

次子大耆，游名柱《尊宿公传》记有："公讳大耆，字尊宿，祠部司祭郎中讳显祖公次子……博观奇书，钩元咀华，语出惊人。屡试京闱，不第。谒选得徐州同知，抚恤周至，处事明断，士民德之。职满寻请归养。杜迹不交公府。"③ 能够"博观奇书，钩元咀华，语出惊人"，可知其才之隽，然而不畅于仕途，这大概是汤氏家族薄于仕宦的某种具有共性的命运。同样堪称共性的，则是大耆出众的能力，以及对于功名利禄毫无眷恋的那份淡然心境。"杜迹不交公府"，这就不是大多数人会有的选择，以及能够做到的事情，无论古今。

三子开远，字伯开，于《明史》有传，称其为臣敢于上书抗颜，所论切直。传说汤显祖曾有"酒、色、财、气"四剧，开远认为此数剧对其父声名会造成一定损害，遂决然付之一炬。黄宗羲《南雷诗历》卷四有《偶书》一诗，其写道：

---

① 毛效同编著：《汤显祖研究资料汇编》，第136页。
② （明）汤显祖著，徐朔方笺校：《汤显祖集全编》，第1117页。
③ 毛效同编著：《汤显祖研究资料汇编》，第138、139页。

诸公说性不分明，玉茗翻为儿女情。不道象贤参不透，欲将一火盖平生。①

其后还有自注称：

《玉茗堂四梦》以外，又有他剧，为其子开远烧却。②

四子开先，罗万藻《潭庵公传》即称："公讳开先，字季云，号潭庵，若士先生第四子。少聪敏过人，潜心经史，学博才宏。"③

钱谦益《列朝诗集·汤遂昌显祖小传》便记有：

义仍有才子，曰士蘧，五岁能背诵《二京》《三都》，年二十三，死客白下。次大耆，才而佻，然有父风。次开远，以乡举官监军兵使，讨流贼死行间。开远好讲学，取义仍续成《紫箫》残本及词曲未行者悉焚弃之。大耆实云。幼子季云，亦有隽才。④

就汤显祖的子嗣来看，则分明有着能以诗书传家，致使家声不坠的特性。所以，从子高公开始的对于智识的看重，以及承塘公对于教育的格外重视，在汤显祖这里都做到了很好的继承。汤显祖于此，确实做到了不负斯名。

---

① 毛效同编著：《汤显祖研究资料汇编》，第672页。
② 毛效同编著：《汤显祖研究资料汇编》，第673页。
③ 毛效同编著：《汤显祖研究资料汇编》，第146页。
④ （清）钱谦益撰集，许逸民、林淑敏点校：《列朝诗集》，中华书局2007年版，第5275页。

四

关于汤显祖的姓名字号，其实也仍然存在不少需要进一步申说的内容。其名显祖，字义仍，这个名与字之间，可见长辈对于这个后人的殷切期望。因为其字"义仍"，于时人笔下，又时见义少、义父、义叔之称。像是汤显祖做客宣城之时，所结交的好友梅鼎祚，其《鹿裘石室集》中就有《临川汤义少以姜明府迎至》《早夏送汤义少北上》《子登席上同汤义少》《座有歌者为身之、义少夺去却寄》《戏同义父赠徐优得陵字》等诗。其父梅守德《无文漫草》亦有《与汤孝廉义叔》一题，由此可知汤显祖有这样一些别称。

汤显祖二十八岁之时，下第之后，有"海若"之号。具体因由，见于《广意赋》一篇。其文如是写来：

先鸿征之一日兮，块见梦乎海神。攒宝异而况观兮，复延欢于巨山。召司占而问故兮，曰余躬之大难。方圆神圣有不周兮，亮豪心之不偿。胡趣命于中成兮，抉由疑而布文。顿数策以乾坤兮，动无誉之篇篇。下复阴其必好兮，并小来而愿邻。雷龙鼓其作足矣，常又附颊而多言。错西东与南北兮，谁无美而不遵。惟人生其历兹兮，特俩倡乎至人。芘樊轩而何辥兮，梦簟簟其莫余昆。余将过青皇而援风紫兮，受三精之末言。蹈东溟而捷金芝兮，庶往要乎羑门。何人生之苞汶兮，卞豪誉而弃间。昵微夷以氏陨兮，悲赤阳之无存。有白云其不得乘兮，亮神仙之未还，余梦夫海若之陈珍兮，指为号而几真。或依援于仙圣兮，离闵墨之盼蝠。[①]

---

① （明）汤显祖著，徐朔方笺校：《汤显祖集全编》，第280、281页。

对此，徐朔方《汤显祖集全编》的解释则有：

> 句中"海若"，见《庄子》秋水篇，然赋所写之海神实与旧题苏轼《仇池笔记》之广利神王有关。显祖以忤时相张居正下第，或托词见梦以讥刺者。此后以海若为别号。①

这样一个解释，其实是难以成立的。《广意赋》之题，顾名思义，正是汤显祖落第之后的自我开解，自广其意之谓也。就上引文字来看，则"海若"正是所梦海神。但此处并没有"托词见梦"讽刺张居正之意。同时，就算讽刺之说能够成立，海若即广利神王，映射的对象就是令汤显祖场屋受阻的当朝首辅张居正，大概也没有人会将一个招致不幸的形象作为别号，时时自署以提醒自己。

事实上，"海若"之为号，正在所引《广意赋》最末数句——"余梦夫海若之陈珍兮，指为号而几真。或依援于仙圣兮，离闵墨之蚡蝠"。在汤显祖看来，其满腹琳琅的美才，正如梦中所见海若之富于珍宝的特性——一时之未就，并不能轻易推翻这一分明的事实。以海若为号，一方面是彰显——借此名号表达自身才情之富，暗寓自恃之意；另一方面也希望借助仙家之力，令自身的才华能够有为世所知的一天，怀抱得以实现，同时，也可以托赖于仙圣力量，远离俗世的嚣杂混乱。以"海若"为号，备见其自我开解、自宽心臆的用意，同时也强力传递了自身那份不曾被现实轻易击溃的自信，以及定要成就一番华丽事业的自我期许。少年锐气，尽在其间。

四十岁，汤显祖曾有"清远道人"之自署。《汤显祖诗文集》卷十九有《送郡丞雷实先还郢并寄旧丞聂庆远四首》，其四为：

---

① （明）汤显祖著，徐朔方笺校：《汤显祖集全编》，第285页。

宜山太守一官轻，清远道人闲寄声。剑外未须谈出处，且从雷令问丰城。①

从这一首诗，不但可知汤显祖曾有"清远道人"之号，也可推知其作传奇多署"清远道人"之号的深层原因：无非即是"闲寄声"而已。将大题目隐于此处，将满腔意志也寄托于此。

五十岁，汤显祖又改其别号为"海若士"，一称"若士"。若士之别号，其内蕴大体和《淮南子》所载卢敖之遇相关。其文曰：

卢敖游乎北海，经乎太阴，入乎玄阙，至于蒙谷之上，见一士焉，深目而玄鬓，泪注而鸢肩，丰上而杀下，轩轩然方迎风而舞。顾见卢敖，慢然下其臂，遁逃乎碑。卢敖就而视之，方倦龟壳而食蛤梨。卢敖与之语曰："唯敖为背群离党，穷观于六合之外者，非敖而已乎？敖幼而好游，至长不渝，周行四极，唯北阴之未窥。今卒睹夫子于是，子殆可与敖为友乎？"

若士者䴰然而笑曰："嘻！子中州之民，宁肯而远至此？此犹光乎日月而载列星，阴阳之所行，四时之所生，其比夫不名之地，犹窔奥也。若我南游乎冈㝗之野，北息乎沉墨之乡，西穷窅冥之党，东开鸿蒙之先。此其下无地而上无天，听焉无闻，视焉无矖。此其外犹有汰沃之汜。其余一举而千万里，吾犹未能之在。今子游始于此，乃语穷观，岂不亦远哉？然子处矣。吾与汗漫期于九垓之外，吾不可以久驻。"若士举臂而竦身，遂入云中。②

由此可见，"若士"或者"海若士"之别号，明显与先前之"海若"无

---

① （明）汤显祖著，徐朔方笺校：《汤显祖集全编》，第1175页。
② 何宁撰：《淮南子集释》，中华书局1998年版，第881—888页。

关。"若士"所彰显的，是世俗之见所无法框限和量度的见解与体认。以"若士"为号，显然标举了与世之别、与众之异，以及与汗漫相期的自在之游。

晚岁，汤显祖尚有"茧翁"之号。《答赵梦白》一则就写道："弟近号茧翁，干而不出，无由更睹清光。"①《答林若抚》也有"不佞近衰，胸缩隈厓，自谥茧翁，干而不出"②等语。汤显祖《玉茗堂诗》卷九更有《茧翁口号》一诗，诗前小序即云："周青来云：'我辈投老如住茧中。'喜其语隽，取以自号。"其诗则曰：

不随器界不成窠，不断因缘不弄蛾。大向此中干到死，世人休拟似苏何。③

苏何即刘萨何。《法苑珠林·西晋沙门刘萨何》记有："何遂出家，法名慧达……昼在高塔为众说法，夜入茧中以自沉隐，且从茧出，初不宁舍，故俗名苏何圣。"④由汤显祖是诗，不难窥知以"茧翁"为号的深意所在——不是为了师法刘萨何的出入自如，而是以一种诙谐自嘲的态度完成自我标举。虽然步入老境形同作茧自缚，不复自由，但能够安于此中，隔绝世尘，不受外界之扰，也是一种境界。如此一来，在看似局限的束缚中其实也能够收获一份自在与安然。步入老境固然无从回避，也可以在这一过程中觅得一份通脱与超然。

至于"寸虚""广虚"两个别号，则是汤显祖与佛教渊源，尤其是其与达观和尚之间关系的一番写照。释真可《与汤义仍之一》写道："往以寸虚

---

① （明）汤显祖著，徐朔方笺校：《汤显祖集全编》，第1854页。
② （明）汤显祖著，徐朔方笺校：《汤显祖集全编》，第1885页。
③ （明）汤显祖著，徐朔方笺校：《汤显祖集全编》，第870页。
④ （唐）释道世著，周叔迦、苏晋仁校注：《法苑珠林校注》，中华书局2003年版，第953页。

号足下者,盖众人以六尺为身,方寸为心。方寸为心,则心之狭小可知矣。然众人不能虚,重以日夜而实之为贵。寸虚稍能虚之,且畏实而常不自安……又野人今将升寸虚为广虚,升广虚为觉虚。愿广虚不当自降。"[①]其期许之意可见,而汤显祖思想构成中的佛禅一味也不难看到。

---

① 毛效同编著:《汤显祖研究资料汇编》,第241页。

第二节
成童几庶：生涯多蹭蹬

根据徐朔方所撰《汤显祖年谱》，可知汤显祖于明世宗嘉靖二十九年庚戌（1550）八月十四日（公历9月24日）卯时，生于江西抚州府临川县城东文昌里。其人夙有早慧。五岁即能属对。邹迪光《汤义仍先生传》云："生而颖异不群，体玉立，眉目朗秀，见者啧啧曰：'汤氏宁馨儿！'五岁能属对。试之即应，又试之又应。立课数对，无难色。"[1] 其才之富与捷可知。

钱谦益《列朝诗集·汤遂昌显祖小传》亦称：

显祖字义仍，临川人。生而有文在手。成童有几庶之目。[2]

几，《尔雅正义·释诂下》曰："几，近也。"[3] 庶，《玉篇·广部》曰："庶几，尚也。"[4] "几庶"一语较为少见，一般多见"庶几"。《周易·系辞下》曰："颜氏之子，其殆庶几乎？"[5] 孔颖达所疏则有："言圣人知几，颜

---

[1] 毛效同编著：《汤显祖研究资料汇编》，第82页。
[2] （清）钱谦益撰集，许逸民、林淑敏点校：《列朝诗集》，第5275页。
[3] （清）邵晋涵撰，李嘉翼、祝鸿杰点校：《尔雅正义》，中华书局2017年版，第105页。
[4] （梁）顾野王撰，吕浩校点：《大广益会玉篇》，中华书局2019年版，第762页。
[5] （魏）王弼、（晋）韩康伯注，（唐）孔颖达疏，于天宝点校：《宋本周易注疏》，中华书局2018年版，第453页。

子亚圣,未能知几,但殆近庶慕而已。"①王充《论衡·别通篇》称:"夫孔子之门,讲习五经,五经皆习,庶几之才也。"②《三国志·张承传》亦有:"勤于长进,笃于物类,凡在庶几之流,无不造门。"③则"几庶"之意大抵与"庶几"接近,此处即指汤显祖于成童之时,人们便对他有不一般的期许,认为其将来定能有所成就,挺出于常俗。

二十一岁以前,汤显祖的人生也基本上呈现出一帆风顺的状貌,得到多方面的赏识与肯定。隽才有目共睹,声闻显赫一方。汤显祖十二岁时,写了《乱后》一诗,徐朔方认为,这是汤显祖诗文有年代可考之最早一首——"若士诗文有年代可考者以此为最早"④。诗前有小序,称:"杉关贼大入,破下县,连数千里,守令闭城束手。临川十万户,八九逃散,历二秋而定。归来扫葺旧室,四望萧条。鄙人终星耳,遭此不禁仰忆。横流之世,何云可淑。"⑤其诗则作:

地雁与天狗,今年岁辛酉。大火蚩尤旗,往往南天有。海曲自关阻,越骆生戎首。下邑无城郭,掩至安从守?转略数千里,一朝万余口。太守塞空城,城中人出走。宁言妻失夫,坐叹儿捐母。忆我去家时,余梁尚栖亩。居然饱盗贼,今归乱离后。亲邻稍相问,白日愁虚牖。太尊犹可禁,阿翁遂成叟。死别真可惜,生全复杯酒。曰余才稚齿,圣御婴戎丑。况复流离人,世故遭阳九。⑥

此等"少作",不仅仅让我们看到了汤显祖的早慧,更看到了他对于

---

① (魏)王弼、(晋)韩康伯注,(唐)孔颖达疏,于天宝点校:《宋本周易注疏》,第453页。
② 黄晖撰:《论衡校释》,中华书局1990年版,第592页。
③ (晋)陈寿撰,(南朝宋)裴松之注,陈乃乾校点:《三国志》卷五十二,中华书局1982年版,第1224页。
④ 徐朔方:《汤显祖年谱》,载《晚明曲家年谱》第三卷·赣皖卷,第225页。
⑤ (明)汤显祖著,徐朔方笺校:《汤显祖集全编》,第97页。
⑥ (明)汤显祖著,徐朔方笺校:《汤显祖集全编》,第97、98页。

黎民百姓的关切，以及对于社会时运的关注与思考。少年儒者的那份拳拳之意，赫然其间。以观星之法来记录实事，术数思想依稀可辨，或许有邵雍等人的影响存在，所以最后才写至"况复流离人，世故遭阳九"。毕竟是十二岁少年所作，这中间自然不免有机械与稚拙。不过，那份用心记录中所流露的思索与关切却传递得格外真挚与深长，醇厚之性，自然可见。这也是汤显祖在此等年纪一眼可见的超拔与难得。

自此之后，汤显祖的问学生涯基本以古文辞为事，奠定了良好的学养结构、思想基础。十四岁，汤显祖即有"补县诸生"之事。《临川县志》卷四十二下记有此事。汤显祖还写有《与丽阳何家昆仲。吾师何公起家进贤令，视江右学。予年十四补县诸生。令平昌，怀旧作此》[①]一诗，就题目来看，也可证之。是年有诗——《入学示同舍生》，诗中写道：

上法修童智，齐庄入老玄。何言束脩业，遂与世营牵？软弱诸生后，轩昂弟子员。青衿几曾废，漆简自应传。骙耳团珠泽，光鳞出紫渊。唐虞将父老，孔墨是前贤。《小畜》方含雨，《中孚》拟彻天。高明曾有旧，垂发更齐年。为汝班荆道，无忘《伐木篇》。[②]

那份对自身才学的自信和自恃，带着少年特有的骄傲与昂扬，充溢在字句之间。其《三十七》一诗即有这样的字句：

童子诸生中，俊气万人一。弱冠精华开，上路风云出。留名佳丽城，希心游侠窟。历落在世事，慷慨趋王术。神州虽大局，数着亦可毕。了此足高谢，别有烟霞质。[③]

---

① （明）汤显祖著，徐朔方笺校：《汤显祖集全编》，第774页。
② （明）汤显祖著，徐朔方笺校：《汤显祖集全编》，第99页。
③ （明）汤显祖著，徐朔方笺校：《汤显祖集全编》，第409页。

对于人生的前景，汤显祖明显充满了信心。"神州虽大局，数着亦可毕"，这样的笃定与慷慨，是铿锵有力、掷地有声的。

所以，十八岁那年，因为生病而错过了乡试的汤显祖，不免写了一首透着忧思怅惘的《秋思，丁卯年作寄豫章诸友》。另一首《明河咏》的诗前小序即称：

甲子回运，圣寿作人。是年八月，诸生各赴鹿鸣之饮，余病未能。仰明河而侧叹，呈沈郡丞。[①]

所幸在隆庆四年庚午（1570），汤显祖二十一岁这一年，终在秋试中以第八名中举，一时间名动天下。汤显祖当然有乘胜追击之意，于是是年冬，即有为第二年春试晋京一事。而这，却是一系列"铩羽而归"的开始。久负才名的汤显祖，在人生路上遭遇的首次蹭蹬，就是科举考试的接连失利。

第一次春试不第，是隆庆五年辛未（1571），汤显祖二十二岁之时。大约在这个时候，汤显祖自己也不曾料到，接下来的十余年间，他会在这条路上走得异常艰难。这与他乡试的优异成绩，显赫一时的天下声名，以及精于制义，后有"举业八大家"之称的绝对实力，都是不相符合的。汤显祖二十三岁之时，还在除夕之日遭遇了庐舍毁于火灾的困厄。现实所给予汤显祖的，分明是一连串不见任何仁慈的暴击。

第二次春试不第，是万历二年甲戌（1574），汤显祖二十五岁之时。第三次春试不第，则是万历五年丁丑（1577），汤显祖二十八岁之时。第四次春试不第，又是在万历八年庚辰（1580），汤显祖三十一岁之时。早有才名的汤显祖，过了而立之年，却依然在春试上毫无斩获，这对于一个人心志的摧折，自然是不待多言的。一直到万历十一年癸未（1583），汤

[①] （明）汤显祖著，徐朔方笺校：《汤显祖集全编》，第106页。

显祖已经三十四岁了，他才终于中了进士——然而排名非常靠后，与其颇负才名，受到海内追奉的现实并不相符。

此后，汤显祖便在南京安于一个闲郎之职，屡次拒绝了所谓"朝右"的力荐。其中最为著名的"拒绝"，便是那篇《与司吏部》。此文虽长，对于了解汤显祖"拒绝"背后的心路历程却是非常重要的，遂引之于下：

仆宵貌绰约，秉意疏质，得幸门下最久，徼荣至深。去八月中秩奏下覆，更与奉陵祠，甚幸惠也。都下获夕，以旁避客，有所留言。喜兹岁天下复得明选君。窃不自疏外，宿意得陈。

仕宦固争浓淡之路矣，置之淡则无色，与贵人亲易媒，远则难致。故南郎者，仕人所谓迟回厌怠之者也。凤乘于风，龙乘于云，仕宦乘于时。圣贤亦若而人耳。向长安而笑，仆岂恶风云之壮捷哉。知门下有意留仆内征也。虽然，仆有私愿，而特不愿去南。仆之有南，如鱼之有水，精气之有垠宅也。断不可北者有五。父母与子，异息分身，丝忽悬虑。纵以受事乏其温清，何得更忍阔离疏隔闻问乎！南都去家，水行风利，可五日所。家大人不远一来至，月一相闻也。北则违绝常百余日，子不知父母。一也。仆亡妇二年矣。遗息阿蘧八龄，阿耆六周耳。推燥分甘，用父代母，至今两儿尚枕藉怀腕，行则牵人衣带，引凉避风，衣食加损，视病汗下，非仆不可。在北鞅掌，何能视儿。二也。仆纵北徙，止可得六品郎。岁食钱可四万。而所僦门室两进，杂籴疏精，买水上而食，一马二隶，费已不下七万钱。人客过饷，十三酬折，裁足家累衣物，岁时伏腊耳。其余经纪，不能无求。南郎多官舍，人从酒米家来。三也。仆素赢，裁过时不得食卧，辄病惚数日。每自亲择药，常叹曰，神农于人有功，一得其食，二得其药。徙北则朝请谢谒，常尽辰午，失食。道地精药，多不至北。取假频数，大吏所恶。且曹事沓迫，宁当舒枕卧邪？四也。又南北地性，暑雨寒风，清污既别；飞虫之属，各有所多。南暑可就阴息，雨适断客为趣耳。吏于北者，虽有盲风灰人之面，粪人之齿，犹将扶马扬呼而造也。乃至寒时，冰厚六尺，雪高三丈。明星以朝，鼓绝而进，折风洞门，噫呜却立。沉阴凌兢，瘁洒中骨。餐煤食炕，烁经销液。又弱不受秽，行见通都道头不清，每为眩顿。春深沟发尤甚，遂有游光赤疫，流行瘅首，不避顽俊。是生青蝇，常白日万口，横飞集前，意不可忍。旧都清丽娱人，独夜苦蚊音，妨人眠卧。至于垂玄幕，燧青烟，未尝不杳然而去也。土风有宜，五也。凡此五者，初非迂远奇怪，强有推持。凡在通怀，所宜并了。况夫迒中轴者，不必尽人之才；游闲外者，未足定人之短。长安道上，大有其人，无假于仆。此直可为知者道也。夫铨人者，上体其性，下刌其情。恐门下牵于眷故，未果前诺，故复有所云。倘得泛散南郎，依秣陵佳气，与通人秀生，相与征酒课诗，满俸而出，岂失坐啸画诺耶。《语》不云乎，"斐然成章"，人各有章，偃仰澹淡历落隐映者，此亦鄙人之章也。惟明公哀怜，成其狂斐。①

这封书信，以类似《与山巨源绝交书》的体式写来，充分道出了汤显祖无意仕宦显达，甘于泛散南郎之处境，乐于在秣陵佳气中自在周旋的特定怀抱。"斐然成章"者，见诸《论语》，其文作：

子在陈，曰："归与！归与！吾党之小子狂简，斐然成章，不知所以裁之。"②

依汤显祖所述，则每个人都有自己不同的气韵怀抱、色泽光华。按照汤显祖的自我标榜，则"偃仰""澹淡""历落""隐映"，正是他意欲呈现并抵达的所谓特质，也可以说是所谓境界。"偃仰"者，安居游乐之谓也，《诗经·小雅·北山》有："或栖迟偃仰，或王事鞅掌。"③ "澹淡"者，水波

---

① （明）汤显祖著，徐朔方笺校：《汤显祖集全编》，第1719—1721页。
② 程树德撰，程俊英、蒋见元点校：《论语集释》，中华书局1990年版，第343页。
③ （清）方玉润撰，李先耕点校：《诗经原始》，中华书局1986年版，第425页。

动荡之谓也，这里可以理解为随流漂浮。宋玉《高唐赋》即有"徙靡澹淡，随波暗蔼"①。司马相如《上林赋》又云："群浮乎其上，泛淫泛滥，随风澹淡。"②"历落"者，磊落，洒脱不拘之谓也，正所谓"欹崎历落"是也。"隐映"者，犹掩映，形容若隐若现。南齐丘巨源《咏七宝画图扇诗》即有："倩盼迎骄意，隐映含歌人。"③

邹元江《汤显祖新论》便据此论道：

汤显祖的人格理想即成就其"狂斐"之"章"。这里所说的"人各有章"的"章"，并不仅仅指文章成就，而是指人生都应当有自己的大文章，即可以皈依的人生境界，可以衡定人生价值的终极尺度，可以自作主宰的人格精神。④

然而正是这样一个甘于"泛散"生涯的汤显祖，却有不计后果的抗颜直谏之事，几遭不测，最终连南部闲职也无法久居，反而远贬广东徐闻。虽然时间不长，但是路途遥远，这一路行来，已属出生入死。从贬所回还之后，又去到千岩万壑之中，任遂昌县令一职。于此，汤显祖以"循吏"治县，得百姓拥戴之外，却屡屡受责于相关考核，最终不得不辞官家居，不复出仕。相比同时代之同负才名之辈，汤显祖的仕途道路可谓既狭窄又曲折，充满了困厄与苦辛。而行于其间的汤显祖，能够始终不堕其志，秉持其刚，历经无数岁月依然叫人起仰望之心。其狂斐之章，自然挺出时辈，同时也傲然于岁月烟尘。

---

① （清）严可均校辑：《全上古三代秦汉三国六朝文》，中华书局1958年版，第73页。
② （清）严可均校辑：《全上古三代秦汉三国六朝文》，第1984页。
③ 丁福保编：《全汉三国晋南北朝诗》，中华书局1959年版，第839页。
④ 邹元江：《汤显祖新论》，第160页。

第三节
意气干人：传记须辨识

汤显祖传记中最广为人知的三篇：一是《明史本传》，一是钱谦益《列朝诗集小传·汤遂昌显祖》，一是邹迪光《汤义仍先生传》。三传各有侧重，勾勒摹绘出了汤显祖不同的状貌，却也都在一定程度上需要重加辨识。下面，本节就以这三篇传记为阅读材料，通过仔细阅读，展开辨析，以期更为全面地了解汤显祖其人。

首先看《明史本传》。其文曰：

汤显祖，字若士，临川人。少善属文，有时名。张居正欲其子及第，罗海内名士以张之，闻显祖及沈懋学名，命诸子延致，显祖谢弗往。懋学遂与居正子嗣修偕及第。显祖至万历十一年始成进士。授南京太常博士，就迁礼部主事。

十八年，帝以星变，严责言官欺蔽，并停俸一年。显祖上言曰："言官岂尽不肖？盖陛下威福之柄，潜为辅臣所窃，故言官向背之情亦为默移。御史丁此吕首发科场欺蔽，申时行属杨巍劾去之。御史万国钦极论封疆欺蔽，时行讽同官许国远谪之。一言相侵，无不出之于外。于是无耻之徒，但知自结于执政，所得爵禄，直以为执政与之。纵他日不保身名，而今日固已富贵矣。给事中杨文举奉诏理荒政，征贿巨万。抵杭，日宴西湖。鬻狱市荐以渔厚利。辅臣乃及其报命，擢首谏垣。给事中胡汝宁攻击饶伸，不过权门鹰犬，以其私人猥见任用。夫陛下方责言官欺蔽，而辅臣欺蔽自如，失今不治。臣谓陛下可惜者四：朝廷以爵禄植善类，今直为私门蔓桃李，是爵禄可惜也。群臣风靡，罔识廉耻，是人才可惜也。辅臣不越例予人富贵，不见为恩，是成宪可惜也。陛下御天下二十年，前十年之政，张居正刚而多欲，以群私人嚣然坏之；后十年之政，时行柔而多欲，以群私人靡然坏之。此圣政可惜也。乞立斥文举、汝宁，诚谕辅臣省愆悔过。"帝怒，谪徐闻典史，稍迁遂昌知县。二十六年，上计京师，投劾归。又明年大计，主者议黜之。李维桢为监司，力争不得，竟夺官。家居二十年卒。

显祖意气慷慨，善李化龙、李三才、梅国桢，后皆通显有建竖；而显祖蹭蹬穷老。三才督漕淮上，遣书迎之，谢不往。

显祖建言之明年，福建佥事李琯，奉表入都，列时行十罪，语侵王锡爵，言惟锡爵敢恣睢，故时行益贪戾，请并斥以谢天下。帝怒，削其籍。甫两月，时行亦罢。琯，丰城人，万历五年进士。尝官御史。既斥归，家居三十年而卒。

显祖子开远，自有传。[①]

这样一篇传记，让我们看到的就是作为政治人物的汤显祖尤为显著的"意气慷慨"、抗颜直谏的特色。传记的内容主体，是在汤显祖的仕宦履迹之中，突出了那篇著名的上疏——《论辅臣科臣疏》。于此番上疏中，汤显祖为言官挺身而出，将矛头直指那些位高权重的人物——所谓首辅一级，甚至直接抨击了最高统治者——帝王。四桩可惜——爵禄可惜，人才可惜，成宪可惜，圣政可惜，那万历帝这二十年的统治，还有值得一提的地方吗？除了失败，除了昏聩崩塌，还能说什么？所以汤显祖的上疏，不是针砭时弊，而是彻底的否定。这样的言论，必然招致多方面的狂怒。首当其冲的，就是那位被否定的帝王。

---

① （清）张廷玉等撰：《明史》，中华书局1974年版，第6015、6016页。

汤显祖这样一种"抗颜直谏"的姿态，其实正是中晚明士人风尚的某种反映，或者说投射。罗宗强先生《明代后期士人心态》一书，曾就当日抗谏的风行展开过讨论。在他看来，"或者正是由于皇权的高度集中，明代臣工的谏诤也就十分地发达。除了身负言责的科道官之外，其他廷臣亦常常进谏"[①]，同时，"谏诤是对高度集中的皇权的一种制约。特别是明代后期，臣工的谏诤成了一道独特的风景线，为后代所称道。士之立朝，谏诤往往反映着他们的素养、能力、品格与节操，反映出他们的精神风貌"[②]，还有，"嘉靖后期与万历皇帝，士之抗争虽愈益激烈，而受压制与打击亦愈烈。万历后期，对谏诤之臣除打击之外，还有一新办法，就是置之不理。不论如何地进谏，就是'疏入不报'。朝政几乎到了无法运转之地步，不受任何制约之皇权却仍然十分牢固。高度集中之皇权与衰败之景象并存，可以说是万历后期政局之基本风貌"[③]。

一般的谏诤还有置之不理的可能，然而像汤显祖这样不容辩驳的全盘否定，当然只会引发盛怒，以及盛怒之下最严厉的处罚。

钱谦益《列朝诗集小传·汤遂昌显祖》，则让我们看到了一个更为全面立体的汤显祖。其文如下：

> 显祖，字义仍，临川人。生而有文在手。成童有几庶之目。年二十一，举于乡。尝下第，与宣城沈君典薄游芜阴，客于郡丞龙宗武。江陵有叔，亦以举子客宗武，交相得也。万历丁丑，江陵方专国，从容问其叔："公车中颇知有雄骏君子晁、贾其人者乎？"曰："无逾于汤、沈两生者矣。"江陵将以鼎甲畀其子，罗海内名士以张之。命诸郎因其叔延致两生。义仍独谢弗往，而君典遂与江陵子懋修偕及第。又六年癸未，与吴门、蒲州二相子，同举进士。二相使其子召致门下，亦谢弗往也。除南太

---

① 罗宗强：《明代后期士人心态》，中华书局2019年版，第3页。
② 罗宗强：《明代后期士人心态》，第4页。
③ 罗宗强：《明代后期士人心态》，第59页。

常博士，朝右慕其才，将征为吏部郎，上书辞免。稍迁南祠郎，抗疏论劾政府信私人，塞言路，谪广东徐闻典史，量移知遂昌县。用古循吏治邑，纵囚放牒，不废啸歌。戊戌上计，投劾归，不复出。辛丑外计，议黜，李本宁力争："遂昌不应考法，且已高尚久矣。"主者曰："正欲成此君之高耳。"里居二十年，年六十余始丧其父母，既葬，病卒。自为祭文，遗令用麻衣冠草履以敛，年六十有八。义仍志意激昂，风骨遒紧，扼腕希风，视天下事数着可了。其所投分，李于田、道甫、梅克生之流，皆都通显，有建竖；而义仍一发不中，穷老蹭蹬。所居玉茗堂，文史狼藉，宾朋杂坐，鸡埘豕圈，接迹庭户，萧闲咏歌，俯仰自得。道甫开府淮上，念其穷，遗书相迓。义仍谢曰："身与公等比肩事主，老而为客，所不能也。"为郎时，击排执政，祸且不测，诒书友人曰："乘兴偶发一疏，不知当事何以处我？"晚年师旴江而友紫柏，翛然有度世之志，胸中魁垒，陶写未尽，则发而为词曲。四梦之书，虽复留连风怀，感激物态，要于洗荡情尘，销归空有，则义仍之所存略可见矣。尝谓："我朝文字，以宋学士为宗，李梦阳至琅琊，气力强弱，巨细不同，等赝文尔。"万历间，琅琊二美，同仕南都，为敬美太常官署。敬美唱为公宴诗，不应；又简括献吉、于鳞、元美文赋，标其中用事出处及增减汉史唐诗字面，流传白下，使元美知之。元美曰："汤生标涂吾文，异时亦当有标涂汤生者。"自王、李之兴，百有余岁，义仍当雾雺充塞之时，穿穴其间，力为解驳。归太仆之后，一人而已。义仍少熟文选，中攻声律，四十以后，诗变而之香山、眉山，文变而之南丰、临川。尝自叙其诗三变而力穷。又尝以其文寓余，以谓不斩其知吾之所已就，而斩其知吾之所未就也。于诗曰变而力穷，于文曰知所未就，义仍之通怀嗜学，不自以为能事如此，而世但赏其词曲而已，不能知其所已就，而又安能知其所未就，可不为三叹哉！义仍有才子，曰士蘧，五岁能背诵《二京》《三都》，年二十三，客死白下。次大耆，才而佻，然有父风。次开远，以乡举官监军兵使，讨流贼死行间。开远好讲学，取义仍续成紫箫残本及词曲未行者，悉焚弃之，大耆实云。幼子李（季）云，亦有隽才。①

作为学问渊深的学者，钱谦益对于汤显祖的把握确实有着别人所无法触及的特性，尤其在文学创作、学养构成、性情特性等方面。于其笔下，我们所遇到的，就是一个特点更为突出、神情更为动人的汤显祖。不过，传人之难，或者说撰史之难就在于那份值得信从、经得起不断推敲甄别的真实、准确和允当。那些人物的过往是否果然如此，大处也许不易谬误，但细部却往往存有纰漏。就算博如钱氏，其实也难免有误记误书。此篇传记就表现得较为突出。

第一、第二个谬误，发生在"薄游芜阴"的相关叙述中。万历四年丙子（1576），汤显祖二十七岁，于是年春，做客宣城，并与梅鼎祚、沈懋学等人定交。其声名之盛于天下，与此番"客宣"关系颇密。正是宣城诸君对于汤显祖的特具青眼，他才从此一举闻名于当世。沈懋学《郊居遗稿》卷一《同汤义仍夜坐次韵》一诗就写道：

江城来上客，花雨见新裁。小阁青山莫，孤云白社开。片言清病骨，三舍让雄才。明月中宵共，仙踪破锦苔。②

其间对于汤显祖的欣赏与推重，几乎可说是透纸而出。不过此时钱氏所记"郡丞龙宗武"云云，却是不确的。徐朔方《汤显祖年谱》在万历四年丙子"春，客宣城"之下有：

梅鼎祚《鹿裘石室集》诗卷八《临川汤义少以姜明府迎至》云："相思传尺鲤，远道借双凫。花树河阳满，烟霞叠嶂孤。歌将琴调合，酒破俸钱

---

① （清）钱谦益：《列朝诗集小传》，上海古籍出版社1983年版，第562—564页。
② （明）沈懋学撰：《郊居遗稿》卷一，明万历三十三年沈有容福建刊本，第13、14页。

酢。况有昭亭色，高楼日与俱。"宣城知县姜奇方，荆州人……龙君扬名宗武，时任太平府江防同知。①

汤显祖《宣城令姜公去思记》则记有："余识宣城令荆人姜君奇方孝廉时，长者。后余游宣，行水阳，林树修远，厨传甚饬。已又见其人士沈君典梅禹金之流。文雅风快，为之欣然。令数来，攸攸如也。令朝京师，会余上试。令故江陵相弟子师也。不数日，江陵弟子介令候余，余谢不敢当。"②其后他写给姜氏的信件，忆及此段过往，亦有："忆不似丈仙令在宣城时，左君典，右禹金。"③可知此时的郡丞确实是姜奇方而不是龙宗武。

另外，所谓"江陵有叔"也显然是错误的。徐朔方《汤显祖评传》直接说："那位湖广来客不是张居正的叔父，而是他的异母幼弟张居谦，即张嗣修的叔父。"④汤显祖集中有诗《赠鄀上弟子》，题下小注有："怀姜奇方张居谦叔侄。"其诗写作："年展高腔发柱歌，月明横泪向山河。从来鄀市夸能手，今日琵琶饭甑多。"⑤隔着岁月忆来，姜与张之间的亲厚更为分明。

误记为叔的，尚有谈迁。其《枣林杂俎》和集《丛赘》"汤显祖"条即有：

汤义仍举隆庆庚午乡试，以文著。乡人姜（奇方）宰宣城。万历丙子义仍过访，宿（开元）寺，识梅鼎祚禹金，得交沈孝廉懋学，尝同课寺中。有楚客角巾葛衣通候，问里氏，曰："江陵张某。"今相国父行也。疑之。然不敢忤，留饮且赆焉。客辞曰："二孝廉入京，相国期一晤。"意颇

---

① 徐朔方：《汤显祖年谱》，载《晚明曲家年谱》第三卷·赣皖卷，第241页。
② （明）汤显祖著，徐朔方笺校：《汤显祖集全编》，第1574页。
③ （明）汤显祖著，徐朔方笺校：《汤显祖集全编》，第1817页。
④ 徐朔方：《汤显祖评传》，南京大学出版社1993年版，第22页。
⑤ （明）汤显祖著，徐朔方笺校：《汤显祖集全编》，第1299页。

殷切。至期并寓燕，前客果来劝谒相国。各未决。客曰："第访我，相国自屏后觇之耳。"沈独往而退。客又至，语沈曰："相国善足下文，谓福薄耳。"招义仍，终不往。寻沈隽南宫对策，进士第一。义仍下第。然深服江陵之知人能下士，为语常熟许子洽云。[①]

书及此处，"与江陵子懋修偕及第"则是这篇小传第三条显著谬误。与沈君典一并及第的，当为嗣修。明人蒋一葵《尧山堂外纪》卷九十六"张居正"条即有：

万历丁丑，张太岳子嗣修榜眼及第。庚辰，懋修复登鼎元。有无名子揭口占于朝门曰："状元榜眼姓俱张，未必文星照楚邦。若是相公坚不去，六郎还做探花郎。"后俱削籍。故当时语曰："丁丑无眼，庚辰无头。"[②]

邹迪光《汤义仍先生传》则云：

丁丑会试，江陵公属其私人啖以巍甲而不应。庚辰，江陵子懋修与其乡之人王篆来结纳，复啖以巍甲而亦不应。曰："吾不敢从处女子失身也。"公虽一老孝廉乎，而名益鹊起，海内之人益以得望见汤先生为幸。[③]

谬误之四，则在卒"年六十有八"一句，汤显祖之卒年，当为六十有七。

谬误之五，则是关乎汤显祖的师承问题。钱氏所云"晚年师旴江而友紫柏"一句，显然不确。旴江，即罗汝芳。汤显祖与罗汝芳之间的师生缘

[①] （清）谈迁著，罗仲辉、胡明校点校：《枣林杂俎》，中华书局2006年版，第574页。
[②] （明）蒋一葵撰，吕景琳点校：《尧山堂外纪（外一种）》，中华书局2019年版，第1493页。
[③] 毛效同编著：《汤显祖研究资料汇编》，第82、83页。

分，缔结得十分之早。汤显祖早在十三岁之时，就已经从罗汝芳问学。这一师生关系的确定，显然不在晚年。《汤显祖诗文集》卷三十七《秀才说》就道：

> 十三岁时从明德罗先生游。血气未定，读非圣之书。所游四方，辄交其气义之士，蹈厉靡衍，几失其性。①

另外，罗汝芳卒于万历十六年（1588），其时汤显祖不过三十九岁。是以无论从哪方面来看，晚年一说，都是无法成立的。紫柏所指即达观和尚。汤显祖与达观二人之间交游的展开可谓颇具奇异色彩。汤显祖曾在《莲池坠簪题壁二首》诗前小序中简单交代过相关的缔交事实：

> 予庚午秋举，赴谢总裁参知余姚张公岳。晚过池上，照影搔首，坠一莲簪，题壁而去。庚寅达观禅师过予于南比部邹南皋郎舍中，曰："吾望子久矣！"因诵前诗，三十年事也。师为作《馆壁君记》，甚奇。②

从上引文字可知，汤显祖与达观乃是在庚寅（1590）最终相见，正式缔交。是年，汤显祖也不过四十出头，亦非晚年。

尽信书不如无书。使用文献材料，一定要加以甄别辨析，而不是照单全收。纵是学识丰赡渊深如钱谦益，依然有这许多的显著谬误，何况其他。未曾经过甄别辨析的文献，其可靠性往往是存疑的。拿来即用，势必会影响论证的可靠性，也直接影响了观点的可信度。

第三份传记材料为邹迪光《汤义仍先生传》，是篇写作：

---

① （明）汤显祖著，徐朔方笺校：《汤显祖集全编》，第1647页。
② （明）汤显祖著，徐朔方笺校：《汤显祖集全编》，第827页。

先生名显祖，字义仍，别号海若。豫章之临川人。生而颖异不群，体玉立，眉目朗秀，见者啧啧曰："汤氏宁馨儿！"五岁能属对。试之即应，又试之又应。立课数对，无难色。十三岁就督学公试，举书案为破，曰："形而上者谓之道，形而下者谓之器。"督学奇之。补邑弟子员。每试必先其曹偶。彼其时于帖括而外，已能为古文词；五经而外，读诸史百家汲冢《连山》诸书矣。庚午举于乡，年犹弱冠耳。见者益复啧啧曰："此儿汗血，可致千里，非仅仅蹀躞康庄也者！"彼其时于古文词而外，能精乐府、歌行、五七言诗；诸史百家而外，通天官、地理、医药、卜筮、河渠、墨兵、神经、怪牒诸书矣。

公虽一孝廉乎，而名蔽天壤，海内人以得见汤义仍为幸。丁丑会试，江陵公属其私人啖以巍甲而不应。庚辰，江陵子懋修与其乡之人王篆来结纳，复啖以巍甲而亦不应，曰："吾不敢从处女子失身也。"公虽一老孝廉乎，而名益鹊起，海内之人益以得望见汤先生为幸。

至癸未举进士，而江陵物故矣。诸所为席宠灵、附薰炙者，骎且澌没矣。公乃自叹曰："假令予以依附起，不以依附败乎？"而时相蒲州、苏州两公，其子皆中进士，皆公同门友也。意欲要之入幕，酬以馆选。而公率不应，亦如其所以拒江陵时者。

以乐留都山川，乞得南太常博士。至则闭门距跃，绝不怀半刺津上，摊书万卷，作蠹鱼其中。每至丙夜，声琅琅不辍。家人笑之："老博士何以书为？"曰："吾读吾书，不问博士与不博士也。"闲策蹇驴，探雨花、木末、乌榜、燕矶、莫愁、秦淮、平陂、长干之胜，而舒之毫楮，都人士展相传诵，至令纸贵。

时典选某者，起家临川令，公其所取士也。以书相贻曰："第一通政府，而吾为之怂恿，则北铨省可望。"而公亦不应，亦如其所以拒馆选时者。寻以博士转南祠部郎。部虽无所事事，而公奉职愈慎，不以闲局故稍自隳陁。谓两政府进私人而塞言者路，抗疏论之，谪粤之徐闻尉。

徐闻吞吐大海，白日不朗，红雾四障，猩猩鼍鼍，短狐修鳄，啼烟啸雨，跳波弄涨，人尽危公。而公夷然不屑曰："吾生平梦浮丘罗浮、擎雷大蓬、葛洪丹井、马伏波铜柱而不可得，得假一尉，了此夙愿，何必减陆贾使南粤哉？"

居久之，转遂昌令。遂昌在万山中，土风淳美，其民亡羯夷之习，亡雕劫流穴之患，不烦衡诀，劳擿伏；相与去钳剧，罢桁杨，减科条，省期会，一意拊摩噢咻，乳哺而翼覆之，用得民和。日进青衿子秀，扬榷论议，质义斧藻切劘之，为兢兢，一时醇吏声为两浙冠。而公以倜傥夷易，不能卷鞲鞠匔，睨长吏色，而得其便。

又以矿税事多所踆跛，计偕之日，便向吏部堂告归，虽主爵留之，典选留之，御史大夫留之，而公浩然长往。神武之冠，竟不可挽矣。已抵家，浙开府以复任招，不赴；浙直指以京学荐，不出。已无意仕路，而忌者不察，惧捉鼻之不免而为后忧，遂于辛丑大计褫夺其官。比有从旁解之者曰："遂昌久无小草志，何必乃尔。"当事者曰："此君高尚，吾正欲成其远志耳。"

居家于所居之侧，小结茏裘，延青引翠，英巨灵谷之胜，发擱而得。连樊青漪，灌注几席。杂莳花木，笼禽鸟。金薤琳琅，照耀四壁间。中丞惠文郡国守令以下，干旄往往充斥巷左，而多不延接，亡论居闲谢绝。即有时事，非公愤不及齿颊。

人劝之请托，曰："吾不能以面皮口舌博钱刀，为所不知何人计。"指床上书示之："有此不贫矣。"朝夕与古人居，评某氏某氏，谁可谁否，雌黄上下，不遗余力，千载如对。与乡之人居，则于于迪迪，屏城府，去厓略，黜形骸，而一饮之以醇。与家人俱，皓皓熙熙，相剂而出，笑謦不假，而光霁自若。与其两尊人居，则柔气愉色，逆所欲恶，而先意为之；小不谐怿，栗栗忧虞，若负重辜然。与其五兄弟俱，解衣分餐，弼其逮而补其缺失，务令得两尊人欢；以一人而兼兄弟五人以事其亲，故两尊人老而致足乐。

公又喜任达，急人之难甚于己；人有困斗，昏夜叩门户而请，即有弗逮，必旁宛助之，不以贫无力解。人谓公迂，公曰："施济不系富有力；必富有力，安所得冯骥郭解乎？"

公于书无所不读，而尤攻汉、魏《文选》一书。至掩卷而诵，不讹只字。于诗文无所不比拟，而尤精西京、六朝、青莲、少陵氏。然为西京而非西京，为六朝而非六朝，为青莲、少陵而非青莲、少陵，其洗刷排荡之极，直举秦、汉、晋、唐人语为刍狗，为馂余，为土苴，而汰之绝糠粃，镕之绝泥滓，大始玉屑，空蒙沆瀁，帝青宝云，玄涯水碧，不可以物类求，不可以人间语论矣。公又以其绪余为传奇，若《紫箫》《二梦》《还魂》诸剧，实驾元人而上。每谱一曲，令小吏当歌，而自为之和，声振寥廓，识者谓神仙中人云。

邹愚公曰：世言才士无学，故戴逵、王弼之不为徐广、殷亮，而公有其学矣；又言学士无才，故士安、康成之不为机、云，而公有其才矣；又言文人学士无用，亦无行，而公为邑吏有声，志操完洁，洗濯束服，有用与行矣。公盖其全哉！世以耳食枕衾之不愜，而饰貌修态，自涂涂人，人执外而信其里；公与余约游具区、灵岩、虎丘诸山川，而不能办三月粮，逡巡中辍，然不自言贫，而人亦不尽谓公贫。公非自信其心者耶？余虽为之执鞭，所欣慕焉。[1]

邹迪光，字彦吉，号愚公，无锡人。万历二年（1574）进士。为文诋公安，而倾向于王世贞。万历三十六年（1608），邹迪光曾去信向汤显祖求序。这篇传记值得我们注意的地方，就是它在写成之后即被作者寄给传主过目。生而有传，传成即睹，这的确是不太多见的事情。汤显祖有两封书信都提到了这件事，一封就是写给邹迪光的《谢邹愚公》：

与明公无半面，乃为不佞弟作传，至勤论赞，反复开辨，曲折顾护，

---

[1] 毛效同编著：《汤显祖研究资料汇编》，第82—85页。

若惟恐鄙薄不传而疵颣之不洗。始而欣然，继之咽泣。弟何修而得此于鸿钜也！汉人未有生而传者，唐有之，次者《种树传》最显。技微而义大。韩柳二公因而张之，为世著教。弟之阅人不如承福，通物不如橐驼，雅从文行通人游，终以孤介迂蹇，违于大方。樗朽待尽，而明公采菲集蓁，收为菀藻。百世珉璆，岂在今日。①

就内容而言，此封信件显然是就邹迪光为其作传一事表达了感激与惶恐。另一封则是写给别人的信。汤显祖于信中同样感叹道：

邹愚公未有半面，而以所闻为传以寄，感勒良深，奉览，弟未敢当此也。弟更当累积功行，为异日大笔里子。临风喟然。②

未有半面的人，却根据听闻写了这么一篇满是赞颂称扬的传记，其意之拳拳，自然令人感喟。不过，能够令传主"感勒良深"的这样一篇传记，其客观程度却也有些令人怀疑。当然，除却一些过于夸张的记述而外，汤显祖以循吏之法治遂昌的具体呈现，以及最后被"夺官"的事实，却大体是可信的。毕竟，这是经过传主"批阅"而又未曾提出异议的文字。

---

① （明）汤显祖著，徐朔方笺校：《汤显祖集全编》，第1855页。
② （明）汤显祖著，徐朔方笺校：《汤显祖集全编》，第1834页。

第二章

汤显祖的师承与思想构成

如前所述，汤显祖的父亲承塘公格外重视教育。所以汤显祖不但有所谓家学渊源，也在幼年时期即有机会从名师问学。而且，承塘公延请良师的方式很值得注意。他不仅仅延请了当世名儒教授子弟，甚至把一乡之少年俊才聚拢一处，一并听讲。这样一种做法，不仅培养了自己的子弟，也涵育了一乡之子弟，同时，营造了一种积极向学的氛围乃至于风气。汤显祖也因为这样一种一并问学的关系，收获了一众同窗好友。像是王志《承塘公传》提及的"若同里帅子机，饶子仑，周子献臣，曾子如海，谢子廷谅、廷赞，皆知名士；公悉延至家与长君若士先生共事笔砚，赖其加意造成，各登进士，卓然为一代名流"[①]，帅机、饶仑、谢氏兄弟，都是汤显祖相与多年的至交好友。而在承塘公延请的名师中，罗汝芳当数最为有名。汤显祖之从罗汝芳问学，始于幼年，深于中岁，深刻影响了他的学养及思想。

---

① 毛效同编著：《汤显祖研究资料汇编》，第125页。

第一节
开蒙与应考

汤显祖十三岁那年,也就是嘉靖四十一年壬戌(1562),是其成长过程中至关重要的一年。这一年,两位对于汤显祖非常重要的老师都出现了。其中一位是徐良傅。汤显祖跟随他学习古文词。

根据《抚州府志》卷五十《宦业传》,徐良傅字子弼(一字子拂),东乡人,嘉靖十七年(1538)进士。"官吏科给事中,会迎仙宫成,朝议称贺。良傅谓异端充塞,不能匡救。忍从谀乎。语侵权贵,几罹不测。罢归,筑庐临川岘台下,以古文法教授里中。"[①]

汤显祖《红泉逸草》卷一有《祥符观阁侍子拂先生作,呈刘大府》,徐朔方订其诗作于嘉靖四十二年癸亥(1563),也就是汤显祖十四岁之年。所谓祥符观,在临川东城。刘大府指的是刘玠,1562年起任知府。其诗写作:

高士南州领法筵,横经晓坐石台前。悬知飞兔能千里,不道童乌蚤数年。海峤流云纤断嶂,霞城采旭镜行川。俱欢讲德从容地,封禅还容弟子先。[②]

---

① (明)汤显祖著,徐朔方笺校:《汤显祖集全编》,第100页。
② (明)汤显祖著,徐朔方笺校:《汤显祖集全编》,第100页。

于此诗，不难看到汤显祖对于其师徐良傅的敬仰与尊崇。按照徐朔方《汤显祖年谱》所考订，嘉靖四十三年甲子（1564），汤显祖十五岁这年，依然师从徐良傅讲古今文字声歌之学。其时汤显祖诸多所作，大抵都受到了徐良傅的指正以及教导。

待到嘉靖四十四年乙丑（1565），汤显祖十六岁，作有《挽徐子拂先生》一诗，可知徐良傅于是年故去。是诗小序写道：

先生经为人师，行无机辟。阅世六十年，疽后而逝。先时颇有怀仙之致，其诗有云："夜半敲冰煮石，朝来茹术餐苓。老子解游玄牝，羲之错写《黄庭》。"示诗复有"若不尽捐烟火瘴，教君何处住蓬莱"之语。契念甚深，然已后之矣。仆自登徐公之门，辄以鲁连相待。哲人下寿，哀何时已？[①]

显然，徐良傅对于汤显祖的影响，并没有局限于古文词的教授。所谓"怀仙之致"道出的，便是徐良傅深受道教思想影响的特点。从徐良傅学习古文词的十四岁，汤显祖作有《分宜道中》一诗，徐朔方有注提及：

此诗不及严氏父子之奸佞，但以老氏之旨，抒其感慨。少年显祖受道家思想之深，于斯概见。[②]

很显然，少年汤显祖的成长历程中，其思想构成并不唯一，反而呈现出丰富驳杂的特色。这固然和其祖父母、父母亲的具体影响密切相关，但其实也离不开少年时代的相关师长。徐良傅于其中，所占比例应当不少。汤显祖还有《哭徐先生墓归示其季子一议》一诗，其诗写道：

---

① （明）汤显祖著，徐朔方笺校：《汤显祖集全编》，第127页。
② （明）汤显祖著，徐朔方笺校：《汤显祖集全编》，第102页。

飞舄兰陵给事中，玉人埋处郁葱茏。年时爱剑空徐主，向后遗书无所忠。绕室穗帷非绛帐，雍门琴曲是哀桐。钟情独有侯芭异，至性皆怜郑小同。①

诗虽不佳，但情之深与笃显而易见。经徐良傅教授之后，汤显祖在古文词方面奠定了良好的基础。同时，大体也养成了自觉积累古文词的习惯，培养了浓厚的兴趣。汤显祖二十岁时，开始在《文选》上用功。这在徐朔方《汤显祖年谱》中有明确提到，于隆庆三年己巳（1569）这年，有"始读《文选》"②之事。汤显祖《与陆景邺》一篇也写道：

仆少读西山《正宗》，因好为古文诗，未知其法。弱冠，始读《文选》，辄以六朝情寄声色为好，亦无从受其法也。规模步趋，久而思路若有通焉。年已三十四十矣。③

"好为古文诗"，当是汤显祖自幼及长的好尚。这里有自己的兴趣使然，也有师长的影响使然。邹迪光《汤义仍先生传》同样强调过汤显祖在《文选》上的用力，其言称："公于书无所不读，而尤攻汉、魏《文选》一书。至掩卷而诵，不讹只字。"④而在《文选》一书上用力，乍一看所好的不过是六朝声色，实际同样有益于所谓古文词，此即汤显祖之学问根柢。学问有根柢，其学，包括其诗文等项，也就有了长足发展的充足动力。在汤显祖的诗文及戏曲写作上，这一影响，或者说这一优势，表现得尤其突出。

汤显祖有一段感叹也值得注意。其言称："学道无成，而学为文。学

---

① （明）汤显祖著，徐朔方笺校：《汤显祖集全编》，第128页。
② 徐朔方：《汤显祖年谱》，载《晚明曲家年谱》第三卷·赣皖卷，第232页。
③ （明）汤显祖著，徐朔方笺校：《汤显祖集全编》，第1905页。
④ 毛效同编著：《汤显祖研究资料汇编》，第84页。

文无成，而学诗赋。学诗赋无成，而学小词。学小词无成，且转而学道。犹未能忘情于所习也。"① 汤显祖为学之顺序，包括其具体长处，由此大略可知。所谓"学道无成"，大概是指少年时跟随罗汝芳问学，却难以窥知其要义，所以倾力于文，随后倾心于诗赋，全都试过一轮之后，再将精力放在所谓"学道"之上，如是方有感悟，方才有所进益。

徐良傅之外，汤显祖在入学、就试等行为上，还有过其他多位老师。比如，十四岁补县诸生之后，汤显祖曾以何镗、张起潜为师。汤显祖有诗题为《与丽阳何家昆仲。吾师何公起家进贤令，视江右学。予年十四，补县诸生。令平昌，怀旧作此》，据此，可知何镗江右视学之时，与汤显祖补县诸生是同一时间，故而有这样一段师生关系。张起潜字振之，太仓人，时任抚州同知。汤显祖为诸生时，亦奉张振之为师——"予弱且冠，而吴娄江起潜张公实来丞郡，见予文而异之。予奉以为师"②。其《答张起潜先生》一则开篇即有："某受知弱冠之前，契阔壮室之后。"③ 尺牍篇末，又写及上疏获罪事，字句之间，并无浮词虚饰，而是真切逼人——"睹时事，上疏一通，或曰上震怒甚，今待罪三月不下。弟子不精不神，盖可知矣"④，师弟子之间的亲厚，大略可知。

二十八岁，汤显祖遭遇第三次春试不第之后，曾有游太学之事，得遇张位，遂以之为师。三十一岁，汤显祖又一次春试失利，这次则去游南太学以求遣心。游南太学之时，汤显祖又为祭酒戴洵所赏识，遂师事之。汤显祖的《戴师席上送王子厚北上。子厚名浑然，司徒北海王公公子也。有物表之姿，昔人之度。潦雨来辞。戴公平生不饮，此日连举兕爵数度。公笑曰：吾之郦原也。用原字赠诗，命仆就和》⑤《怀戴四明先生并问屠长

---

① （明）汤显祖著，徐朔方笺校：《汤显祖集全编》，第1905页。
② （明）汤显祖著，徐朔方笺校：《汤显祖集全编》，第2158页。
③ （明）汤显祖著，徐朔方笺校：《汤显祖集全编》，第1760页。
④ （明）汤显祖著，徐朔方笺校：《汤显祖集全编》，第1760页。
⑤ （明）汤显祖著，徐朔方笺校：《汤显祖集全编》，第305、306页。

卿》①《哭戴愚斋老师。师微病，书偶语于门，落笔而逝。语云：百年混世，今朝始得抛除；一笑归真，俗客无劳挽吊》②《病中见戴师遗画泫然，忆庚辰岁别师时，师云子去此中无千秋之客矣，水墨空蒙，名迹如在，两人皆且为异物矣》③等作，以及《庭中有异竹赋》《青雪楼赋》，皆与戴洵相关。二者之间，情笃可知。正如汤显祖诗句所写，是"楼头不奈将离色，为写清斋却扫图"④，其中多少深宛，未隔生死，始终萦绕。

此外还有几位和乡试、会试相关的所谓举师、座师。像是张岳、余有丁、沈自邠等，都是此类。汤显祖诗文中也多有涉及，譬如《负负吟》诗前小序即称：

予年十三，学古文词于司谏徐公良傅，便为学使者处州何公镗见异。且曰："文章名世者，必子也。"为诸生时，太仓张公振之期予以季札之才，婺源余公懋学、仁和沈公楠并承异识。至春秋大主试余许两相国、侍御孟津刘公思问、总裁余姚张公岳、房考嘉兴马公千乘、沈公自邠进之荣伍，未有以报也。⑤

这样一类师者的存在，一方面当然可见汤显祖尊师重教的特性，另外一方面也可见明代科举文化影响之深入人心。科举考试衍生了许多特殊的纽带与关系，也不断锻塑人们的人生轨迹及相关认知。

---

① （明）汤显祖著，徐朔方笺校：《汤显祖集全编》，第373页。
② （明）汤显祖著，徐朔方笺校：《汤显祖集全编》，第1056页。
③ （明）汤显祖著，徐朔方笺校：《汤显祖集全编》，第1187页。
④ （明）汤显祖著，徐朔方笺校：《汤显祖集全编》，第1187页。
⑤ （明）汤显祖著，徐朔方笺校：《汤显祖集全编》，第1003页。

第二节
从姑山与南京

汤显祖出生的那一年，罗汝芳三十六岁。罗汝芳（1515—1588），字惟德，号近溪。门人私谥其为明德先生。罗汝芳是江西建昌府南城县人，也是阳明心学泰州学派的三传弟子。所谓泰州学派，因其创始人王艮而得名。王艮，字汝止，号心斋，泰州之安丰场人。在黄宗羲看来，"阳明而下，以辩才推龙溪，然有信有不信，唯先生于眉睫之间，省觉人最多，谓'百姓日用即道'，虽僮仆往来动作处，指其不假安排者以示之，闻者爽然"[1]。从王艮到徐波石，是一传；从徐波石到颜山农，是二传；从颜山农到罗汝芳，则是三传。

关于王学的分派，牟宗三先生曾经论称：

当时王学遍天下，然重要者不过三支：一曰浙中派，二曰泰州派，三曰江右派。此所谓分派不是以义理系统有何不同而分，乃是以地区而分。每一地区有许多人，各人所得，畸轻畸重，亦不一致。然皆是本于阳明而发挥。浙中派以钱绪山与王龙溪为主，然钱绪山平实，而引起争论者则在王龙溪，故以王龙溪为主。泰州派始自王艮，流传甚久，人物多驳杂，亦多倜傥不羁，三传而有罗近溪为精纯，故以罗近溪为主。江右派人物尤多，以邹东廓、聂双江、罗念庵为主。邹东廓顺适，持异议者为聂双江与

---

[1] （清）黄宗羲著，沈芝盈点校：《明儒学案》修订本，中华书局2008年版，第710页。

罗念庵，故以此二人为主。①

泰州学派的特点在于：以为"道"眼前即是；主平常，主自然；全无学究气，讲学大众化。黄宗羲《明儒学案·泰州学案》甚至评价说：

> 阳明先生之学，有泰州、龙溪而风行天下，亦因泰州、龙溪而渐失其传。泰州、龙溪时时不满其师说，益启瞿昙之秘而归之师，盖跻阳明而为禅矣。然龙溪之后，力量无过于龙溪者，又得江右为之救正，故不至十分决裂。泰州之后，其人多能赤手搏龙蛇，传至颜山农、何心隐一派，遂复非名教之所能羁络矣。②

所以很多人把泰州学派归为所谓"王学左派"，认为这一学派相较阳明心学来说，承继之余，多有发明，甚至这个发明过于大刀阔斧，往往有惊人之论。

罗汝芳事其师颜山农甚笃，在颜山农南京入狱之后，曾亲往营救。杨起元所作罗汝芳墓志铭就记有："戊辰，闻颜先生以刚直取罪，监禁留都。乃称贷二百金，同二子及门人买舟往救。或曰：'山农不及子，子师之何也？'曰：'山农先生在缧绁之中，而讲学不倦，虽百汝芳，岂及哉？'既而，赖同志并力设处，得戍邵武。"③邹元标所作罗汝芳碑记亦称："山农虽以学自任，放言矢口，得过缙绅不少。南刑曹业置之死地矣。先生以身代，为之赎，而颜得生全。且颜贫，视先生家若内库，随取随厌；颜又喜施与，随施尽，又辄随其所请。先生年已耄，颜怒，先生跪之榻前；颜批其颊，不少动。曙而怒解，始起。夫颜横离口语，学非有加于先生，而终

---

① 牟宗三：《从陆象山到刘蕺山》，吉林出版集团有限责任公司2010年版，第169页。
② （清）黄宗羲著，沈芝盈点校：《明儒学案》修订本，第703页。
③ 方祖猷、梁一群、[韩]李庆龙等编校整理：《罗汝芳集》，凤凰出版社2007年版，第922页。

身事之不衰，生之缧继，周之货财，事之有礼，此祖父不能必之孝子慈孙。而得之先生，嗟乎！即此天地可格，鬼神可动，矧曰其他。"①

不过，罗汝芳虽然事其师甚笃，却在泰州学派中是一个较为特异的存在。在牟宗三看来，他差不多是泰州学派中的"唯一特出者"，也是唯一能够接续上阳明学说的后学。牟宗三论及罗汝芳的文字，有这么几段尤其值得注意：

顺泰州派家风作真实工夫以拆穿良知本身之光景使之真流行于日用之间，而言平常、自然、洒脱与乐者，乃是罗近溪，故罗近溪是泰州派中唯一特出者。

罗近溪是颜山农底弟子。从王艮到近溪已是四代（王艮—徐波石—颜山农—罗近溪）。如果以罗近溪与王龙溪相比，王龙溪较为高旷超洁，而罗近溪则更为清新俊逸，通透圆熟。其所以能如此，一因本泰州派之传统风格，二因特重光景之拆穿，三因归宗于仁，知体与仁体全然是一，以言生化与万物一体。阳明后，能调适上遂而完成王学之风格者是在龙溪与近溪，世称"二溪"。②

很显然，就当世和后世而言，就阳明心学、泰州学派而言，罗汝芳均可谓不负大儒、大德之名与实。而能够从这样一位硕儒问学，汤显祖实在可谓幸甚。这么一位师长，对其学问、思想的影响，无疑是深刻而久远的。汤显祖开始跟随罗汝芳问学，是在他十三岁的时候。所以那一年，汤显祖不仅开始了跟随徐良傅的古文词学习，而且也去聆听了罗汝芳的教诲。

按照汤颐《抚郡汤氏廨宇规模记》所记，则有：

---

① 方祖猷、梁一群、[韩]李庆龙等编校整理：《罗汝芳集》，第931页。
② 牟宗三：《从陆象山到刘蕺山》，第183页。

第二章 汤显祖的师承与思想构成

承塘公初延罗明德夫子教子六人于城内唐公庙。左有汤氏家塾。勖学有云："光阴贵似金，莫作寻常燕坐；天地平如水，相看咫尺龙门。"[1]

由此再次论证了汤显祖之所以能够在少年时期即从罗汝芳这样一位当世硕儒问学，其父承塘公在中间起到了非常关键的作用。正是汤显祖十三岁这一年，罗汝芳告假回籍省亲之时，应承塘公之延请到其家塾为其子弟授课。汤显祖与罗汝芳之间的师生缘分，就此宣告缔结。汤显祖后来也多次在诗文中写到自身早在十三岁就得以跟随罗汝芳问学的事实。其《秀才说》一文，即有"十三岁时从明德罗先生游"[2]数语；《答邹宾川》一篇，又有"弟一生疏脱。然幼得于明德师"[3]云云。其感念之深，不待多言。

嘉靖四十五年丙寅（1566），汤显祖十七岁。这一年，罗汝芳在从姑山建前峰书屋，一时四方来学之人甚众。这一年，徐良傅已去世近一年，所以汤显祖来到从姑山进一步跟随罗汝芳学习。南城县与临川县虽然分属两府，但两县毗邻，所以就学于从姑山，对于少年汤显祖而言，也不存在路途迢递、山川阻隔、需要远离家乡的种种不便与困难。对于这样一位缘分可称不浅、天资亦显然超过中人的学生，罗汝芳自然是青眼有加的。所以就汤显祖从姑问学之事，罗汝芳也曾有两首诗歌写赠。一首是《汤义仍读书从姑赋赠》，其诗写作：

君寄洞天里，飘飘意欲仙。吟成三百首，吸尽玉泠泉。[4]

另一首则是《玉泠泉上别汤义仍》，其诗写作：

---

[1] 毛效同编著：《汤显祖研究资料汇编》，第1395页。点断有误，径改。
[2] （明）汤显祖著，徐朔方笺校：《汤显祖集全编》，第1647页。
[3] （明）汤显祖著，徐朔方笺校：《汤显祖集全编》，第1921页。
[4] 方祖猷、梁一群、[韩]李庆龙等编校整理：《罗汝芳集》，第807页。

之子来玉泠,日饮泠中玉。回首别春风,歌赠《玉泠曲》。①

玉泠泉,位于建昌南城从姑山。罗汝芳写与汤显祖的两首诗,都提到了玉泠泉,可知玉泠泉在诗人心目中的那份重要。想来,这应当是一泓清澈动人的泉水。所以,谈到汤显祖诗才特质时,罗汝芳才会以玉泠泉与之作比,极言汤显祖诗才之富丽丰赡与清冽可人。少年汤显祖才华学识与玉泠泉同质的那份清冽灵动,师生之间的那份亲厚与相得就此跃乎纸上。而以玉泠代指从姑山,则玉泠泉之清冽灵动,同样也是从姑山之清冽灵动的凝萃与写照。

对于汤显祖来说,从姑山前峰书屋的求学经历,不但是他从罗汝芳问学的关键一笔,也是其学问思想推进、形成过程中的重要段落。所以,他才会在遭遇人生重大挫折,远贬徐闻的时候,写下一首《入粤过别从姑诸友》,其诗如下:

祠郎杯酒忆京华,夜半钩帘看雪花。世上浮沉何足问,座中生死一长嗟。山川好滞周南客,兰菊偏伤楚客家。欲过麻源问清浅,还从勾漏访丹砂。②

所谓"从姑诸友",也就是当年一并在前峰书屋求学问道的同窗好友。由此诗看来,少年时期他们所缔结的已然是一份深厚的情谊。这样一份情谊并没有在岁月的流逝中有更多的褪色、减损。在汤显祖处于人生低谷的时候,这样一群人依然可以懂得他的种种伤怀,同时安抚他的落寞与彷徨。"世上浮沉何足问,座中生死一长嗟",此二句一出,则"从姑"二字所蕴含的深情厚谊,便已赫然目前。

---

① 方祖猷、梁一群、[韩]李庆龙等编校整理:《罗汝芳集》,第803页。
② (明)汤显祖著,徐朔方笺校:《汤显祖集全编》,第627、628页。

从姑山之后，汤显祖从罗汝芳问学的一个重要机遇，则是万历十四年丙戌（1586），汤显祖任南京太常寺博士之时。这一年夏天，罗汝芳自江西游历至南京，多次讲学或举会于永庆寺、兴善寺、凭虚阁等地，汤显祖有从游陪侍之事。杨起元所撰罗近溪墓志铭便记有：

丙戌，麻城周柳塘公来访，同舟下南昌，游两浙，至留都。日与朱子廷益、焦子竑、李子登、陈子履祥、汤子显祖等谈学城西小寺。①

汤显祖在接近四十岁的年纪，再一次从罗汝芳这样一位精于学、深于思的当世大儒问学，亲聆教诲之余，也可近距离地感知观照其思致言行，同时就自身的种种疑惑展开叩问。陪侍周旋之间，汤显祖所得到的开启，所收获的顿悟，其实是不难想见的。所以，他才在《秀才说》一文中如此感叹：

或曰："日者士以道性为虚，以食色之性为实；以豪杰为有，以圣人为无。"嗟夫，吾生四十余矣。十三岁时从明德罗先生游。血气未定，读非圣之书。所游四方，辄交其气义之士，蹈厉靡衍，几失其性。中途复见明德先生，叹而问曰："子与天下士日泮涣悲歌，意何为者，究竟于性命何如，何时可了？"夜思此言，不能安枕。久之有省。知生之为性是也，非食色性也之生；豪杰之士是也，非迂视圣贤之豪。②

少年时候的听讲与问道，大概只是浅表的，甚至是懵懂的。正如汤显祖自己所说，血气未定，所以感受与思考，其实都不够深入。而到了三十多岁，再一次遇到罗汝芳，此时再就性命问题展开思考，思考的深

---

① 方祖猷、梁一群、[韩]李庆龙等编校整理：《罗汝芳集》，第923页。
② （明）汤显祖著，徐朔方笺校：《汤显祖集全编》，第1647页。

度与广度是昔日所无法比拟的。同时汤显祖从罗汝芳这里获得的开解与了悟，对于他思想学说的最终形成、不断完善，显然也具有非比寻常的意义。

第三节
贵生与至情

谈到明代思想学说，我们所无法绕开的一个话题，便是王学。某种程度上，王学更成了有明一代的标志性学说，堪称所谓时代精神之凝结。甚至一些后世之人，在反思明清易代之原因时，往往会将明代的迅速败亡，归咎于王学盛行所带来的空疏、浮泛的学风、士风。

一般性的看法，王学即是所谓"唯心之学"。加上它过分地强调心性的重要，要明心见性，以致某种程度上，其具体呈现和佛老十分相似，与传统儒家却似乎存有距离。实际上，王学仍然是儒学发展进程中至为重要的一环。具体来说，王阳明之学，仍是孟子之学。孟子的内圣之学，后来的接续者不过陆象山、王阳明二人而已。孟子所提出的"仁义内在""内在于心"，其实就是象山、阳明的"心即理"。其实从著名的"花树"问答，就可以看到王阳明的"心"，不是生理学层面的心，也不是心理学层面的心，而是超越的本然的道德心，也就是所谓"良知"。正所谓：

> 理一而已。以其理之凝聚而言，则谓之性；以其凝聚之主宰而言，则谓之心；以其主宰之发动而言，则谓之意；以其发动之明觉而言，则谓之知；以其明觉之感应而言，则谓之物。[①]

[①] （明）王守仁原著，（明）施邦曜辑评，王晓昕、赵平略点校：《阳明先生集要》，中华书局2008年版，第250、251页。

可见，心、性、意、知、物都是与天理相关的哲学范畴。在此基础上，心外无物的讨论才是成立的。花树在深山自开，如果缺失了心的感应，物即不存，正因为心发动明觉，有所谓"意"与"知"，"物"才有了存在的可能，"则此花颜色一时明白起来，便知此花不在你的心外"[①]。

众所周知，王阳明在贵州龙场驿的悟道一事，是王学建立的标志。于此，他拈出了所谓"良知"的概念，要求"致良知"。王学的发展、王学分支的林立，其实都不过是从不同的切入点不断阐释、不断申发何为良知，何为致良知。关于"良知"，看这么一段阐发就可以明了它作为"超越的本然的道德心"所具有的特质，略引如下：

> 盖良知只是一个天理，自然明觉发见处，只是一个真诚恻怛，便是他本体。故致此良知之真诚恻怛以事亲，便是孝；致此良知之真诚恻怛以从兄，便是悌；致此良知之真诚恻怛以事君，便是忠。只是一个良知；一个真诚恻怛。[②]

不难看到，作为"超越的本然的道德心"，良知唯一且恒定，就是所谓"真诚恻怛"，孝、悌、忠，其实都是良知的具体表现。这样的议论，其实就将王学和佛老彻底划清了界限。因为很明显，"良知"这一概念，是具有一个道德内核的。虽然看起来很相近，一样讲悟，一样讲乐讲忘，但要借此抵达的目的地，却分明是不一样的。同时，作为"天理自然明觉发见处"，"良知"的"知"不是向外的，而是天理自然而然地认知到自己，发见自身，即所谓"明觉"。"明觉"云尔，就是本心的虚灵不昧，也只有良知，才足以称明觉。

---

① （明）王守仁原著，（明）施邦曜辑评，王晓昕、赵平略点校：《阳明先生集要》，第119页。
② （明）王守仁原著，（明）施邦曜辑评，王晓昕、赵平略点校：《阳明先生集要》，第293页。

所以牟宗三在探究王学时一再强调："故凡阳明言明觉皆是内敛地主宰贯彻地言其存有论的意义，而非外指地及物地言其认知的意义……故良知之心即是存有论的创发原则，它不是一认知心。"① 所以良知本体，也就是在当下感应之是非决定处，不是在抽象的光景中。至于王阳明之"致良知"——致，乃是推致、扩充之意；致良知，就是把良知之天理，或者良知所觉之是非善恶，呈现出来以使之见于行事，以道德行为体现出来，不令它为私欲所间隔。王阳明之格物，不同于朱熹之格物。王训格为正，物为事，格物者，乃是修正态度方式之谓也。王学有所谓"四句教"，这四句，就基本将王学的要义概括殆尽了——无善无恶心之体，有善有恶意之动，知善知恶是良知，为善去恶是格物。

至于泰州学派，从王艮开始，就很是赞赏所谓"曾点传统"②。王艮还作了一首乐学歌：

人心本自乐，自将私欲缚。私欲一萌时，良知还自觉。一觉便消除，人心依旧乐。乐是乐此学，学是学此乐。不乐不是学，不学不是乐。乐便然后学，学便然后乐。乐是学，学是乐。呜呼！天下之乐何如此学，天下之学何如此乐！③

然而那一种过于逍遥的状态，如果没有真切功夫，就容易向着佛老发展，进入所谓狂禅一路。在泰州的驳杂、狂荡中，罗近溪显得格外精纯，堪为代表。他的学说，较之王龙溪，更为清新俊逸、通透圆熟。这里头，有泰州本身的影响，也有他对于破光景的强调，还有他对于赤子之心、生生之德的强调。泰州强调百姓日用即道，良知自在百姓日用间流行，可如果没有真切功夫支持，此种流行就是一种光景；如果不能使良知真实具体

---

① 牟宗三：《从陆象山到刘蕺山》，第140页。
② 牟宗三：《从陆象山到刘蕺山》，第183页。
③ （清）黄宗羲著，沈芝盈点校：《明儒学案》修订本，第718页。

地流行于百姓日用间,良知本身又成了光景。换句话说,空描画流行,没有用心体察,没有明觉的功夫,流行就是光景;空描画良知本身,忘掉它的普遍具体,良知又是光景。①

黄宗羲论到罗汝芳思想学问的特点,曾如此评道:

> 先生之学,以赤子良心、不学不虑为的,以天地万物同体、彻形骸、忘物我为大。此理生生不息,不须把持,不须接续,当下浑沦顺适。工夫难得凑泊,即以不屑凑泊为工夫,胸次茫无畔岸,便以不依畔岸为胸次,解缆放船,顺风张棹,无之非是。学人不省,妄以澄然湛然为心之本体,沉滞胸膈,留恋景光,是为鬼窟活计,非天明也。论者谓龙溪笔胜舌,近溪舌胜笔。顾盼咳欠,微谈剧论,所触若春行雷动,虽素不识学之人,俄顷之间,能令其心地开明,道在现前。一洗理学肤浅套括之气,当下便有受用,顾未有如先生者也。然所谓浑沦顺适者,正是佛法一切现成,所谓鬼窟活计者,亦是寂子速道,莫入阴界之呵,不落义理,不落想像,先生真得祖师禅之精者……若以先生近禅,并弃其说,则是俗儒之见,去圣亦远矣。②

《明儒学案》卷三十二《泰州学案》也引颜山农的话,称:

> 尝曰:"吾门人中,与罗汝芳言从性,与陈一泉言从心,余子所言,只从情耳。"③

这么一位其师与之"言从性",其学又以"赤子之心"为核心的学者,不难推知其学说对于性命之学的强调和看重。而在这份强调和看重中,罗汝芳抓住了所谓"生生之德",还有"赤子之心"。

---

① 参见牟宗三《从陆象山到刘蕺山》,第183页。
② (清)黄宗羲著,沈芝盈点校:《明儒学案》修订本,第762页。
③ (清)黄宗羲著,沈芝盈点校:《明儒学案》修订本,第703页。

所谓"赤子之心",指的是:

> 心为身主,身为神舍。身心二端,原乐于会合,苦于支离。故赤子孩提,欣欣长是欢笑,盖其时身心犹相凝聚……方信大道只在此身,此身浑是赤子,赤子浑解知能,知能本非学虑,至是精神自是体贴,方寸顿觉虚明。天心道脉,信为洁净精微也已。①

> 天性之知,原不容昧,但能尽心求之,明觉通透,其机自显而无蔽矣。是故圣贤之学,本之赤子之心以为根源,又征诸庶人之心,以为日用。②

> 不追心之既往,不逆心之将来,任他宽洪活泼,真是水流物生,充天机之自然,至于恒久不息而无难矣。③

所谓"生生之德",说的是:

> 经历久远,乃叹孔门《学》《庸》,全从《周易》"生生"一语化得出来。盖天命不已,方是生而又生,生而又生,方是父母而己身,己身而子,子而又孙,以至曾而且玄也。故父母兄弟子孙,是替天命生生不已,显现个肤皮;天命生生不已,是替孝父母、弟兄长、慈子孙通透个骨髓。直竖起来,便成上下今古,横亘将去,便作家国天下。孔子谓"仁者人也""亲亲为大",其将《中庸》《大学》已是一句道尽。④

> 天地之大德曰生。夫盈天地间只是一个大生,则浑然亦只是一个仁,

---

① (清)黄宗羲著,沈芝盈点校:《明儒学案》修订本,第764页。
② (清)黄宗羲著,沈芝盈点校:《明儒学案》修订本,第771页。
③ (清)黄宗羲著,沈芝盈点校:《明儒学案》修订本,第772页。
④ (清)黄宗羲著,沈芝盈点校:《明儒学案》修订本,第783页。

中间又何有纤毫间隔？故孔门宗旨，惟是一个仁字。孔门为仁，惟一个恕字。①

殊不知天地无心，以生物为心。今若独言心字，则我有心而汝亦有心，人有心而物亦有心，何啻千殊万异。善言心者，不如把个生字来替了他，则在天之日月星辰，在地之山川民物，在吾身之视听言动，浑然是此生生为机，则同然是此天心为复。②

很显然，罗汝芳拈出的"赤子之心"，就是对王阳明所提"良知"的又一番阐释。赤子之心，指向的是不学不虑之本心，同样有着无善无恶心之体的特性。而"生生之德"，所勾画的则是"性"的特点，"仁"的内核。"生生之德"与"赤子之心"的关联则在于：

故赤子初生，孩而弄之，则欣笑不休，乳而育之，则欢爱无尽，盖人之出世，本由造物之生机，故人之为生，自有天然之乐趣……③

在罗汝芳的学说中，心体与道体的一致，是他反复申说的问题：

今果会得此心浑然是一太极，充天塞地，更无一毫声臭；彻表彻里，亦无一毫景象，则欲得之心泯，而外无所入；欲见之心息，而内无所出。如此则其体自然纯粹以精，其功自然洁净而微，其人亦自然诚神而几，以优入圣域，莫可测识也已。④

---

① （清）黄宗羲著，沈芝盈点校：《明儒学案》修订本，第789页。
② （清）黄宗羲著，沈芝盈点校：《明儒学案》修订本，第801、802页。
③ （清）黄宗羲著，沈芝盈点校：《明儒学案》修订本，第791页。
④ 方祖猷、梁一群、[韩]李庆龙等编校整理：《罗汝芳集》，第25页。

此心浑然，充天塞地，则天地之间无非一个"心"，心即道也。同时充盈在天地之间，又只是一个大生，那么，心也就是生生，生生也在描述着道的根本，或者说特性。

罗汝芳的学说，对于汤显祖的影响是显而易见的。于是，我们才在汤显祖《光霁亭草叙》一文中看到了和"赤子之心"非常接近的"童子之心"：

恨吾齿之已壮，材之已固，无由进于此道也。童子之心，虚明可化。乃实以俗师之讲说，薄士之制义。一入其中，不可复出。使人不见泠泠之适，不听纯纯之音。①

虚明可化的童子之心，正是心之本体，有着所谓泠泠之适、纯纯之音。较之罗汝芳所言"精神自是体贴，方寸顿觉虚明"，其承继意味显然而分明。

回忆起孩童时对于罗汝芳的追随，汤显祖非常清醒地意识到那不过只是一种稚嫩的靠近，虽然确保了"天机"泠然不失，却还不及深入，更谈不到思想方面的承继："盖予童子时从明德夫子游，或穆然而咨嗟，或熏然而与言，或歌诗，或鼓琴，予天机泠如也。"② 所以，行至人生的中途，再与罗汝芳相遇时，汤显祖的喟叹与感悟都不免趋于深长：

知生之为性是也，非食色性也之生；豪杰之士是也，非迂视圣贤之豪。如世所豪，其豪不才。如世所才，其才不秀。③

道性非虚，生就是道性的根本，也是道性的实在。食色云云，不过是一种呈现，或者说构成，却不能视作性之生。同时，豪杰与圣人并不是对

---

① （明）汤显祖著，徐朔方笺校：《汤显祖集全编》，第1485页。
② （明）汤显祖著，徐朔方笺校：《汤显祖集全编》，第1480页。
③ （明）汤显祖著，徐朔方笺校：《汤显祖集全编》，第1647页。

立的。豪杰不等于有，圣人不等于无。豪杰固然为"是"，却并非通过否定圣人来加以成就。

有了这样的开悟，远贬徐闻路上，汤显祖才会因为思及罗汝芳而写下《罗浮夜语忆明德师》一诗，在诗中无比深情地追念道：

夜乐风传响，扶桑日倒流。无人忆清浅，夫子在南州。[1]

很显然汤显祖在遭遇人生之最大困境之后，更加懂得了其师学问的要紧与超拔。所以当他抵达贬所徐闻，这一现在亦被称为中国大陆最南端的偏僻所在，立马针对此地蛮荒失教、谋生不易之现状，创建贵生书院，力倡"贵生"之意，大力推广所谓生生之德。

其《贵生书院说》即写道：

天地之性人为贵。人反自贱者，何也？孟子恐人止以形色自视其身，乃言此形色即是天性，所宜宝而奉之。知此则思生生者谁？仁孝之人，事天如亲，事亲如天……故大人之学，起于知生。知生则知自贵，又知天下之生皆当贵重也。[2]

可知在汤显祖看来，天地之性，以人为贵。生生之德，不仅存于天地，更存之于人。生生之德，是天地之仁，也即人之仁。人之事亲，无异于人之事天。知生，并且贵生，就是近道的开始。贵生从一己开始，由贵己之生，方能推至贵天下之生。

另有《明复说》也一再强调：

---

[1] （明）汤显祖著，徐朔方笺校：《汤显祖集全编》，第666页。
[2] （明）汤显祖著，徐朔方笺校：《汤显祖集全编》，第1643页。

天命之成为性，继之者善也。显诸仁，藏诸用，于用处密藏，于仁中显露。仁如果仁，显诸仁，所谓"复其见天地之心""生生之谓易"也。不生不易。天地神气，日夜无隙。吾与有生，俱在浩然之内。先天后天，流露已极。①

天命之成，是所谓"性"。"性"再进一步的表现，就是所谓"善"。它"于用处密藏，于仁中显露"。所以，生生即所谓"天地之心"，即所谓"仁"。由此可见，素来论到汤显祖的思想构成，往往只言其"至情"之说，显然是不够的。汤显祖不但高秉至情之论，同时也延续了罗汝芳的学说核心，关注所谓性命之学。生生以及赤子，都是他深受其师影响的突出印迹。

据此，则陈继儒《题汤临川〈牡丹亭〉记》所言讲性讲情之标举，杜撰的色彩便甚是分明。所言称：

张新建相国尝语临川云："以君之辩才，握麈而登皋比，何渠出濂洛关闽下？而逗漏于碧箫红牙队间，将无为青青子衿所笑。"临川曰："某与吾师终日共讲学，而人不解也。师讲性，某讲情。"②

其师罗汝芳固然讲"性"，而汤显祖显然也未曾囿限于一个"情"上。正如他在《答罗匡湖》中所写，他对于情的推重和体认，其实也存在阶段性的差异。其文写道：

市中攒眉，忽得雅翰。读之，谓弟著作过耽绮语。但欲弟息念听于声元，倘有所遇，如秋波一转者。夫秋波一转，息念便可遇耶？可得而

---

① （明）汤显祖著，徐朔方笺校：《汤显祖集全编》，第1645页。
② 邓子勉编：《明词话全编》，凤凰出版社2012年版，第2297页。

遇，恐终是五百年前业冤耳。如何？二《梦》已完，绮语都尽。敬谢真爱，不尽。①

"二《梦》已完，绮语都尽"，此二句一出，既反映出情的一番蜕变，同时也仿佛道出了情、性之间的某种关系。也许，在汤显祖看来，情不过是性的具体呈现，又或者，情不过是探寻性的一条路径。以情为内核，倡言情教，不过是为了更好地复性，更好地懂得情与性之间最为本质的共性。在汤显祖这里，其实并不存在什么以"情"反"理"的所谓动因。程芸于其文中就曾直接指出："今人解读汤显祖思想时往往有一种拔高之嫌，似不如此不足以认识汤氏之深刻。笔者不同意将汤显祖思想中的以'情'抗'理'的因素强调得太过分，汤氏的思想很芜杂，而且一直处于明显矛盾之中，这与他的家庭、交游、气质以及乡邦理学传统、晚明文化语境都有密切关联。"②

汤显祖之所以倾力作戏曲，原因就在于他认为戏曲乃是承载"人情"乃至"至情"的最佳载体。可见，汤显祖的文体选择，依然根源于其思想构成中对于"情"的那份执着。其《宜黄县戏神清源师庙记》中关于"人生而有情"③的若干阐发，俱围绕于此。

就此文所写，足见情为天性，非后天之赋予，同时情具有普遍性，可以说人生而有之，所以，情可与心、与良知对看。情不过也是释良知、释性的一个维度而已。

戏曲所具有的关乎情的表现力，以及对于情的作用力，在《宜黄县戏神清源师庙记》一文中得到了汤显祖的反复申说，大力凸显。就表现力而言，可谓极富创造力，能够包罗万象、涵括古今，从无而至有，由死而之活。就作用力来看，其强度同样令人咋舌，以情感作用于情感，叫人摇漾

---

① （明）汤显祖著，徐朔方笺校：《汤显祖集全编》，第1859页。
② 程芸：《论汤显祖"师讲性，某讲情"传闻之不可信》，《殷都学刊》1999年第1期。
③ （明）汤显祖著，徐朔方笺校：《汤显祖集全编》，第1596页。

无端、情难自已。不妨说，戏曲对于"情"的承载导致了表现的发生，而摇撼则是作用的具体体现。所以戏曲不啻为情感的最佳载体，同时它显然也能最大限度地影响、作用于观者的感情。"汤显祖所强调的是情感的'感荡心灵'的作用"[①]，于此，这一观点显然是极为确当的。

此外，《宜黄县戏神清源师庙记》一文还论及了戏曲的伦理教化功能。实际上，这一功能的具体展开，就和情感本身直接相关。毕竟，所谓戏曲，正是"人情之大窦，名教之至乐"。正如其文中所写：

可以合君臣之节，可以浃父子之恩，可以增长幼之睦，可以动夫妇之欢，可以发宾友之仪，可以释怨毒之结，可以已愁愦之疾，可以浑庸鄙之好。然则斯道也，孝子以事其亲，敬长而娱死；仁人以此奉其尊，享帝而事鬼；老者以此终，少者以此长。外户可以不闭，嗜欲可以少营。[②]

邹元江《汤显祖新论》就此提出：

儒家向来很重视诗乐的感化作用，甚至认为可以"动天地，感鬼神"。但对戏剧却一向是轻视的。汤显祖认为戏剧能有上述这样巨大的感染力，这是将儒家所说诗、乐的感化作用扩展至戏剧，这在汤显祖之前可以说是闻所未闻。汤显祖在极大地提高戏曲艺术的社会地位的同时，也极有力地发展了儒家美学重情感感化的思想，并打出了为他所特有的主张"情至"的大旗。[③]

正因为戏曲一方面堪称情感绝佳的载体，另一方面又可以直接用情感的内核作用于情感，所以汤显祖方才选定了戏曲这种特殊的文学样式来书

---

① 邹元江：《汤显祖新论》，第251页。
② （明）汤显祖著，徐朔方笺校：《汤显祖集全编》，第1596页。
③ 邹元江：《汤显祖新论》，第250、251页。

写所谓至情。从汤显祖《牡丹亭题词》来看，所谓至情，所强调的就是无所依傍，没有任何条件。这样一种特质的具备与呈现，极端到可以穿越生死，其实就极其符合心之本体——同样是无视条件，无所谓善恶的存在。这也正是汤显祖在《复甘义麓》中所称：

> 弟之爱宜伶学二《梦》，道学也。性无善无恶，情有之。因情成梦，因梦成戏。戏有极善极恶，总于伶无与。伶因钱学《梦》耳。弟以为似道。怜之以付仁兄慧心者。①

"因情成梦，因梦成戏"，这是戏与情的关联。这里所提及的情，虽然有善恶之分，就所谓至情而言，却是形同于"性"一样的存在，是"无善无恶"的，所以才可以称之为"道学"。很显然，汤显祖之"至情说"，不过也是就"良知"一项而做出的新的阐发——以情抵至境的种种表现，来把握所谓良知的种种特性。所以，"至情"云尔，其实是可以和罗汝芳提出的"生生之德""赤子之心"相对看的。而从汤显祖自己对于自身戏曲写作的把握来看，"二梦"完结之后，就是所谓"绮语都尽"的状态。就"临川四梦"的实际情况来看，《紫钗记》《牡丹亭》正是有关于情的讨论及呈现。而且，是很分明地循着这样一个轨迹在行进——常情之后，有所谓至情。其后"二梦"，《南柯记》（又称《南柯梦记》）、《邯郸记》（又称《邯郸梦记》），呈现出来的恰恰是情的离场，或者说情的蜕变。其行进轨迹同样是一目了然的——由情之了悟，而抵达情之超越。所以，前"二梦"一完，止是"绮语都尽"，同时也销尽情肠；后"二梦"的接续，是一个由情到性的自然承接。汤显祖的思想发展所依循的所谓理路，在"四梦"当中有着完整而清晰的脉络。

要之，"贵生"与"至情"，是汤显祖思想学说构成的核心内容。由此

---

① （明）汤显祖著，徐朔方笺校：《汤显祖集全编》，第1941页。

二项,正可证明他多次说过的话——所谓"如明德先生者,时在吾心眼中矣"[1]。这也正是汤显祖《李超无问剑集序》所写下的句子:

> 吾师明德夫子而友达观。其人皆已朽矣。达观以侠故,不可以竟行于世。天下悠悠,令人转思明德耳。[2]

---

[1] (明)汤显祖著,徐朔方笺校:《汤显祖集全编》,第1727页。
[2] (明)汤显祖著,徐朔方笺校:《汤显祖集全编》,第1495页。

第四节
达观与李贽

徐朔方《汤显祖评传》提及汤显祖与释真可（1543—1603），也就是通常说的达观和尚、紫柏大师，有一段话很值得注意，试引如下：

万历十八年（1590）腊月，汤显祖和真可和尚在南京刑部员外郎邹元标的寓所会见。真可号达观，又称紫柏禅师。他对汤显祖思想影响之深刻，无论在消极或积极方面，没有人可以和他相比。[①]

无论达观是否是影响汤显祖至深的那一位，他与汤显祖之间的紧密亲厚，都是我们不可否认的事实。一如上文结尾处所引，"吾师明德夫子而友达观"[②]，达观之于汤显祖，其实正在师友之间。汤显祖《答邹宾川》即有："弟一生疏脱。然幼得于明德师，壮得于可上人，时一在念，未能守笃以环其中。来去几何，尚悠悠如是，时自悲怛。"[③]

汤显祖与达观的定交，可以说很具传奇色彩。汤显祖《莲池坠簪题壁二首》诗前小序就记道：

予庚午秋举，赴谢总裁参知余姚张公岳。晚过池上，照影搔首，坠一

[①] 徐朔方：《汤显祖评传》，第71页。
[②] （明）汤显祖著，徐朔方笺校：《汤显祖集全编》，第1495页。
[③] （明）汤显祖著，徐朔方笺校：《汤显祖集全编》，第1921页。

莲簪，题壁而去。庚寅达观禅师过予于南比部邹南皋郎舍中，曰："吾望子久矣。"因诵前诗，三十年事也。师为作《馆壁君记》，甚奇。今春，五台僧乐愚来乞文，复栖贤寺修坠簪之约。予病苦，恐未能观厥成。感激悲涕，是用存其少作，奉为来因云尔。①

而所谓"少作"，则写作：

搔首向东林，遗簪跃复沉。虽为头上物，终是水云心。
桥影下西夕，遗簪秋水中。或是投簪处，因缘莲叶东。②

1570年（庚午），在这一年秋试中取得第八名好成绩的汤显祖，年仅21岁。按理说，正是志得意满、意气骄矜的状态，可他因为"遗簪"的偶然而写于西山云峰寺壁上的两首小诗，却分明透露出一份无心功名、勘破浮沉的通脱与淡然。一句"终是水云心"，一句"因缘莲叶东"，又仿佛道出了其人与佛教之间命定的因果。所以，达观禅师才会在未见其人，先睹其诗的情形下，对汤显祖倾心不已。即便阻隔了二十年方才最终相见，也丝毫没有减损他对于汤显祖的种种期待。按照达观禅师自己的说法，是所谓"野人与寸虚必有大宿因"③。二人缔交之后，往还颇多。达观于此有所谓"五遇"的总结——

野人追踪往游西山云峰寺，得寸虚于壁上，此初遇也。至石头，晤于南皋斋中，此二遇也。辱寸虚冒风雨而往顾栖霞，此三遇也。及寸虚上疏后，客瘴海，野人每有徐闻之心，然有心而未遂。至买舟绝钱塘，道龙游，访寸虚于遂昌。遂昌唐山寺，冠世绝境。泉洁峰头，月印波心，红鱼

---

① （明）汤显祖著，徐朔方笺校：《汤显祖集全编》，第827、828页。
② （明）汤显祖著，徐朔方笺校：《汤显祖集全编》，第828页。
③ 毛效同编著：《汤显祖研究资料汇编》，第241页。

误认为饵，虚白吐吞。吐吞既久，化而为丹，众鱼得以龙焉。故曰，龙乃鱼中之仙。唐山，禅月旧宅。微寸虚方便接引，则达道人此生几不知有唐山矣。然此遇，四遇也。今临川之遇，大出意外。何殊云水相逢，两皆无心，清旷自足。此五遇也。①

由此五遇，达观对于汤显祖的珍视可见。至于所谓"寸虚"，就是达观给汤显祖所取的法号。汤显祖在南京的时候，曾受记于达观，"念与紫柏师，独受雨花记"②一句差可证此。可见达观一直存了劝说汤显祖进入佛门，随其一并修行的心思——"此野人深有望于寸虚者也"。于是才会由"寸虚"而"广虚"，由"广虚"而"觉虚"，一直对汤显祖保有期许。其期许之殷切，在《留题汤临川谣》这首诗中，抒发得格外直接——"汤遂昌，汤遂昌，不住平川住山乡。赚我千岩万壑来，几回热汗沾衣裳"③。虽然达观最终也未能将汤显祖成功"赚"入佛门，但无疑赢得了一份至为深挚且坚定的友情。二人相与过还的整个过程，无论几遇，汤显祖都写下了为数众多的诗篇，情真意切，感人肺腑。而从二人的交往过程，也不难看到汤显祖"至情观"所受到的来自达观禅师的影响。其《寄达观》一信就写道：

情有者理必无，理有者情必无。真是一刀两断语。使我奉教以来，神气顿王。谛视久之，并理亦无，世界身器，且奈之何。以达观而有痴人之疑，疟鬼之困，况在区区，大细都无别趣。时念达师不止，梦中一见师，突兀笠杖而来。忽忽某于全，知在云阳。东西南北，何必师在云阳也？迩来情事，达师应怜我。白太傅苏长公终是为情使耳。④

---

① 毛效同编著：《汤显祖研究资料汇编》，第240页。
② （明）汤显祖著，徐朔方笺校：《汤显祖集全编》，第1012页。
③ 毛效同编著：《汤显祖研究资料汇编》，第245页。
④ （明）汤显祖著，徐朔方笺校：《汤显祖集全编》，第1798页。

"情有者理必无，理有者情必无"，这是达观的观点，显然也是最为打动汤显祖的所在。汤显祖《牡丹亭记题词》中的名句——"第云理之所必无，安知情之所必有邪"①，几乎可以视作这两句的一个变形。所谓"一刀两断语"，则是强调其利落明快，再无别处可疑。不过，达观的理有情无、情有理无之论，却是意在劝说汤显祖勿惑于情，可以去情就理。然而达观自己，仍是一位"未离于世"，同时也"未离于情"的禅师，所以他的这样一些劝说显然就不具备什么说服力。达观自己就说过，"屡承公不见则已，见则必劝仆须披发入山始妙。仆虽感公教爱，然谓公知仆，则似未尽也。大抵仆辈披发入山易，与世浮沉难"②。一个甘于"与世浮沉"，不惧世人讥嘲，甚至因此下狱身死的达观，其实正是"为情使耳"的典型。所以也无怪乎汤显祖在其论说中品咀出另外的意蕴，那就是情与理判然有别——不当以理格情，同样也不必因情废理。汤显祖写给达观的这封书信，正写在达观系狱之时，是以此信不得不写，因为"时念达师不止"，却不必送达，"东西南北，何必师在云阳也"，这样的行为，同样不过"为情使耳"，所以才说"达师应怜我"。于此信中，可见汤显祖关于"情""理"的领悟明显更为推进了一层——"谛视久之"，不但"情"已消弭不见，"理"亦不存。然而行走世间，难免于痴，故难免于情。因情，而生万有，而生缠绕，同样是"大细都无别趣"。汤显祖的"至情"之论，于此尺牍中足见一斑。

达观与汤显祖的第六遇，是1600年（庚子），达观上京之前去往临川向汤显祖辞行。汤显祖写在此时的诗，充满了他对于达观此行的担忧与关切。《达公来别云欲上都二首》即有：

艇子湖头破衲衣，秣陵秋影片云飞。庭前旧种芭蕉树，雪里埋心待

---

① （明）汤显祖著，徐朔方笺校：《汤显祖集全编》，第1553页。
② 毛效同编著：《汤显祖研究资料汇编》，第242页。

汝归。

梦破长安古寺钟，偶经花雨旧林空。寻常一饭堪随施，何必天言是可中。①

正因为有此忧惧，虽然达观去得无比果决——"且仆一祝发后，断发如断头，岂有断头之人，怕人疑忌耶"②，但也无法祛除汤显祖内心的悱恻缠绵，故而一送再送，一再言情。以下数诗，皆是此类——

章门客有问汤老送达公悲涕者

达公去处何时去，若老归时何处归？等是江西西上路，总无情泪湿天衣。③

归舟重得达公船

无情当作有情缘，几夜交芦话不眠。送到江头惆怅尽，归时重上去时船。④

江中见月怀达公

无情无尽恰情多，情到无多得尽么。解到多情情尽处，月中无树影无波。⑤

离达老苦

水月光中出化城，空风云里念聪明。不应悲涕长如许，此事从知觉有情。⑥

---

① （明）汤显祖著，徐朔方笺校：《汤显祖集全编》，第829页。
② 毛效同编著：《汤显祖研究资料汇编》，第242页。
③ （明）汤显祖著，徐朔方笺校：《汤显祖集全编》，第831页。
④ （明）汤显祖著，徐朔方笺校：《汤显祖集全编》，第831页。
⑤ （明）汤显祖著，徐朔方笺校：《汤显祖集全编》，第832页。
⑥ （明）汤显祖著，徐朔方笺校：《汤显祖集全编》，第832页。

沈际飞评《江中见月怀达公》的末句，有"窥得宗风"①之语，即称汤显祖此句颇得禅宗要旨，显然与"本来无一物"颇为相似。不过，此时汤显祖所体认到的"月中无树影无波"，却是从无情、有情写来，可以说情思焕然，并非一派空寂。这一点，就和禅境宗风显然有别。邹元江于此亦有论，在他看来：

总之，萦绕在汤显祖耳畔的全是达观的理有情无、无情法语。然而在汤显祖看来，达观的情无、无情，自当视作情有、有情，所谓"无情无尽恰情多"。当然，这无情之情却非常情，而是"泪湿天衣"之至情，也就是"解到多情情尽处"的"情尽"。到此"情尽"处，"月中无树影无波"。沈际飞评说这句诗"窥得宗风"。"宗"即禅宗。但沈际飞只说着了一半。汤显祖虽窥得禅境宗风，但在汤显祖眼里，这禅境宗风又并非是寂然清冷的，而是澄明朗照。

这澄明朗照的禅境宗风又正是与审美境界相通的。"至情"或曰"情尽处"，正是大象无形、大音希声、超言绝象的审美之境。②

其实汤显祖所谓"至情"之近乎道，也就在于无情、情尽所映照的恰恰是所谓有情、情至。这正说明"至情"不曾流于表面，形诸光景，只有越过重重表象、常情常理，方能最终抵达。是以此番相送的吟咏，实在不啻情理有无的一番回应，一番蜕化。汤显祖"至情论"之得益于达观，得益于禅宗，于此清晰可辨。"他与达观的密切交往，他对禅宗精神的深切认识，尤其是他从达观独往独来、见义勇为、为社会不平而四处奔走呼告的言行中，深受感染和与内心情愫合拍的，也正是这种对个体自由和尊严的推崇"③，类似这样的认知，符合汤显祖与达观之间的真实情况。

---

① （明）汤显祖著，徐朔方笺校：《汤显祖集全编》，第832页。
② 邹元江：《汤显祖新论》，第271页。
③ 邹元江：《汤显祖新论》，第276页。

汤显祖和李贽之间，并不似其与达观那样，有那么多实际的过还交往。徐朔方认为李贽曾一至临川，二人有过晤面交谈。实际上，二人存有交集的支撑性材料可谓非常稀缺。不过这并不妨碍汤显祖对于李贽其人其书油然而生倾心慕尚之情。他在南京泛散为郎的时候，就向朋友提到了这份掩抑不住的倾慕之情。《寄石楚阳苏州》即写道：

有李百泉先生者，见其《焚书》，畸人也。肯为求其书寄我驺荡否？①

见其书便觉惊艳，通常都是被其观点、文字吸引。李贽强调"绝假纯真"，标举所谓"童心"，这一点，恰与汤显祖一向之主张甚为契合。汤显祖对于"真"的强调，同样见诸文字——

凡道所不灭者真，王公，真人也。真则可以合道，可以长年。盖食淡者不渝其恬，行敦者不泄其清。寿非真人之所爱，而人之所爱于真人也……必不可不寿者，真人也。孝则真孝，忠则真忠，和则真和，清则真清。进而有社稷之役，大，为可恃之臣，其次不失为可信之臣。②

门下殆真人耶。世之假人，常为真人苦。真人得意，假人影响而附之，以相得意。真人失意，假人影响而伺之，以自得意……仆不敢自谓圣地中人，亦几乎真者也……彼假人者，果足与言天下事欤哉！……大势真之得意处少，而假之得意处多。仆欲门下深言无由矣。门下且宜遵时养晦，以存其真。③

在汤显祖看来，"真"即为"道"恒常不灭的特质。故而他所标举的"真"，就和前文所言"良知"一样，有明显的道德内核。"真"在不同的方

---

① （明）汤显祖著，徐朔方笺校：《汤显祖集全编》，第1765页。
② （明）汤显祖著，徐朔方笺校：《汤显祖集全编》，第1426、1427页。
③ （明）汤显祖著，徐朔方笺校：《汤显祖集全编》，第1739、1740页。

面亦有不同的含义,即有所谓真孝、真忠、真和、真清,以及真寿。同时"真",也是臣节最为核心与基础的构成。真与假,则是分明的对立关系。而汤显祖最为引以为傲的,无非"几乎真者";对于去信对象的叮嘱,也无非"以存其真"。可见"真"是最不能够轻易丧失的秉性,也是与世俗常流区别开来的关键属性。

达观和李贽,二人对于汤显祖思想构成之影响或有深浅浓淡之分别,也有着甚为相似的所在,那就是都呈现出较为狂荡、不为世法所拘的特性。此二人向被目为"狂禅"一路。沈德符《万历野获编》卷二十七"紫柏祸本"即有:"紫柏老人气盖一世,能于机锋笼罩豪杰。"[1]于"禅林诸名宿"则言:"而达老直捷痛快,佻达少年骤闻无不心折。"[2]该书还将李贽与达观并称为"二大教主",表李贽之特性则有:"温陵李卓吾,聪明盖代,议论间有过奇,然快谈雄辩,益人意智不少。"[3]如前所论,汤显祖对于自身的期许,不过就是要成其"狂斐"。实际上,汤氏早就因其意气横肆,踔厉奋发,"勇于评论时事,喜怒形于色,为统治阶级的正人君子所侧目,被人称为'狂奴'"[4]。故此,同一"狂"字,飞荡之姿赫然目前,那份不受常格、常情拘囿的存在特性,也许正是其人所以倾心至此的根本所在。

于达观和李贽身故之后,汤显祖写《寄袁小修》的一封书信这样写道:

都下雪堂夜语,相看七八人。而三公并以名世之资,不能半百。古来英杰不欲委化遗情,而争长生久视者,亦各其悲苦所至。然何可得也。弟不能世情怆恻事,而于此际无服之丧,无声之哭,时时有之,更在世情之外。小修当此,摧裂何如。[5]

---

[1] (明)沈德符:《万历野获编》,中华书局1959年版,第690页。
[2] (明)沈德符:《万历野获编》,第693页。
[3] (明)沈德符:《万历野获编》,第691页。
[4] 徐朔方:《汤显祖评传》,第51页。
[5] (明)汤显祖著,徐朔方笺校:《汤显祖集全编》,第1811页。

此处所谓"无服之丧""无声之哭",基本指向数年间达观、李贽的被祸殒身,不能世情怆恻,却每每世情怆恻,其痛切摧裂,可谓透纸而出。是以《叹卓老》有:

自是精灵爱出家,钵头何必向京华?知教笑舞临刀杖,烂醉诸天雨杂花。[1]

《西哭三首》又有:

一自去长安,无心拍马鞍。只应师在处,时复向西看。
大笠覆无影,枯藤杖不萌。定知非狱苦,何得向天生。
三年江上别,病余秋气凄。万物随黄落,伤心紫柏西。[2]

曾经心折,亦曾交深,一旦罹祸殒殁之后,痛惜与哀恸自然交迸而至。就在这样哭悼的诗句当中,其实同样可见二氏对于汤显祖牵引最深的所在:其一,当然是不世出的狂荡之姿——既形诸文字,也显于生涯;其二,则是情之真切深挚,其间牵绊之深刻,自然无须赘述。汤显祖"至情观"当中那份淋漓的奇气,同样不失狂荡的神情,自然不是得诸罗汝芳,反而与达观、李贽有着更为紧密的关联。

---

[1] (明)汤显祖著,徐朔方笺校:《汤显祖集全编》,第881页。
[2] (明)汤显祖著,徐朔方笺校:《汤显祖集全编》,第905页。

第三章

汤显祖的诗歌创作

《明史·文苑传序》有云：

弘、正之间，李东阳出入宋、元，溯流唐代，擅声馆阁。而李梦阳、何景明倡言复古，文自西京，诗自中唐而下，一切吐弃。操觚谈艺之士翕然宗之。明之诗文，于斯一变。迨嘉靖时，王慎中、唐顺之辈，文宗欧、曾，诗仿初唐。李攀龙、王世贞辈，文主秦、汉，诗规盛唐。王、李之持论，大率与梦阳、景明相倡和也。归有光颇后出，以司马、欧阳自命，力排李、何、王、李。而徐渭、汤显祖、袁宏道、钟惺之属，亦各争鸣一时，于是宗李、何、王、李者稍衰。至启、祯时，钱谦益、艾南英准北宋之矩矱，张溥、陈子龙撷东汉之芳华，又一变矣。①

由此段文字，可知明代中后期文学发展的一个大致阶段，同时也基本道出了每个阶段所呈现出来的主要特征，或者说潮流倾向。可以看到，复古是明代文学始终不变的大潮，但所复之古具体有别。自李东阳开始，"出入宋、元，溯流唐代"是其特性。随后是前七子的"诗必盛唐，文必秦汉"。之后，又是唐宋派对于北宋和初唐的效仿。后七子的出现，等于是重申了前七子的具体主张。汤显祖正与后七子同时。然而，他显然是有别于后七子文学主张的作者——与徐渭、袁宏道等并列，可以说是主流以外的存在。据此，则汤显祖在诗文创作上的独特之处不难窥见。能够在后

---

① （清）张廷玉等撰：《明史》，第6015、6016页。

七子嚣噪之时提出自己的主张，写出自己的风格，这本身，就足以说明汤显祖作为一名作者，其独有的文坛价值。同时，从钱谦益《列朝诗集小传·汤遂昌显祖》一文，我们也可以清晰看到，汤显祖意在超越的，并不只有时人而已，也包括了旧有的种种自己。此处，不妨再重温一下钱谦益的相关文字——

  自王、李之兴，百有余岁，义仍当雾雾充塞之时，穿穴其间，力为解驳，归太仆之后，一人而已。义仍少熟《文选》，中攻声律，四十以后，诗变而之香山、眉山，文变而之南丰、临川。尝自叙其诗三变而力穷，又尝以其文寓余，以谓不蕲其知吾之所已就，而蕲其知吾之所未就也。于诗曰"变而力穷"，于文曰"知所未就"，义仍之通怀嗜学，不自以为能事如此，而世但赏其词曲而已，不能知其所已就，而又安知其所未就，可不为三叹哉！①

  汤显祖学问的根基是《文选》，所以其诗文创作的根基自然也是《文选》。少年时期在《文选》上用的力，使得汤显祖的诗歌总是呈现出六朝的一些显著特色。而汤显祖在诗歌创作一事上的醉心，也就表现在他在向不同的时代和诗人不断取法，力求不断超越自我。钱谦益称"通怀嗜学"，确实堪称知言。不过，其诗歌取法的对象，包括其诗歌呈露出的具体风格特色，却一直有不同的说法。此处，钱谦益称汤显祖四十以后，诗风就朝白居易、苏轼转型。朱彝尊《静志居诗话》则认为：

  嘉靖七子之派，徐文长欲以李长吉体变之，不能也；汤义仍欲以尤、萧、范、陆体变之，亦不能也。②

---

① （清）钱谦益：《列朝诗集小传》，第564页。
② （清）朱彝尊著，姚祖恩编，黄君坦校点：《静志居诗话》，人民文学出版社1990年版，第464页。

显然在朱彝尊看来，汤显祖的诗歌创作，主要以南宋中兴四大家为师法的对象。而吴乔《围炉诗话》卷六又有：

> 于鳞见元美文学《史》《汉》，乃学《左传》，欲以胜之。笨伯固宜如此。汤若士慧人也，亦欲学初唐以胜二李，何欤？袁中郎亦欲翻二李，而识浅见薄，反开钟、谭门窦。①

此论又将汤显祖的诗歌风格定位在初唐。宋长白《柳亭诗话》则称："汤临川诗在樊川、义山之间，而其名乃著于'四梦'。"② 樊川，指杜牧；义山，是李商隐。若依此论，则汤显祖的诗风，明显又是晚唐路数。

归结以上诸般，可知汤显祖的诗歌创作明显有着风格不一的特色，单就唐代而言，就有初、中、晚之别；从宋代来看，也有北宋、南宋的不同呈现。这样一种多繁混杂特色的出现，大概和汤显祖在师法对象上并不拘泥直接相关。这种不拘泥的特性，真正体现了所谓"转益多师"，遗憾的是，汤显祖却始终未能将其融会贯通，从而形成自己独有的风格特色。

---

① （清）吴乔:《围炉诗话》，载郭绍虞编选，富寿荪校点《清诗话续编》，上海古籍出版社1983年版，第678页。
② （清）宋长白:《柳亭诗话》卷二，载张寅彭选辑，吴忱、杨焄点校《清诗话三编》，上海古籍出版社2014年版，第178页。

第一节
《红泉逸草》——汤显祖诗歌创作的起点

万历三年乙亥(1575)这一年,汤显祖26岁。这一年,他迎来了自己所作诗文的首次结集刊行。主其事者,是当时的临川令李大晋。这部最早的诗集,题为《红泉逸草》。徐朔方笺校的《汤显祖集全编》诗文之卷一、卷二,就是《红泉逸草》。卷一收诗20首,徐朔方定为汤显祖12岁到25岁所作,也即1561年到1574年。卷二收诗56首,为汤显祖25岁之前所作之诗。

在这76首诗中,除《乱后》《分宜道中》《明河咏》《丙寅哭大行皇帝》《庚午过孟尝君墓》《壬申岁哭大行皇帝》《壬申除夕,邻火延尽余宅,至旦始息。感恨先人书剑一首,呈许按察》《红泉家燕》《许湾春泛至北津》《登西门城楼望云华诸仙》《艾菊园立夏试葛忆谢子》《玉皇阁》《侍大父白云桥秋望》《春暮南城道中》《秋原独夜有怀》《独酌言志》《秋叹》《古意》《梧桐园春望》《过伍祖训宅》《钟陵游万氏池馆》《当垆曲》《涌金曲》《今别离》《孟冬闲步后池园田,偶至正觉院》25首之外,其余都是唱和应酬之所作。

以卷一为例,20首诗,诗题基本都是这样的内容:《祥符观阁侍子拂先生作,呈刘大府》《送夏别驾总兑淮上》《西城晚眺呈沈郡丞》《答华别驾》《张郡丞枉过就别》《重酬谭尚书》《壬申除夕,邻火延尽余宅,至旦始息。感恨先人书剑一首,呈许按察》《留别大司马谭公》《上侍郎王公》,等等。

沈际飞在《玉茗堂诗集题词》中有过这样一番议论：

全诗赠送酬答居多；惟赠送酬答，不能无扬诩慰恤，而扬诩慰恤不能切着，于是有沈称休文，扬称子云之类。称名之不足，则借夫楼颜榭额以为确然；而有时率意率笔，以示确然，未能神来情来，亦非鄙体野体，徒见魔劣。①

而从《红泉逸草》的诗题构成来看，则汤显祖诗歌创作的此种弊病——以赠送酬答居多，诗歌沦为交际应酬的工具，一方面真情实感匮乏，另一方面则言词粗劣多格套，从其诗歌创作的起点便已初现端倪，并由此一直绵延到其后的诗歌创作当中。吴乔《围炉诗话》曾说："诗坏于明，明诗又坏于应酬。"② 汤显祖的诗，大概就是此论非常有说服力的一则例证。

《红泉逸草》有一首《对杨生》如此写道：

讵是桓元凤？杨乌更妙年。风亭留格五，云路掷秋千。白日功名费，清时笑语连。无缘占气色，长夜剑光悬。③

这首诗，当然是为称美杨生而作。然而诗歌写来，却有着称名道姓连带古人来勉强加以赞许的显著特点，正所谓"沈称休文，扬称子云"是也。这样的写法，既无真情实感，又显得陈套分明。所以并不是应酬诗不能作，而是不能全无真切，浮泛而作。正如吴乔所言，"朋友为五伦之一，既为诗人，安可无赠言？而交道古今不同，古人朋友不多，情谊真挚，世

---

① 毛效同编著：《汤显祖研究资料汇编》，第394页。
② （清）吴乔：《围炉诗话》，载郭绍虞编选，富寿荪校点《清诗话续编》，第594页。
③ （明）汤显祖著，徐朔方笺校：《汤显祖集全编》，第120页。

愈下而交愈泛,诗亦因此而流失焉"[1]。

另外,这首诗在用典上也颇令人费解。清人方东树于其《昭昧詹言》就已指出——

> 能多读书,隶事有所迎拒,方能去陈出新入妙。否则,虽亦典切,而拘拘本事,无意外之奇,望而知为中不足而求助于外,非熟则僻,多不当行。[2]

汤显祖作诗从一开始就颇好用典,这大概是熟读《文选》所致,然而往往不佳。要么,是所谓"拘拘本事",没有出人料想之奇;要么,就是不明出处,亦不明所指,读来只觉锈涩,正是方东树所批评的"非熟则僻,多不当行"。

前面说过,《乱后》是汤显祖十二岁所写的一首诗,也是现存诗歌中最早的一首。就体例来看,这是一首五言古诗。据诗前小序可知,这是一首因兵乱而发,记述乱离的诗歌。十二岁的孩童,这样的一个题材选择,让我们可以充分看到汤显祖在思想上的那份早熟。同时,经此横流之世,有关怀,有思考,也充分展露了作为士人,汤显祖那份担当的自觉。以天下为己任,勇于承担,这是明代士风的一种特色,也是少年汤显祖令人格外感动的特质所在。这首诗歌在写作上的特点,正如作者在小序当中交代的那样,是以星象的种种特性与变化,带出兵乱的发生。星象相关的笔墨,便多见用典。其中,既有像"天狗"这样的熟典,也有类似"地雁"这类较为生僻的典故。这正应了前引方东树所批评的"非熟则僻",恰恰不是用典之当行。具体的与星象、术数相关的典故有:

地雁:流星的一种。《晋书·天文志中》:"若小流星色青赤,名曰地雁。"明王志坚《表异录·象纬》:"流星色赤,名曰地雁,其所坠者起兵。"

---

[1] (清)吴乔:《围炉诗话》,载郭绍虞编选,富寿荪校点《清诗话续编》,第594页。
[2] (清)方东树著,汪绍楹校点:《昭昧詹言》,人民文学出版社1961年版,第18页。

天狗：星名。《史记·天官书》："天狗，状如大奔星，有声，其下止地，类狗。"清顾炎武《秋山》诗之二："天狗下巫门，白虹属军垒。"

蚩尤旗：彗星之名。此星出古时谓乃征伐之兆。

太尊：亦星名。《晋书·天文志上》："中台之北一星曰太尊，贵戚也。"

阳九：凡四千六百一十七年即为一元，初入元一百零六岁，即有旱灾九年，正所谓阳九。

这一类的典故使用，令诗歌多少有些滞涩难懂的意味。除此而外，《乱后》一诗的叙事性较为突出，在叙事过程中，还出现了一些特写镜头。"宁言妻失夫，坐叹儿捐母。忆我去家时，余粱尚栖亩。居然饱盗贼，今归乱离后。亲邻稍相问，白日愁虚牖"，便是此例。这样一种写法，使得诗歌关于乱离的讲述充满了画面感，这是值得肯定的运笔。同时这样的运笔也让读者清晰看到了汤显祖在写作这首诗歌时对于汉乐府以及建安诗人的那份师法、承继。于是，诗歌在滞涩之余，也在喟叹深长中蕴含着慷慨的特性。少年汤显祖对于古文词的爱好，在这一首诗歌当中，可谓有着较为突出的呈露。

《红泉逸草》当中还有一些诗歌，则让我们清晰看到诗人对于六朝的学习。具体的学习成效，集中反映在诗歌的句式与词藻之上。就诗意来看，却往往显得勉强而支离。其中，《射鸟者呈游明府》一诗，就颇为典型。其诗曰：

平原落日尽，白门征马寒。芳柯并渝采，宁云桑叶干？好鸟难蔽亏，啾啾绕林端。绣鞲谁家儿，绿弓蓝薄间。第言飞肉美，谁念报恩环？睥睨瞥空响，应声苏合丸。彼鸟散魂魄，此人含笑颜。凌云起光色，委身空翠盘。[①]

---

① （明）汤显祖著，徐朔方笺校：《汤显祖集全编》，第98、99页。

作者显然想将此诗写成寓言，借寓言的体性，来行劝诫之事。这一首诗，在句式、藻绘、立意方面都不难看到对于前人的借鉴，不过有一些字句却有着分明的龃龉以及刻露。"彼鸟散魂魄，此人含笑颜"一句即典型的刻露之处。像是"绿弓蓝薄间""凌云起光色"这样的字句，又显然是哀戚中的杂音，最终导致整首诗失掉了那份圆融与高古。

诗歌以言志为诉求，汤显祖早期诗歌的短板，恰恰在于意欲言志之时，没有一个首尾接贯、圆融自然的情感结构。一些意象的遣用，句式的经营，显得支离而勉强。这样一种弊病，在《红泉逸草》的近体诗歌中，表现得更加突出。比如汤显祖首次乡试落第所写的这首《秋思，丁卯年作寄豫章诸反（友）》，就堪称典型。其诗如下：

凉年悲急节，风色坐闺阴。蛩促木兰织，萤飞林邑金。裙斜宽锦襻，鬟动响珠簪。寄谢天河影，宁闻捣素音。①

是诗首联，显然意欲奠定一个满怀惆怅、情绪低落的基调，开篇即点出"凉年""悲""急节"几个关键词——一方面突出萧瑟凄清，另一方面则着意渲染促迫。就开篇而言，并无其他问题。然而紧接着出现的颔联，以一句"萤飞林邑金"，明显破坏了这份情绪的完整。因为这样一个画面，既非萧瑟，也不促迫。颈联的呈现，同样与此无关，不过刻画了一个闺中女子的形象，这个形象，情感特质并不分明。至于尾联之收，就更显仓促和潦草。整首诗，以"秋思"为题，却未能很好地做到切题。想要借此诗书写怀抱，却基本上一联写出一种情境，没有更多的相关性，也看不到内在的情感逻辑。这就像方东树《昭昧詹言》所批评的：

诗以言志。如无志可言，强学他人说话，开口即脱节。此谓言之无

---

① （明）汤显祖著，徐朔方笺校：《汤显祖集全编》，第107页。

物，不立诚。若又不解文法变化精神措注之妙，非不达意，即成语录腐谈。是谓言之无文无序。若夫有物有序矣，而德非其人，又不免鹦鹉、猩猩之诮。庄子曰："真者精诚之至也。"不精不诚，不能动人……试观杜公，凡赠寄之作，无不情真意挚，至今读之，犹为感动。无他，诚焉耳。彼以料语妆点敷衍门面，何曾动题秋毫之末。[①]

杜甫的诗，即便是寄赠酬答之作都能让人感动，就在于诗中分明的那份志诚。汤显祖早年的这些诗作，总是有"开口即脱节"的特性，一方面固然是未谙"文法变化精神措注之妙"，另一方面则是由于情感上不够充沛，致使不得不使用套话料语，因此除了敷衍场面，并无其他意蕴。《秋思，丁卯年作寄豫章诸友》一诗，显为前者。其余应酬之作，则分明后者。

由于对"文法变化精神措注"不曾熟习、了然，汤显祖《红泉逸草》中的许多近体诗，在对仗一事上都有诸多未安——要么，是动辄合掌；要么，是对得格外生硬勉强，明显是为对而对，而这样一种属对方式，过于勉强生凑，通常都是难通的。动辄合掌的例子，集中颇多。比如《广昌哭王守备庙》一首，就堪称典型。其诗曰：

万里军书始折胶，推锋直上捣蛮巢。朝辉板楯团金嶂，夜响刀环带月凹。壮士常乘陇上马，将军曾击水中蛟。平原远路空魂魄，落日玄云绕吹铙。[②]

"壮士""将军"一联，就是典型的合掌。所谓合掌，即合掌对，也就是一联的上句和下句宛若左手与右手，虽然存有不同，所表达的却是一个

---

① （清）方东树著，汪绍楹校点：《昭昧詹言》，第2、3页。
② （明）汤显祖著，徐朔方笺校：《汤显祖集全编》，第121页。

第三章　汤显祖的诗歌创作

意思。上下句之间，没有宕开足够的空间，只有对于有限空间的肆意浪费，是一种毫无意义的重复。近体诗，最忌合掌，因为近体诗的篇幅本来就是有限的，合掌的出现，除了显露诗才的短缺之外，就只是徒然占据了有限的篇幅。胡应麟《诗薮》就曾说过：

作诗最忌合掌，近体尤忌，而齐梁人往往犯之。如以"朝"对"曙"，将"远"属"遥"之类。初唐诸子，尚袭此风，推原厉阶，实由康乐。沈、宋二君，始加洗削，至于盛唐尽矣。[①]

上引颈联乍一看，虽有"壮士""将军"之异，所抒发的意思，却是基本一致的，都是对于过往勋业的回望，这就是典型的合掌案例。《红泉逸草》中，不仅写得不佳的篇目有合掌，就连一些值得圈点的诗作，都依然存有合掌的现象。像是《明河咏》一诗，虽然难得的通体切题且圆融自然，但颔联与颈联，都有不同程度的合掌倾向，或者说嫌疑。其诗写作：

析木东头星汉悬，西南两道泛天舡。初惊短瀑横檐落，更讶长云拂树连。银绳度晓光还泻，匹练含秋景倍鲜。阁道往来谁得问，空知引领望遥川。[②]

"短瀑"与"长云"，状摹的都是明河之形，虽有差异，但置于"初惊""更讶"之后，传递出来的意绪就分明是相似而非相异的。此二句所写，不过都是因看到明河的刹那，内心涌起的惊叹不已。至于颈联，虽然一则"度晓"，一则"含秋"，但作者意欲呈现的，都是明河叫人仰首的璀璨光色，合掌的意味，同样甚是分明。刘勰《文心雕龙·丽辞》论及对仗，

[①] （明）胡应麟：《诗薮·内编四》，载陈广宏、侯荣川编校《明人诗话要籍汇编》，复旦大学出版社2017年版，第3154页。
[②] （明）汤显祖著，徐朔方笺校《汤显祖集全编》，第106页。

就曾指出：

> 故丽辞之体，凡有四对：言对为易，事对为难，反对为优，正对为劣。言对者，双比空辞者也；事对者，并举人验者也；反对者，理殊趣合者也；正对者，事异义同者也。①
>
> 言对为美，贵在精巧；事对为先，务在允当。②

虽然刘勰所总结的并非近体诗对仗的特性，不过近体诗对仗的特性，其实也未尝异于刘勰所论。合掌，基本就是正对一类的存在。唯有理殊趣合，方能宕开篇幅，使人含咀不尽。至于事异义同，不过就是一些意味的反复申说，徒然占据篇幅而已，并没有带来更多的丰富与深长。

除了合掌之弊，《红泉逸草》中的近体诗歌，还有相当数量在对仗一事上显得勉强生硬，甚至笨拙可笑。比如，《灵谷对客》一诗，就这样写道：

> 秀色红亭春自饶，薜萝闲受小山招。疏窗夜色寒青竹，密苑朝光暖翠条。厌世转寻丹白诀，怀人空散《白云谣》。拼将海日窥岑寂，定有人吹紫玉箫。③

且看诗歌颔联，"疏窗"对"密苑"，"夜色"对"朝光"，"寒青竹"对"暖翠条"，这样一种对仗的完成，就明显是为了对仗而对仗，没有写出任何美感，也没有传递出更多的情味，只能看到对仗的那份笨拙、板滞。再看《许湾春泛至北津》一诗，诗人写道：

---

① （南朝梁）刘勰著，黄叔琳注，李详补注，杨明照校注拾遗：《增订文心雕龙校注》，中华书局2012年版，第443页。
② （南朝梁）刘勰著，黄叔琳注，李详补注，杨明照校注拾遗：《增订文心雕龙校注》，第444页。
③ （明）汤显祖著，徐朔方笺校：《汤显祖集全编》，第116页。

芳皋骀荡晓春时，暮雨晴添五色芝。玉马层峦高似掌，金鸡一水秀如眉。轻花蝶影飘前路，嫩柳苔阴绿半池。好去长林嬉落照，莫言尘路可栖迟。①

其中，"玉马"是山名，"金鸡"是水名。"秀如眉"勉强还能成立，"高似掌"则可谓不通至极——这究竟是在形容山高，还是在内涵此山与伟岸毫不相干。如果是前者，则高字无法落实。如果是后者，又似乎没有这样一个必要，这样写来，除了令人疑惑丛生，似也没有其他更多的意义。

再看《红泉逸草》中的五律诸作。例如《和大父云台怀仙之作》一诗，具体写作：

为言樵采路，竟作仲长园。桂树俱攒岭，桃花有别源。牙盘餐竹子，锦瑟泛桐孙。第少仙童色，空承大父言。②

此诗之颔联，就写得非常勉强——"竹子"对"桐孙"，其间那份生硬，实在令人无法直视。汤显祖早期诗歌创作在对仗问题上的种种短板，其实就是未谙文法变化的突出写照。这也就是方东树《昭昧詹言》所说："不知用意，则浅近；不知用法，则板俗；不知选字造语，则滑熟平易。"③不过，这一类的问题，自然会随着诗艺的渐趋纯熟而逐渐获得解决。

《红泉逸草》集中，当然也有不俗的创作，像是这首《送姜十游淮上》，就写得有几分老杜的神情。其诗如下：

混帝何年凿，卢生只解游。关河良夜月，书剑满楼秋。荻浦三山路，

---

① （明）汤显祖著，徐朔方笺校：《汤显祖集全编》，第116页。
② （明）汤显祖著，徐朔方笺校：《汤显祖集全编》，第118页。
③ （清）方东树著，汪绍楹校点：《昭昧詹言》，第14页。

桐淮泗水流。悬知《白雪》唱，欲傍翠云裘。①

  此诗颔联"关河良夜月，书剑满楼秋"写得尤其出色。一联之中，上联写景，下联抒情，格局自然宕开。同时，景中有情——关河，写出了江山漂泊的那份无依。良夜之月，则在与关河的映照中，带出古今无二的那份喟叹。有冷落凄清，却也有脉脉温情。另外，情中亦有景——书剑是身份，满楼秋是怀抱气韵，一时间，怀抱的萧瑟与苍茫跃然纸上。至于秋气盈楼，其实也是季候写照。人与季候的那份一致，在这一句中得到了充分的书写与渲染。处境与怀抱，也在这样的书写与渲染中，呈现得越发具象和立体。方东树所说"文字精深在法与意，华妙在兴象与词"②，正是此句之谓也。

  正如钱志熙所言，"一般来讲，七言律重警策，结构转折腾挪，变化比较大。五律则更讲究通体的平衡和谐，不能有欹轻欹重之感"③，这便是我们评价五、七言律诗的一般标准。汤显祖《红泉逸草》中的七律诸作，基本不见警策，同时也没有足够的开阖；五律诸作，则在通体的平衡和谐上作得并不理想。

  总体来看，《红泉逸草》作为汤显祖诗歌创作的起点，既让我们充分看到了汤显祖作为诗人的潜质，同时也初步显露了其在诗歌创作上的明显不足。

  如何去读解、评价一首诗的好坏，把握其具体的风格特质，就目前来看，大概是阅读诗歌的人常常倍感为难的所在。其实，我们可以参照方东树在《昭昧詹言》中的这样一番议论，其言有：

  思积而满，乃有异观，溢出为奇。若第强索为之，终不得满量。所谓

---

① （明）汤显祖著，徐朔方笺校：《汤显祖集全编》，第137、138页。
② （清）方东树著，汪绍楹校点：《昭昧詹言》，第11页。
③ 钱志熙：《唐诗近体源流》，北京大学出版社2015年版，第41页。

满者，非意满、情满即景满。否则有得于古作家，文法变化满。[1]

据此，我们在把握、品评诗歌的时候，就可以从这么几个维度入手：首先，看此诗是否做到了所谓"景满"；其次，看此诗是否做到了"情满"；再者，看此诗是否做到了"意满"；最后，看此诗是否做到了"文法变化满"。所谓"满"，强调的是一种自然溢出，而不是强行为之。而有其中任何一端"满"，诗歌都不乏可圈点之处。当然，如若诸端皆"满"，那就自然是上佳之作。汤显祖《红泉逸草》诸诗的显著问题，就正在这份"不满"。

---

[1] （清）方东树著，汪绍楹校点：《昭昧詹言》，第1页。

第二节
《问棘邮草》与初唐风致

《问棘邮草》是汤显祖的第三种诗集。根据记载，在《问棘邮草》之前，尚有一种题为《雍藻》，不过已经散佚不存。《问棘邮草》一集所收诗作，基本作于万历五年至八年（1577—1580）。这部集子的题名颇有意思。"问棘"云云，是因为汤显祖家中有所谓"问棘堂"。汤显祖有《问棘堂》一诗，其诗写作：

问棘堂前旧草筵，百年生活胜焦先。娟娟树底青羊出，历历江头白鸟悬。计牒古人随下吏，遗荣初此学中仙。荆关独抱归来意，日落平林生细烟。[1]

因此学者一般认为，"问棘堂"即汤显祖斋名。就此诗观之，则问棘堂中的生活，虽然未至窘迫，却也并不宽裕安逸。然而，汤显祖能安适于此，足见其怀抱之清旷超拔。焦先，三国时魏之隐士。汉末尝结庐于荒野河边，见人不语，冬夏不着衣，卧不设席，周身污垢，数日一食。此处称"百年生活胜焦先"，也就意味着此间生涯，不过略胜焦先而已。至于"问棘"二字，其出处在于《列子》。《列子》卷五《汤问》有："殷汤问于夏革。"

---

[1] （明）汤显祖著，徐朔方笺校：《汤显祖集全编》，第255页。

注称:"革字,《庄子》音棘……夏棘字子棘,为汤大夫。"① 是以"问棘"二字,一方面隐了"汤"的姓氏,另一方面显然是在自标殷汤一脉,言语中颇为自恃。"邮草"二字,是因为此集为汤显祖同乡学友谢廷谅编订,称所收诗文俱汤显祖写寄令观。所以有"邮草"之谓。

较之《红泉逸草》所作诗歌的学步稚拙,《问棘邮草》中的篇章显然已经初具气象,且在后七子横行的诗坛风气中,显得颇具特色。正因为汤显祖的诗歌创作,未曾亦步亦趋地师法前人,所师法的对象也不曾限定于盛唐诸人。所以,同样特立独行的徐渭,才会在一读到汤显祖《问棘邮草》时,即称赏不绝。徐渭《与汤义仍书》曾如是写道:

渭于客所读《问棘堂集》,自谓平生所未尝见,便作诗一首以道此怀,藏此久矣。②

所谓"平生所未尝见",正道出了汤显祖的不同流俗,徐渭也因此特别赏识汤显祖。这里提到的诗,即徐渭所作《读问棘堂集拟寄汤君》一首,其诗写道:

兰苕翡翠逐时鸣,谁解钧天响洞庭?鼓瑟定应遭客骂,执鞭今始慰生平。即收《吕览》千金市,直换咸阳许座城。无限龙门蚕室泪,难偕书札报任卿。③

兰苕翡翠,郭璞《游仙诗》之三有"翡翠戏兰苕,容色更相鲜"。兰苕,即所谓兰之茎;翡翠,则是小鸟之名。杜甫《戏为六绝句》(其四)写作:"才力应难跨数公,凡今谁是出群雄。或看翡翠兰苕上,未掣鲸鱼碧

---

① 杨伯峻撰:《列子集释》,中华书局1979年版,第147页。
② 毛效同编著:《汤显祖研究资料汇编》,第341页。
③ 毛效同编著:《汤显祖研究资料汇编》,第341页。

海中。"此处，翡翠之戏兰苕，所指称的就不是容色之鲜明可爱，而是极言其小——即便有容色可称，也没有大力量、大格局可言。按照钱谦益的笺注，所谓翡翠兰苕，指的是当时那些研揣声病、寻章摘句之徒。而鲸鱼碧海，则是所谓浑涵汪洋、千汇万状，兼古人而有之者，也就是真正具有大力量、大格局的人。很显然，徐渭的诗意，正化自杜诗。兰苕翡翠，指的就是当日那些只会追随潮流风气，没有更多作为的所谓诗人。钧天，即所谓钧天广乐，是指天上之乐。钧天洞庭，道出的恰是与流俗之靡靡不同的高妙与阔大。上句言时弊，下句则赞汤显祖，徐渭的立场态度可谓格外鲜明。所以，他在《问棘邮草总评》中才会一再感慨：

真奇才也，生平不多见。
五言诗大约三谢二陆作也。
其用典故多不知，却自觉其奇。古妙而又浑融。又音调畅足。[1]

由徐渭之评，易知汤显祖《问棘邮草》中的诗作，多有奇气，足见奇才。同时，其五言诗基本取法六朝。在用典上也颇具特色，熟典不多，因此令人倍感古拗，但同时也能够不失浑融。

像是《出塞曲》一首，徐渭就评称："六朝。"[2] 其诗写作：

旧将南中督，新军北落关。飞花上粉县，落月燕支山。赤狄夫人尽，乌孙公主还。何时千骑转，拂拭旧刀环？[3]

又像《从军行送边将》一诗，徐渭之评又有："通篇都佳，愈看愈

---

[1] 毛效同编著：《汤显祖研究资料汇编》，第342页。
[2] （明）汤显祖著，徐朔方笺校：《汤显祖集全编》，第216页。
[3] （明）汤显祖著，徐朔方笺校：《汤显祖集全编》，第216页。

妙。"① 其诗曰：

千城连虎落，万里戍渔阳。蚕破黑山贼，兼降白水羌。天王赐弓剑，地主给衣粮。代郡羽书急，秦城刁斗长。身为前部将，出遇左贤王。汉月轮高阙，胡沙吹战场。军分辽水上，虏哭阴山旁。归辞上柱印，还调中妇妆。何如出下策，所杀但相当。②

对《古意》一诗，徐渭先评称："初唐。"接着又道："还只是六朝之佳音。"③ 其诗如下：

宝骑淹游子，雕窗迟玉人。镜安黄未正，袂拂粉还匀。花落银床满，鸾翻玉柱频。那堪万愁里，过尽鸟声春。④

还有《春怨》一诗，徐渭也评道："六朝。"进而又称："起二句绝佳。"⑤ 其诗写作：

春晖去许时，铺首涩苔滋。豆蔻连枝出，蒲萄带实垂。画扇调言鸟，鸣筝学唓鹠。空存合欢镜，只是照相思。⑥

上引汤显祖五言诸诗，确实有着对仗整饬、通体轻秀的特性。一些斟词酌句，虽然有兴象呈现，却并没有以借此构筑意境、形成神韵为追求。相反，诗人的着力点，几乎都在句式与藻绘，以及由此传递而出的意蕴。

---

① （明）汤显祖著，徐朔方笺校：《汤显祖集全编》，第217页。
② （明）汤显祖著，徐朔方笺校：《汤显祖集全编》，第216页。
③ （明）汤显祖著，徐朔方笺校：《汤显祖集全编》，第217页。
④ （明）汤显祖著，徐朔方笺校：《汤显祖集全编》，第217页。
⑤ （明）汤显祖著，徐朔方笺校：《汤显祖集全编》，第219页。
⑥ （明）汤显祖著，徐朔方笺校：《汤显祖集全编》，第219页。

所以，这样一些诗作，显然是没有唐人那些恢弘气象的，却在雕镂中显露出对于形式的偏好，有着分明的六朝特点。即便是和边塞相关的题目，也仅仅是在整饬中呈露巧思，追求刻画入微，并没有更多的苍茫意绪。"飞花上粉县，落月燕支山""汉月轮高阙，胡沙吹战场"，类似这样的句子，就非常典型。至于《古意》一首，中间四句，"镜安黄未正，袂拂粉还匀。花落银床满，鸾翻玉柱频"，除了意象的繁复密集，情韵的琐碎细密，最值得注意的大概就是作者在动词上的潜心经营了。安之未正，拂了还匀，落之而满，翻而后频，这样一些刻画，具有细致入微的特色。这样的特色，无论就视角、手法，还是具体呈现效果来看，都是典型的六朝风色。汤显祖以《文选》作为学问根基的特性，于此可见。《春怨》一诗，被徐渭评为"绝佳"的所谓"起二句"，其实也就在于观察、刻画俱可谓别致入微。写"春晖去许时"，是借时光之流逝，写出斯人之别去。所谓"铺首"，也即门环上的兽头，别去许久之后，已然是任由锈涩、长出青苔。诗人以一"涩"字，道出内心之毫无波澜、不为所动的状态；又以青苔之滋生，写出情感之荒芜惨淡。细微中，有新警；别致中，亦可见深长。后面更以外界事物生命姿态的丰盈，反衬自身的孤单寂寞，寥落凄清，是以无奈之下，只能在孤单的行为中打发排遣着时光。"空"，这个字同样也是点题笔墨——合欢镜只是空有其名，心里堆叠着一派无法遣送的相思。

屡番下第之后，诗人抱负难于施展，自身蹭蹬仕途，朋辈多趋显达，于是内心自然多了许多的款曲——再不似少年时的强说愁，不过诉之于诗，依然呈现得意绪委婉，并不激切强烈。像是《门有车马客》一首，就很典型。其诗曰：

门有车马客，言从天上来。幢旄蔽朱里，鼓吹生红埃。高冠岌云起，素带长飙回。迎门动光采，入坐语徘徊。何缘公子驾，为过洛阳才？既枉金华舄，须申玉酒杯。殷勤作欢接，问答偶蒙开。初言宦有善，再叹士无媒。卑阶犹泛步，上爵转排推。迷邦非达节，照庑又群猜。愿折金廉采，

第三章 汤显祖的诗歌创作

相依玉树槐。春光蕙草殿,长夜柏梁台。何为身慨亮,自使志魁崔?长离简珠实,神虬需荐梅。客言具知美,主性实难裁。①

又如《春游即事》一诗,亦作:

缓带履兰唐,横桥春草芳。三条明广陌,万户拱开阳。翠气楼台结,红光歌吹扬。林啼白鹦鹉,门列紫鸳鸯。玉桂霄云正,金壶昼日长。郎池烽火树,灵馆郁金香。学士归鸾阁,将军散象廊。太平惟踏赏,无德助春光。②

诗人笔下,一派热闹与盎然,然而诗歌所要烘托的是心中的无奈与惆怅。王夫之曾云:"以哀景写乐,以乐景写哀,一倍增其哀乐。"③此诗显然有此特点。另外,诗歌分外注重字句的雕镂,这也是典型的六朝格调。

再如《煌煌京洛篇》《长安道》所写,笔意清畅宛转,属意深长。虽然少有朴拙雄浑之作,不过,诗作尽管意象繁复,却无缛丽之感。大多留意属对,篇章整妍。虽然读来力度稍欠,然篇章结构整体圆融,同时不失佳句佳篇,较之《红泉逸草》的草创,已有较为明显的进步。

另外,汤显祖这一时期的诗作,还以七古为多。清人叶燮《原诗》曾论及七古的特色,即称:

盖七古直叙,则无生动波澜,如平芜一望;纵横则错乱无条贯,如一屋散钱;有意作起伏照应,仍失之板;无意信手出之,又苦无章法矣。④

---

① (明)汤显祖著,徐朔方笺校:《汤显祖集全编》,第213页。
② (明)汤显祖著,徐朔方笺校:《汤显祖集全编》,第214、215页。
③ (清)王夫之:《姜斋诗话》,载(清)王夫之等撰,丁福保辑《清诗话》,第4页。
④ (清)叶燮:《原诗》,载(清)王夫之等撰,丁福保辑《清诗话》,第624、625页。

张萧亭的观点与此接近,他说:

萧亭答:"七言长篇,宜富丽,宜峭绝,而言不悉。波澜要宏阔,陡起陡止,一层不了,又起一层。卷舒要如意警拔,而无铺叙之迹。又要徘徊回顾,不失题面,此其大略也……"①

汤显祖这些七古诗作,应该说写得颇具特色,且能与当日的诗坛风气区别开来。像是《别沈君典》一诗,即作:

去年三月敬亭山,文昌阁下俯松关。今年俊秀驰金毂,表背胡同邀我宿。妙理霏霏谈转酷,金徒箭尽挝更促。人生会意苦难常,想象开元寺中烛。开元之烛向谁秉?君扬龙生姜孟颖。按席催教《白纻》辞,回船斗弄苍龙影。别在长干不见君,天上悠悠多白云。衣带如江意回绝,孤踪飒飒吹黄檗。取得江边美桃叶,细语如笙款如蝶。燕幽道长不可挟,自有韩娥并宋腊。游人得意春风时,金塘水满杨花吹。玩舞徘徊顾双阙,西山落日黄琉璃。落日流云知几处?云花叠骑纵横去。旦暮惟闻歌吹声,《春秋》正合穷愁著。夫子才华不可当,华阳东海并珪璋。辉辉素具幕中画,慨慨初登年少场。年少纷纭非一日,喜子今朝拚投笔。一行白璧自倾城,再顾黄金须百镒。吏隐郎潜非俊物,谁能白首牵银绂。银绂桃花一路牵,空纱户縠染晴烟。春丝引飏云霞鲜,窗桃半落朱樱然。江南人归马翩翩,金陵到及鲥鱼前。大地逸人自皋泽,男儿有命非人怜。归去蓬山蓼水边,坐进金楼翠琰篇。丹蛟吹笙亦可听,白虎摇瑟谁当怜?如兰妙客何处所?若木光华今日天。我今章甫适诸越,山川未便啼鸣鴂。都门买酒留君别,况是春游寒食节。孟门太行君所知,鬼谷神楼非我宜。王孙碧草归能疾,公子红兰佩莫迟。昨日辞朝心苦悲,壮年不得与明时。处处抚情待知己,可似

---

① (清)王士禛等:《师友诗传录》,载(清)王夫之等撰,丁福保辑《清诗话》,第137页。

南箕北斗为。[1]

对于此诗，徐渭之评是："无句不妙，无字不妙。"[2] 沈际飞所评又云："调极变换。"[3] 整首诗，有着分明的初唐歌行的特色。一方面，是时有工整妍丽之对句，像是"按席催教《白纻》辞，回船斗弄苍龙影""辉辉素具幕中画，慨慨初登年少场""春丝引飏云霞鲜，窗桃半落朱樱然""丹蛟吹笙亦可听，白虎摇瑟谁当怜"，都是此例。另一方面，则是诗歌通篇设色明丽，藻绘与意象接踵而至，叫人目不暇接。加上顶真手法的频繁使用，初唐所特有的富丽精工，宛转深长，这一首诗堪为代表。

再看《别荆州张孝廉》一首，沈际飞称："掩抑唏嘘，雍门悲调，气骨故自肮脏。"[4] 此首与上一首，俱是在春试失利之后写来，所以其中不乏自我宽解之语。整体读来，依然是富于意象辞采，深于情感情绪，同时也丽于设色、激于设调。其诗写作：

去年与子别宣城，今年送我出帝京。帝邑人才君所见，金车白马何纵横。金水桥流如灞浐，西山翠抹行人眼。当垆唤取双蛾眉，的皪人前倾一盏。谁道叶公能好龙？真龙下时惊叶公。谁道孙阳能相马？遗风灭没无知音。一时桃李艳青春，四五千中三百人。掷蛙本自黄金贱，抵鹊谁当白璧珍？年少锦袍人看杀，唇舌悠悠空笔札。贱子今龄二十八，把剑似君君不察。君不察时可奈何！归餐云实荫松萝。濠南钓渚飞竿远，江左行山着屐多。吏事有人吾潦倒，《竹林》著书亦不早。被褐原非衮冕人，飙车更向烟霞道。青野主人归不归，文章气骨可雄飞。三十余龄起幽滞，连翩不遂

---

[1]（明）汤显祖著，徐朔方笺校:《汤显祖集全编》，第147、148页。
[2]（明）汤显祖著，徐朔方笺校:《汤显祖集全编》，第149页。
[3]（明）汤显祖著，徐朔方笺校:《汤显祖集全编》，第149页。
[4]（明）汤显祖著，徐朔方笺校:《汤显祖集全编》，第150页。此处"肮脏"指高亢刚直的样子。

知者希。平津邸第开如昨，啸激清风恣寥廓。人生有命如花落，不问朱祧与篱落。君当结骑指衡山，欲往从之行路艰。《怀沙》长沙为我吊，洞庭波时君已还。贱子孤生宦游薄，习池何似江陵乐？宁知不食武昌鱼，定须一驾黄州鹤。我今且唱《越人舟》，青蒲翠鸟鸣相求。君独胡为好鞍马，草绿波光不与俦。我住长安非一日，点首倾心百无一。夫子春间倘未行，为子问取郢中质。①

《秋忆黄州旧游》一首，同样是在意象纷至中抒发一份宛转绵密的深情，色调更趋明丽。所以沈际飞有评论称："何等明艳，声琅琅可诵。"② 其诗写作：

飞鸿一声芦荻洲，飒飒芦花吹尽秋。故人零落东南流，白水苍梧云色愁。忆在金陵醉歌舞，杨柳香风南陌头。画里春人对红壁，金灯百树罗公侯。履舄纷纭拚不顾，白发成翁那能度？珍珠河上美人云，燕子矶边莫愁渡。群豪雨散落风光，画玉搔头满狭邪。春年桃李真须惜，岁晏荣华空自赊。但见柔条日就劲，回忆娇春揽明镜。一夜相思黄鹤楼，摇落缄书寄贫病。③

比之《红泉逸草》，这一类诗歌的出现，就是《问棘邮草》较为分明的突破所在——无论就诗体而言，还是从风格来看。对于这一类诗作，徐朔方认为其特殊之处在于："在宣城之游以后，汤显祖的诗作出现了《红泉逸草》中少见的一种新风格。《问棘邮草》中的《老将行》《别沈君典》《别荆州张孝廉》《郁金谣》等七言古诗是它的代表。在以后几年汤显祖的诗风又有发展之后，他不写这样风格的诗了……这些诗得力于南朝小赋，

---

① （明）汤显祖著，徐朔方笺校：《汤显祖集全编》，第149、150页。
② （明）汤显祖著，徐朔方笺校：《汤显祖集全编》，第210页。
③ （明）汤显祖著，徐朔方笺校：《汤显祖集全编》，第210页。

又向没有洗尽六朝靡丽之风的初唐借来绚烂的外衣。"[1]此评甚切,确实写出了汤显祖这类歌行与初唐甚至六朝之间的那份血缘。

而在徐渭看来,这一类歌行体也不是"初唐"二字所能涵盖的,像是《答龙君扬》一诗,徐渭即称:"妙思,间亦流入李贺。"[2]其诗如下:

河上草堂秋气鲜,猎猎凉风吹歊烟。连云悲雁响吴天,熏乌喔啄迷空田。田头历乱孤蓬飞,高举云中何处依?金松黛柏团中阪,游子归来桂花晚。一曲苦寒人在眼,题书上有加餐饭。美人赠我都檀百,博山炉畔铜槃尺。离娄一缕氤氲碧,清斋一卷床头《易》。赠我丝履五文章,登山蹑雪生行光。远游消忧何日忘?会须蹀履登君堂。我缘思子沈心曲,怪子年来书不属。东南孔雀尚飞连,西北行云空断续。别有光车摇翠珰,大玉堂中小玉堂。使气宁知趋路旁?青春摇落风花香。美人赠我团圆扇,可惜秋来君不见。采色明年傥未渝,会自因风托方便。[3]

就此诗的意象遣用与呈现来看,确实是有几分刻意求奇的倾向,像是"连云悲雁响吴天,熏乌喔啄迷空田"这类,就比较典型。于此,当然也可以看到汤显祖在歌行一体的写作上,并没有拘泥于师法某一家,没有给自己设下更多的框囿和限制。这样一种通达的态度,方才有利于形成自身独特的风格。

《问棘邮草》的七言歌行中,还有一首作品就手法来看,最为引人注目。这就是《芳树》一诗,其诗写作:

谁家芳树郁葱茏?四照开花叶万重。翕霍云间标彩日,答丽天半响疏风。樛枝软罩千寻蔓,偃盖全阴百亩宫。朝吹暮落红霞碎,雾展烟翻绿雨

---

[1] 徐朔方:《汤显祖评传》,第27、28页。
[2] (明)汤显祖著,徐朔方笺校:《汤显祖集全编》,第209页。
[3] (明)汤显祖著,徐朔方笺校:《汤显祖集全编》,第208页。

濛。可知西母长生树,道是龙门半死桐。半死长生君不见,春风陌上游人倦。但见云楼降丽人,俄惊月道开灵媛。也随芳树起芳思,也缘芳树流芳眄。难将芳怨度芳辰,何处芳人启芳宴?乍移芳趾就芳禽,却涴芳泥恼芳燕。不嫌芳袖折芳蕤,还怜芳蝶萦芳扇。惟将芳讯逐芳年,宁知芳草遗芳钿?芳钿犹遗芳树边,芳树秋来复可怜。拂镜看花原自妩,回簪转唤不胜妍。射雉中郎蕲一笑,雕胡上客饶朱弦。朱弦巧笑落人间,芳树芳心两不闲。独怜人去舒姑水,还如根在豫章山。何似年来松桂客,雕云甜雪并堪攀。①

这首诗,刻画了一株既郁郁葱葱又花叶万重的芳树形象。就这样一个设定来看,显然这株芳树所喻指的就是富于才学、光华耀目的汤显祖自己。如果只是将此诗认定为"或以冶游以遣闷也",多少有些流于表面。此诗先状芳树之奇,接着写到这样一株奇树,却没有得到相应的珍视——"可知西母长生树,道是龙门半死桐",此二句,正是汤显祖面对人生之坎坷苦辛,其内心郁结之分明写照。后续段落,固有"丽人""灵媛"之词,却并不一定指向冶游,释闷遣怀之意更为分明。

《芳树》一诗的写作,依然有着显著的初唐特色。精妙的对句迭出,词藻富丽,情思宛转,层次分明。从"也随芳树起芳思"开始,更可见一个芳字的不断重复与叠加,自然形成了一种回环往复、绕梁不绝的效果。这一效果,既是声音的,也是情感的。所谓声情并茂,正是如此这般。这样一个做法,明显受到了初唐歌行中常见的顶真手法的启发。不过,"芳"字这样连续频密的穿插与叠加,明显要比一般的顶真更为惊人。这样一种全然独创的写法,势必受到徐渭的激赏。在此感激之下,徐渭甚至写就了一首全然效仿《芳树》的《渔乐图》。诗中,亦可见一个"新"字的重复。姑引之如下:

---

① (明)汤显祖著,徐朔方笺校:《汤显祖集全编》,第252页。

新丰新馆开新酒，新钵新姜捣新韭，新归新雁断新声，新买新船系新柳。新鲈持去换新钱，新米持归新竹燃。新枫昨夜钻新火，新笛新声新莫烟。新火新烟新月流，新歌新月破新愁，新皮鱼鼓悲前代，新草王孙唱旧游。①

由此二首诗的并立，便足见汤显祖在中晚明诗坛的独树一帜，以及独具的价值。明人所作诗歌，大多止于学步描红。汤显祖的诗歌价值虽然也没有跨时代的影响和意义，但起码有一点，汤之所作，能够跳脱出一般化的学步描红，并非徒具形式的诗歌，而是渐成风格别具、情思宛然之作。

除了七古一体，《问棘邮草》的特点还表现在咏物诗作的数量众多之上。像是《望夕场中咏月中桂》一首，就是典型的咏物。其诗写作：

夜月三条烛，春宵八桂枝。分辉自轮囷，接叶并葳蕤。擢本高无地，飘跌定有时。露团疑沥滴，风起觉飕飗。霞夹丹逾映，霜余绿未亏。如钩堪作饵，比玉未应炊。合浦空浮棹，银河剩结旗。珊瑚海上出，菱叶镜中窥。讵蠲长生药？能香月姊帷。若花分日照，玉叶谢云披。秦氏乌难坐，南飞鹊自疑。高将白榆掩，宁并帝桑萎？箭水看难定，蓂阶应不迟。倘共姮娥折，淹留讵敢辞？②

对于此诗，徐渭评称："薛道衡之子。"③六朝初唐的风致，依然鲜明。不过，此诗较之《红泉逸草》诸作，诗思明显深了许多，诗意也不再那么支离，技艺也要精进很多。诗歌有着分明的寄寓，比如"擢本高无地，飘跌定有时"，字面摹写月中之桂，却亦分明是自况之辞——其才纵高，也无力操纵命运升降。"露团""风起""霞夹""霜余"这几句，道出的又是

---

① （明）徐渭撰：《徐渭集》第三册，中华书局1983年版，第135页。
② （明）汤显祖著，徐朔方笺校：《汤显祖集全编》，第144、145页。
③ （明）汤显祖著，徐朔方笺校：《汤显祖集全编》，第145页。

所处环境虽有厄变，却丝毫不损其品质的坚贞意志。"如钩""比玉"云云，明显是对自身品质的自恃。哪怕用处甚为微末，也毫不影响它对于自身的坚持。虽然才高不一定畅达，仍然有很多阻滞，有很多不定因素，但也始终不失希望。只要是知音所折，也就不辞淹留了。咏物如此，便不泥。

王骥德《曲律》论及"咏物"就曾说过：

咏物毋得骂题，却要开口便见是何物。不贵说体，只贵说用。佛家所谓不即不离，是相非相，只于牝牡骊黄之外，约略写其风韵，令人仿佛中如灯镜传影，了然目中，却捉摸不得，方是妙手。[①]

值得注意的是，此时汤显祖诗歌写作的奇崛倾向，也不只见于七古一体，于五古、七律，同样不时可以看到奇崛的典型笔墨。像是《代马吟为刘石楼作》一诗，就写道：

代马吸灵泉，化作飞龙姿。兰池照朱血，腾光何陆离。一受红阳秣，牵缠苦长垂。太行相踡局，睨影高鸣悲。荧荧星月精，齿至自有时。果遇秦青子，拂刷昆陵池。[②]

这一首诗，就与李贺之诗颇为相似。不是字句意象，而是整体气韵。此处，不妨看一首李贺的五古之作，其《蜀国弦》一首，即写作：

枫香晚花静，锦水南山影。惊石坠猿哀，竹云愁半岭。凉月生秋浦，玉沙粼粼光。谁家红泪客，不忍过瞿塘。[③]

---

① （明）王骥德著，陈多、叶长海注释：《曲律注释》，上海古籍出版社2012年版，第192页。
② （明）汤显祖著，徐朔方笺校：《汤显祖集全编》，第245页。
③ （唐）李贺著，吴企明笺注：《李长吉歌诗编年笺注》，中华书局2012年版，第189页。

很显然，修辞奇诡，打破思维的常规特性，不从正面着墨而是从侧面摹绘，甚至从反面书写，或者偏转几度角展开，摄入的角度每每让人觉得心头一惊，意象的呈现以及具体的措辞又总是呈现出幽奇怪谲的意味，同时无论手法还是效果，总是能够形成一种冷冽又兼有硬性的美感。汤显祖所作，可谓善学。最后，再看一首汤显祖的七律之作，此诗题为《白水》，诗歌题写乡思，同样有着分明的李贺特质。其诗曰：

庭光欲尽山明归，古木溪头灯火微。客子行舟随地转，闺人破镜一天飞。多名楚雀暮枝急，无数河鱼春水肥。归去文昌门外井，红桃香露满人衣。①

颔联所刻画的归舟与落月的一番对照，就呈现得颇为奇崛。不言归舟之迅疾，反而说其随地而转，则中间的许多阻滞、许多焦虑也就不待多言了。以"闺人破镜"直接指代月华，则其间相思的破碎、因别离而生出的无尽恨意，同样跃诸纸上。这样的措辞与修辞，就有着对于常规的突破，对于阅读习惯的挑战。而"多名楚雀""无数河鱼"两句，同样带出一派瘦硬，这也是典型的李贺风格。至于最末"红桃香露满人衣"，更可谓将一"奇"字贯彻到底。可以说，汤显祖这首诗作的独特风格，是令人过目难忘、印象深刻的。

---

① （明）汤显祖著，徐朔方笺校：《汤显祖集全编》，第257页。

第三节
远谪徐闻与江山之助

万历十二年（1584），时年三十五岁的汤显祖，以北京礼部观政进士，除官南京太常博士，从此开始了泛散南郎的闲适生涯。这一段人生，对于汤显祖而言，是较为平顺和安适的。不过，生活的平顺安适带来的却是诗歌创作的平庸。汤显祖这一时期的诗作，虽然也有《甲申见递北驿寺诗，多为故刘侍御台发愤者，附题其后》这样切直的讥嘲——"江陵罢事刘郎出，冠盖悲伤并一时。为问辽阳严谴日，几人曾作送行诗"[1]，但绝大多数，仍然是类似《除南奉常留别沈胤盛亳州》这类无甚亮色，仅仅有句可摘的诗作。其诗如下：

比舍游兰共夕薰，参差选下欲离群。杯深梅雨沾衣色，歌罢流莺接座闻。仙治自然依《道德》，霸台长是宿风云。惟余濠濮千年意，秋水盈河候使君。[2]

这样一种局面，一直要到汤显祖因言获罪，远谪徐闻才有所改观。徐闻远谪之事，对于汤显祖的人生而言，无疑是困厄之至，不过对于汤显祖的诗歌创作来说，却不啻于一场盛大的拯救与开启。于远谪徐闻途中，汤

---

[1] （明）汤显祖著，徐朔方笺校：《汤显祖集全编》，第352页。
[2] （明）汤显祖著，徐朔方笺校：《汤显祖集全编》，第349页。

显祖的诗歌创作，真可谓得到了"江山之助"，有了所谓质的飞升。

沈德潜《芳庄诗序》有云：

> 江山与诗人，相为对待者也。江山不待诗人，则巉岩瀹沦，天地纵与以壮观，终莫能昭著于天下古今人之心目；诗人不遇江山，虽有灵秀之心、俊伟之笔，而孑然独处、寂无见闻，何由激发心胸，一吐其堆阜灏瀚之气？惟两相待、两相遇，斯人心之奇，际乎宇内之奇，而文辞之奇得以流传于简墨。[①]

江山与诗人之间，确实就是这样一种相为对待的关系。汤显祖获贬徐闻，本为仕宦生涯之一厄，然得遇岭南特异的山川物色，又是其平生遭际之一大幸。汤显祖此番贬谪历时虽短，然其行迹遍于岭南诸地，岭南一地的山光水色见诸题咏篇章，因此得以摇漾鲜活于文字之间，千古之下亦可令人抚今追昔，是江山得遇诗人；而岭南所特有的海色烟霞、风物人情，也不啻为对汤显祖视域襟抱的一次荡涤开启——见前所未见，感前所未感，人心之奇得以际乎宇内之奇，所作一扫此前诗歌所常见的堆砌生硬、情味短浅之病，反而呈现以清婉自然、隽永雄直，此诚江山之助于诗人也。

一

汤显祖贬谪徐闻所作诗歌，见诸《汤显祖集全编诗文卷一一·玉茗堂

[①]（清）沈德潜著，潘务正、李言编辑点校：《沈德潜诗文集》，人民文学出版社2011年版，第1525页。

诗之六》，按照徐朔方的统计，共有一百五十一首；写作时间，包括万历十九年（1591）、万历二十年（1592）两载光阴[1]；行迹所及，则有江西、广东，还有今天的澳门，时见泛舟南海之举，甚至有可能曾至海南。

　　身为自在惬意的南部闲郎，汤显祖却以抗言上疏致罪，获贬徐闻，其内心之失落郁结，不难想见——"睹时事，上疏一通，或曰上震怒甚，今待罪三月不下。弟子不精不神，盖可知矣"[2]。虽时有自宽之语，"弟去岭海，如在金陵。清虚可以杀人，瘴疠可以活人。此中杀活之机，于界局何与邪"[3]，但前路茫茫，面对距离遥远的岭海贬所，其情绪也无可避免地指向茫然无措，忧惧不安。临出发前，诗篇中出现的岭南，仍是想象中物，是以隔膜在在，亦是诗人不安的根源。比如，"不须炎海更招魂"[4]"一尉云连海，孤生月在林"[5]"吁赣江连峡，雷琼海隔天"[6]，在这些诗句中，贬所因遥远而令人心生怖意足见一斑。于是，在秋发庾岭之时，汤显祖依旧满心踌躇，笔下的岭南依旧有着不确定的面容：

　　枫叶沾秋影，凉蝉隐夕晖。梧云初晻霭，花露欲霏微。岭色随行棹，江光满客衣。徘徊今夜月，孤鹊正南飞。[7]

　　令人倍感惊异的是，一旦真正踏入岭南，这些不安与忧惧立刻踪迹全无。除了偶见思乡之外，取而代之的，分明是一份惊异与沉醉——一方面，足见岭南风物之特异；另一方面，则是此间山川物色对于诗人眼界胸怀的荡涤与开启，所谓"江山之助"是也。而江山之助，除了自然景致的

---

[1] 参见（明）汤显祖著，徐朔方笺校《汤显祖集全编》，第617页。
[2] （明）汤显祖著，徐朔方笺校：《汤显祖集全编》，第1760页。
[3] （明）汤显祖著，徐朔方笺校：《汤显祖集全编》，第1762页。
[4] （明）汤显祖著，徐朔方笺校：《汤显祖集全编》，第620页。
[5] （明）汤显祖著，徐朔方笺校：《汤显祖集全编》，第624、625页。
[6] （明）汤显祖著，徐朔方笺校：《汤显祖集全编》，第627页。
[7] （明）汤显祖著，徐朔方笺校：《汤显祖集全编》，第632页。

第三章　汤显祖的诗歌创作

激荡外，还有沈德潜所说，"而其间主宾之酬接，风土物产之因地异宜，骨肉友朋之变迁得丧，皆因类相及，而一以有韵语发之。此固江山与人相待而成者也，即欲诗之不工，不可得已"①。

汤显祖远谪岭南，途中所见所遇，便是如此"一以有韵语发之"，见诸题咏。所以，就汤显祖谪徐闻所作诸诗而言，"江山之助"首先见诸诗歌内容——那些岭南特有的山光水色、风土人情，一齐跃动于义仍笔下，洵为无比新异的风景。即便亘历数百年，犹能鲜活昭著于天下古今人之心目。

由江西发徐闻，诗人在翻越庾岭之后，由保昌（今广东南雄）下水，顺北江而至广州。这一路的山水纪行诗作，除了近乎完整地呈现江西至广州水路行进路线图外，更让我们看到了当日岭南山水的状貌。山水一事，汤显祖向不陌生。自幼生长的临川，便是古今风日佳丽之地所；屡番科举赴试，宣城、杭州，包括北地的山川，也都在其历中；后来为官南都，更是朝夕耽留于江南烟景。在这样的情形下，岭南的风色仍能构成激荡，则其特异超俗可知。

打顿

昨夕波罗峡，今宵打顿滩。独眠秋色里，残月下风湍。②

韶阳夜泊

秋光远送芙蓉驿，乱石还过打顿滩。独棹青灯红树里，露华高枕曲江寒。③

翻风燕滩

掠水春自惊，绕塘秋不见。漠漠浪花飘，一似翻风燕。④

---

① （清）沈德潜著，潘务正、李言编辑点校：《沈德潜诗文集》，第1526页。
② （明）汤显祖著，徐朔方笺校：《汤显祖集全编》，第636页。
③ （明）汤显祖著，徐朔方笺校：《汤显祖集全编》，第638页。
④ （明）汤显祖著，徐朔方笺校：《汤显祖集全编》，第642页。

沈际飞评这批诗作，有"数诗多岭南作，故多目寓"云云。就上引三例，则相较江南，岭南的山川显然在秀与清之外，还有着别样的险与峭、萧然与激荡。于丽上稍逊江南的绵软，于雄上却多了一份特属于南国的奇谲逸气。

待其抵达徐闻之后，则是续之以满纸海波混濞，这更是异于他处的风色，也是汤显祖诗中未曾有过的波澜：

徐闻泛海归百尺楼示张明威

沓磊风烟腊月秋，参天五指见琼州。旌旗直下波千顷，海气能高百尺楼。①

白沙海口出沓磊

东望何须万里沙，南溟初此泛灵槎。不堪衣带飞寒色，蹴浪兼天吐石花。②

为徐闻邓生怀其尊人靖州

春半黔中花木殷，日斜江上武陵蛮。披衣看取湘云色，浪楫长歌山外山。③

在这些波澜的鼓荡下，自然歌诗不断，这种创作的势头，正如"浪楫长歌山外山"。

而在自然山水之外，各色风土人情的冲击同样来势凶猛。汤显祖贬谪徐闻诸诗对这些人情物态的书写与记录，叫人眼花缭乱，应接不暇。例如，广州城的繁华景象，即令其惊羡赞叹——"临江喧万井，立地涌千艘。气

---

① （明）汤显祖著，徐朔方笺校：《汤显祖集全编》，第681页。
② （明）汤显祖著，徐朔方笺校：《汤显祖集全编》，第682页。
③ （明）汤显祖著，徐朔方笺校：《汤显祖集全编》，第688页。

脉雄如此，由来是广州"①。万井之众，可见人口之密集；千艘之涌，则知来往船只之夥，贸易之热闹喧阗。气脉之雄可见，而笔力之雄是汤诗中不多见的。

至于香山岙（澳门）的异域风情，也对汤显祖产生了强烈的震荡。汤氏不仅于诗中对其屡加题咏，笔墨总是流溢着焕炫奇异的光华——"不住田园不树桑，珴珂衣锦下云樯。明珠海上传星气，白玉河边看月光"②；在后来的戏曲创作中，汤显祖也不惜耗费篇幅继续对香山岙加以敷演——《牡丹亭》第二十一出《谒遇》，写的就是香山岙斗宝之事。其中，"大海宝藏多，船舫遇风波。商人持重宝，险路怕经过"③，"他重价高悬下，那市舶能奸诈。喋，浪把宝船揰，看他似虚舟飘瓦"④，这些唱词都足见澳门游赏一举所给予汤显祖的深刻印象。

汤显祖贬徐闻所作诸诗，亦多见对于当地歌舞的记录笔触。比如《夜泊金匙》一首，就有"丛祠海客饶歌舞"⑤，可见祭祀与歌舞的密切；《清远送客过零陵》则有"清远江前唱《竹枝》"⑥，又知当时粤地仍有歌唱《竹枝》的习俗。踏歌的笔墨，更是迭见于此时的诗作——"南行三十六滩泷，依旧龙门得化龙。别有清湘起愁色，踏歌人望九疑峰"⑦。汤显祖甚至还写有两首《岭南踏踏词》——这显然就是诗人受到岭南踏歌之俗激发感染后，所写出的与《竹枝词》相类似的风土之谣：

岭南踏踏词

女郎祠下踏歌时，女伴晨妆教莫迟。鹤子草粘为面靥，石榴花揉作胭脂。

---

① （明）汤显祖著，徐朔方笺校：《汤显祖集全编》，第652页。
② （明）汤显祖著，徐朔方笺校：《汤显祖集全编》，第674页。
③ （明）汤显祖著，徐朔方笺校：《汤显祖集全编》，第2680页。
④ （明）汤显祖著，徐朔方笺校：《汤显祖集全编》，第2681页。
⑤ （明）汤显祖著，徐朔方笺校：《汤显祖集全编》，第635页。
⑥ （明）汤显祖著，徐朔方笺校：《汤显祖集全编》，第648页。
⑦ （明）汤显祖著，徐朔方笺校：《汤显祖集全编》，第650页。

笑倩梳妆阿姊家，暮云笼月海生霞。珠钗正押相思子，匣粉裁拈指甲花。①

最难得的是《黎女歌》一诗，除了道明踏歌为戏乃黎人春季之风俗外——"黎人春作踏歌戏"②，还将踏歌男女的衣饰装束，特别是踏歌之时的动作、场面都做了一番敷演铺排：

女儿竞戴小花笠，簪两银蓖加雉翠。半锦短衫花幞裙，白足女奴绦包髻。少年男子竹弓弦，花幔缠头束腰际。藤帽斜珠双耳环，缬锦垂裙赤文臂。文臂郎君绣面女，并上秋千两摇曳。分头携手簇遨游，殷山沓（踏）地蛮声气。歌中答意自心知，但许昏家箭为誓。椎牛击鼓会金钗，为欢那复知年岁。③

踏歌一事，任半塘先生称之为"声诗之所独有"④的舞蹈，认为"徒歌之声诗虽无乐器伴奏，但于集体歌唱时，每作集体之舞蹈。因之，用踏步以应歌拍，乃歌舞中之一种基本动作"⑤，常常"男女相间，连臂踏地而歌，一问一答，互相调弄"⑥。观诸汤显祖诗作，则黎人之踏歌也正与此合，情思缱绻且场面浩大，令人惊叹。其间，花笠短衫、藤帽耳环，特别是文臂与绣面的特殊装扮，更逸出一脉浓郁的特属于岭南的民族风情。陈永正先生在其《岭南诗歌研究》一书论及岭南诗派特色时曾语及"善于向民歌学习"端，指出"岭南地区自古就是歌谣的国度，诗人从小沉浸于民间歌

---

① （明）汤显祖著，徐朔方笺校：《汤显祖集全编》，第650页。
② （明）汤显祖著，徐朔方笺校：《汤显祖集全编》，第685页。
③ （明）汤显祖著，徐朔方笺校：《汤显祖集全编》，第685页。
④ 任半塘：《唐声诗》上册，上海古籍出版社2006年版，第301页。
⑤ 任半塘：《唐声诗》上册，第308页。
⑥ 任半塘：《唐声诗》上册，第309页。

谣之中"①。远谪来此的汤显祖，显然也受到了岭南一地浓郁歌舞风习的浸染。而岭南歌舞风气之盛，据汤显祖谪徐闻所作诸诗，亦差可证之。

汤显祖谪徐闻诸诗中，还有一组《海上杂咏二十首》值得注意。这二十首五绝，基本上都是关于粤中土产风习的题咏。诗人笔触所及，涵盖了各色禽鸟、贝类、树种、花果，由这些物产所带出的，就是内地所罕得闻见的岭南气息，有着新异独特的色泽。像是这首：

其二

水饭田家女，春歌踏和声。火鸡催欲蚕，莫听红头莺。②

如此春景，便跳脱出了一般化的恬淡宁阒、生机盎然，反而是一派热闹喧阗，浓炽鲜异。若无所历山川风物之更易，又何能及此。确如吴承学先生所论："不同的地域风貌与各地的民情、文化，可以丰富诗人审美感受，以开拓和形成诗人更为健全的风格。"③

二

汤显祖《王季重小题文字序》有云："人虽有才，亦视其所生。生于隐屏，山川人物居室游御鸿显高壮幽奇怪侠之事，未有睹焉。神明无所练濯，匈腹无所厌余。耳目既吝，手足必蹇。"④此数语，无疑道出了汤显祖对于江山之助的极为看重。人的才华往往囿于所历，若无江山之助，耳目

---

① 陈永正：《岭南诗歌研究》，中山大学出版社2008年版，第38页。
② （明）汤显祖著，徐朔方笺校：《汤显祖集全编》，第678页。
③ 吴承学：《江山之助——中国古代文学地域风格论初探》，《文学评论》1990年第2期。
④ （明）汤显祖著，徐朔方笺校：《汤显祖集全编》，第1528页。

吝而手足蹇，几无可施展之物；若得江山之助，神明得以练濯，胸腹也得以不断充盈。本文前面所论，多为岭南山川风物对于诗人汤显祖的激荡与开启，是可谓胸腹之充盈。而汤显祖谪徐闻所作诸诗，亦不无神明练濯的具体表征。

就汤显祖而论，所谓江山之助所带来的神明练濯，首先表现在贬谪途中其对于乃师罗汝芳思想学说的重加深味，以及因此而收获的在在省悟。汤显祖年十三岁时即从罗汝芳游，十七岁更来至从姑山从罗汝芳问学。然而正如他自己所说，"血气未定，读非圣之书。所游四方，辄交其气义之士，蹈厉靡衍，几失其性"[1]，"前时昧于生理，狎侮甚多"[2]，他对于明德师的学说在很长一段时间都是隔膜大于会通。真的做到"久之有省"[3]，与其远谪徐闻之经历紧密相关。经历了人生困厄，来至罗浮山中，直面那"恢魁乎大观，渊绵其神致"[4]的所在，汤显祖对于其师的学说显然有了更为真切的体认：

罗浮夜语忆明德师

夜乐风传响，扶桑日倒流。无人忆清浅，夫子在南州。[5]

其后于徐闻创立贵生书院，便是秉持着这样的体认——"天命之成为性，继之者善也。显诸仁，藏诸用，于用处密藏，于仁中显露。仁如果仁，显诸仁，所谓'复其见天地之心'，'生生之谓易'也。不生不易。天地神气，日夜无隙。吾与有生，俱在浩然之内"[6]，"天地之性人为贵……故大人之学，起于知生。知生则知自贵，又知天下之生皆当贵重也。然则

---

[1] （明）汤显祖著，徐朔方笺校：《汤显祖集全编》，第1647页。
[2] （明）汤显祖著，徐朔方笺校：《汤显祖集全编》，第1644页。
[3] （明）汤显祖著，徐朔方笺校：《汤显祖集全编》，第1647页。
[4] （明）汤显祖著，徐朔方笺校：《汤显祖集全编》，第1342页。
[5] （明）汤显祖著，徐朔方笺校：《汤显祖集全编》，第666页。
[6] （明）汤显祖著，徐朔方笺校：《汤显祖集全编》，第1645页。

天地之性大矣，吾何敢以物限之；天下之生久矣，吾安忍以身坏之"①，既是对罗近溪学说的阐发，也流露出对于徐闻一地的拳拳之意——"此邑士气民风，亦自惇雅可爱，新会以南为第一县"②。是以离别之际，汤显祖才会有这么一首《徐闻留别贵生书院》：

天地孰为贵，乾坤只此生。海波终日鼓，谁悉贵生情。③

承载义理，却能免于枯索寡淡，写得情味深长，这与徐闻海波镇日之鼓荡，如何能够了无关涉！

其次，江山之助带来的神明练濯，还表现在汤显祖来到岭南一地，与所慕尚的当地先贤，以及同隶贬谪命运之前贤的那份神交兴会上。最突出的，就是湛若水与苏轼二人。

汤显祖行于岭南道中，写过不少表达对湛若水追慕之情的篇章。比如：

湛林

昨夜骑羊驿，今朝鹿步来。百年无湛子，闲杀钓鱼台。④

青霞洞怀湛公四首

下山兴不浅，竟作青霞游。一片东楼影，参星南户流。
海蛸窥石冷，山鬼被林幽。不为青霞古，谁能深夜游。
发兴动心赏，怀贤如旧游。海鸡催欲晓，渐愧昔人留。
洞壑随龙气，丹楼寄晚霞。千秋好流涕，湛子不为家。⑤

---

① （明）汤显祖著，徐朔方笺校：《汤显祖集全编》，第1643页。
② （明）汤显祖著，徐朔方笺校：《汤显祖集全编》，第1644页。
③ （明）汤显祖著，徐朔方笺校：《汤显祖集全编》，第683页。
④ （明）汤显祖著，徐朔方笺校：《汤显祖集全编》，第651页。
⑤ （明）汤显祖著，徐朔方笺校：《汤显祖集全编》，第666、667页。

湛若水，字元明，号甘泉，是广东增城人，明代著名的儒学家。黄宗羲《明儒学案》列有《甘泉学案》，称其："王、湛两家，各立宗旨，湛氏门人，虽不及王氏之盛，然当时学于湛者，或卒业于王，学于王者，或卒业于湛，亦犹朱、陆之门下，递相出入也。其后源远流长，王氏之外，名湛氏学者，至今不绝，即未必仍其宗旨，而渊源不可没也。"[①] 岭南向属荒蛮，自古均被视作瘴疠之地，贬往此间，文士内心会有多少忧惧与郁结，确实不难想见。然而，有一湛若水生长此间，便一改这份荒寂状貌，一切都判然不同。游赏山水，也等同步武前贤踵迹，有了际乎同怀的可能。故此，汤显祖才会笔尖饱蘸情感，写出"百年无湛子""怀贤如旧游"这等喟叹。

前代远谪岭南的文人，以韩愈和苏轼二人最为知名。其中，苏轼初贬惠州，后贬儋州，同样是从江西翻庾岭赴粤，亦曾扁舟泛海，又与当地黎人有着过还交往，行迹与汤显祖十分相似，见闻也无甚差别——苏轼同样写有《过大庾岭》《南华寺》《峡山寺》《清远舟中寄耘老》《发广州》《游罗浮山一首示儿子过》等诗歌篇目。于是，汤显祖在远赴徐闻道中，似乎也就具有了与苏长公之行色心迹两相照映的可能性。汤显祖作于贬谪徐闻的一众诗歌，就有不少展露出那样一种遥远的致意与会心。比如，《小金山次苏长公韵》一诗：

夕阳烟雨片江开，滟滟寒潮自去来。我亦桄榔庵下客，明珠海上寄莲台。[②]

这一首诗，所呼应的是苏轼的《题灵峰寺壁》。查慎行注引《广州志》

---

① （清）黄宗羲著，沈芝盈点校：《明儒学案》，第875页。
② （明）汤显祖著，徐朔方笺校：《汤显祖集全编》，第654页。

第三章　汤显祖的诗歌创作　　127

称:"灵峰山一名灵洲山,在城西六十五里,郁水出其下。"①徐朔方笺汤诗则有:"小金山在广东南海县西北六十五里。一名灵洲山。"②可知小金山和灵峰山是同一所在。苏诗写作:

灵峰山上宝陀寺,白发东坡又到来。前世德云今我是,依稀犹记妙高台。③

其间叹惋的那份相似,的确不难触及。

当日苏轼抵达儋州之后,还写有《被酒独行遍至子云威徽先觉四黎之舍三首》:

半醒半醉问诸黎,竹刺藤梢步步迷。但寻牛矢觅归路,家在牛栏西复西。

总角黎家三四童,口吹葱叶送迎翁。莫作天涯万里意,溪边自有舞雩风。

符老风情奈老何,朱颜减尽鬓丝多。投梭每困东邻女,换扇惟逢春梦婆。④

与此构成呼应关系的,则是汤显祖《海上杂咏二十首》其七:

凤凰物色小,高韵远徐闻。正使苏君在,谁为黎子云。⑤

---

① (宋)苏轼著,(清)冯应榴辑注,黄任轲、朱怀春校点:《苏轼诗集合注》,上海古籍出版社2001年版,第2247页。
② (明)汤显祖著,徐朔方笺校:《汤显祖集全编》,第654页。
③ (宋)苏轼著,(清)冯应榴辑注,黄任轲、朱怀春校点:《苏轼诗集合注》,第2247页。
④ (宋)苏轼著,(清)冯应榴辑注,黄任轲、朱怀春校点:《苏轼诗集合注》,第2174页。
⑤ (明)汤显祖著,徐朔方笺校:《汤显祖集全编》,第678页。

远谪海隅的二人，诗作中都呈现出对于当地风土人情的融入，虽不无喟叹，却也温煦异常。汤显祖"正使苏君在，谁为黎子云"两句，致意的同时，也显露出对于相知的期许。

至于汤显祖谪徐闻诗作中多次出现的对于槟榔的题咏，也很有可能是受到了同样热爱槟榔的苏轼之影响。先看苏诗：

咏槟榔

异味谁栽向海滨？亭亭直干乱枝分。开花树杪翻青锋，结子苞中皱锦纹。可疗饥怀香自吐，能消瘴疠暖如薰。堆盘何物堪为偶？蒌叶清新卷翠云。①

汤诗则有：

槟榔园

荧荧烟海深，日照无枝林。含胎细花出，繁霜清夏沉。千林荫高暑，羽扇秋萧森。上有垂房子，离离隐飞禽。露乳青圆滋，霜氲红熟禁。堕地雨浆裂，登梯摇远阴。落爪莹肤理，着齿寒侵寻。风味自所了，微醺何不任。徘徊赠珍惜，消此瘴乡心。②

二诗体例全然不同，构思上却有颇多相近之处——俱由槟榔生长于海滨写起，先枝后花复果，味道之奇异独特、气韵之清新，包括功用之消除瘴疠，强调的要素基本重合。笔触上那一层秾丽的特性，还有字里行间所溢出的对槟榔一物独具的情结，也几乎如出一辙。

如果汤显祖不是有此远谪徐闻之事，经受了此间山川与人文所共同构

---

① （宋）苏轼著，（清）冯应榴辑注，黄任轲、朱怀春校点：《苏轼诗集合注》，第2470页。
② （明）汤显祖著，徐朔方笺校：《汤显祖集全编》，第686、687页。

建的浸染与激荡，很难想象这般真切的懂得与体认、追步与致意会平白无故地频繁发生。所以，目之为江山之助所导致的神明练濯，应当是能够成立的。

三

中晚明人对于山水的醉心，可谓人所共知的事实，也几乎是那个时段弥漫的风习。袁宏道就曾说过："湖水可以当药，青山可以健脾，逍遥林莽，欹枕岩壑，便不知省却多少参苓丸子矣。"[①] 与时人略异，汤显祖对于山水游赏并没有那么热衷与沉醉。但不期而至的贬谪岭南之行，却分明用那峻绝新异的山水疗救了其诗歌写作的固有之弊——"诗乏远致，所语画肉"[②]。

汤显祖《与司吏部》曾云：

> 倘得泛散南郎，依秣陵佳气，与通人秀生，相与征酒课诗，满俸而出，岂失坐啸画诺耶。《语》不云乎，"斐然成章"，人各有章，偃仰澹淡历落隐映者，此亦鄙人之章也。[③]

观乎汤显祖南都诸作，长篇为多，七古多数雕饰满纸，秾丽绮缛，有着突出的六朝金粉气；五古亦多铺排，六朝特色鲜明。比如"忆昨游吴正

---

① （明）袁宏道著，钱伯城笺校：《袁宏道集笺校》，上海古籍出版社2008年版，第286页。
② （明）汤显祖著，徐朔方笺校：《汤显祖集全编》，第477页。
③ （明）汤显祖著，徐朔方笺校：《汤显祖集全编》，第1721页。

秋月，桂树芬苾远难掇。流光闾阖转春风，江上梅花动红雪"[1]，"芙蕖花发出城游，江光云色映芳洲。下榻紫回金碧影，开灯还动紫华楼"[2]，"赤松隐灵胜，宝婺明清淑。高霞流紫白，鸣泉乱松竹。参烟石藤古，泻月峰莲独。时栖唼蕊禽，或倚衔花鹿。春桥游士女，烟皋下樵牧"[3]，"蓁蓁青凤台，裹裹嘉林枝。嘉林有余荫，孤凤无停姿"[4]，以及《送艾太仆六十韵》一诗——"苍梧蟠帝寝，芳树绕潮沟。典客高情映，祠郎清燕酬"[5]，都是此例。以上所引，除了可见汤显祖对藻绘的喜好、对《文选》的熟稔外，也不难看出"秣陵佳气"在其中的作用。

行进在岭南的山水中，汤显祖的诗歌面目可谓焕然一新。一则长篇减少，铺排与堆砌也不复多见，取而代之的是清新的短章。比如以下数例：

曲江
古驿芙蓉外，烟林晴欲开。曲江秋色晚，木末几徘徊。[6]

峡山上七里白泡潭，为易名绀花
树光吹峡雨，苔色动江霞。泡影非全白，沾衣作绀花。[7]

海上杂咏二十首·其二十
翡翠矶塘晓，苔亭草石幽。葛衣烟雨里，十月始宜秋。[8]

之前为人所诟病的"诗无远致，所语画肉"，在这一时期的诗作中基本不见。上引三例，便呈现出清婉自然、情味深长的特点。小诗写得如此

---

[1] （明）汤显祖著，徐朔方笺校：《汤显祖集全编》，第393页。
[2] （明）汤显祖著，徐朔方笺校：《汤显祖集全编》，第402页。
[3] （明）汤显祖著，徐朔方笺校：《汤显祖集全编》，第370页。
[4] （明）汤显祖著，徐朔方笺校：《汤显祖集全编》，第384页。
[5] （明）汤显祖著，徐朔方笺校：《汤显祖集全编》，第486页。
[6] （明）汤显祖著，徐朔方笺校：《汤显祖集全编》，第638页。
[7] （明）汤显祖著，徐朔方笺校：《汤显祖集全编》，第644页。
[8] （明）汤显祖著，徐朔方笺校：《汤显祖集全编》，第679页。

蕴藉，丝毫不刻露，时见警句，时有禅风，能够做到神来情来，这都是此前汤显祖诗作所罕见的风格与境界。

另外令人耳目一新的，还有一些七绝诗作：

香山验香所采香口号

不绝如丝戏海龙，大鱼春涨吐芙蓉。千金一片浑闲事，愿得为云护九重。①

送卖水絮人过万州

江西水絮白轻微，残腊天南正葛衣。见说先朝曾雨雪，槟榔寒落冻鱼飞。②

"大鱼春涨吐芙蓉""槟榔寒落冻鱼飞"，这类奇谲瑰丽的书写，显然就与歌咏内容本身之新异、不同常俗直接相关。

此时，在汤显祖笔下，甚至还出现了一类堪以"雄直"目之的诗作，如前引《广城二首》其一、《徐闻留别贵生书院》，便都是此类。试看其诗：

下飞云岭

绝岭能清啸，下山浑欲愁。千山一回首，云气是罗浮。③

度广南蚬江至长沙口号

树惨江云湿，烟昏海日斜。寄言贾太傅，今日是长沙。④

笔力之遒劲、气势之逼人，确实可见一斑。此类"雄直"的风格，确非汤氏集中所常见，却是岭南诗歌特有的风貌。陈永正先生论岭南诗风，

---

① （明）汤显祖著，徐朔方笺校：《汤显祖集全编》，第673页。
② （明）汤显祖著，徐朔方笺校：《汤显祖集全编》，第684页。
③ （明）汤显祖著，徐朔方笺校：《汤显祖集全编》，第668页。
④ （明）汤显祖著，徐朔方笺校：《汤显祖集全编》，第674页。

即称:"诗人洪亮吉以'尚得昔贤雄直气'评价岭南诗,早成定论……雄直气,指诗歌的境界雄伟,气势劲厉,音调高亢,直抒胸臆,得'阳刚'之美。"① 境界雄伟、气势劲厉、直抒胸臆,正是上举诸诗的特征所在,以"雄直"目之,当属得宜。

清代顺德人温汝能在《粤东诗海》序中即云:

粤东居岭海之间,会日月之交,阳气之所。极阳则刚,而极必发。故民生其间者,类皆忠贞而文明,不肯屈辱以阿世,习而成风。故其发于诗歌,往往瑰奇雄伟,蔆轹今古,以开辟成一家言。②

远谪前来的汤显祖,受到岭南山水的荡涤与开启,加之此间"雄直"诗风的大力熏染,自然也就有了不同于前的"瑰奇雄伟,蔆轹今古"。此亦江山之助对于诗人创作风格的作用。这也正是所谓:"作者所处地域的转换,往往意味着生活的改变。在文学批评中,有许多这样的评论,一些诗人由于身处异地,其诗风发生了变化。"③ 显然,不但"人各有章",地亦各有其章。

吴承学的《江山之助——中国古代文学地域风格论初探》一文中亦曾指出:

游历生活可以"补风土之不足,而变化其天资",弥补地域的局限,开拓和变化自己的风格,成为诗人自我超越的契机。有些批评家进而认

---

① 陈永正:《岭南诗歌研究》,第35页。
② (清)温汝能纂辑,吕永光等整理,李曲斋、陈永正审定:《粤东诗海》,中山大学出版社1999年版,第15页。
③ 吴承学:《江山之助——中国古代文学地域风格论初探》,《文学评论》1990年第2期。

为，游历生活可以提高创作主体的精神境界。[①]

毫无疑问，贬谪徐闻一事，在岭南山光海色间的这样一番游历，就是汤显祖自我超越的契机，可以弥补地域的局限，可以开拓和变化自己的风格，称得上是江山之助作用于诗人的典型案例。

具体地，汤显祖"游历于"全新的风物景象之中，诗境与心境都得到了全新的开启。诗歌风格也显现出此前未曾显露的特性。贬谪虽然为汤氏人生之一大厄，但不啻为其诗歌与思想之一大幸。

经由远谪徐闻的这番经历，汤显祖对于"江山之助"的体认不可谓不深。是以，后来为王季重作序时，他才会这般感叹："大越之墟，古今冠带之国也。固已受灵气于斯。而世籍都下，往来燕越间。起禹穴吴山江海淮沂，东上岱宗，西迆太行，归乎神都。所游目，天下之股脊喉腮处也。英雄之所躔，美好之所铺，咸在矣。于以豁心神纡眺听者，必将郁结乎文章。"[②] 诚如斯言。汤显祖远谪徐闻之时，于岭南所遇种种，也一样做到了豁心神、纡眺听。郁结在诗篇之内，就宕开了笔墨，不但构建了新异、显露出雄直，同时也分明超越了此前诸作，提升了其诗歌创作的品性与境界。

汤显祖贬谪徐闻诗中，有"浪楫长歌山外山"一句，正可谓是江山之助的绝佳注脚——新的山川风色，新的激荡练濯，自然会铸就新的万千气象、新的诗章吟唱。

[①] 吴承学：《江山之助——中国古代文学地域风格论初探》，《文学评论》1990年第2期。
[②] （明）汤显祖著，徐朔方笺校：《汤显祖集全编》，第1528页。

第四节
归来所作及诗歌主张

万历二十年（1592），汤显祖自徐闻归来，暂住临川之时，写了这首《新归》，诗曰：

略约新梳洗，春衫小坐偏。画眉长自好，今日镜台前。①

某种程度上，这首小诗代表了汤显祖自徐闻归来以后的诗歌风格特色。一方面是多写短章，基本以绝句为主；一方面则是洗尽铅华，前期那些富丽的词藻堆叠几乎消失殆尽，同时也汰尽尘情，诗歌以简淡为尚——诗风清冽，诗思隽永而深长。这样的变化，和他远谪徐闻的经历息息相关，也离不开年岁日深所带来的各色影响。在汤显祖的后期诗作中，令人眼前一亮的，绝大多数就是这些透着清气，同时又耐人把玩、含咀的诗章。

比如，万历二十三年（1595），汤显祖仍在遂昌令上，这一年，恰好有北京上计事。他与卜了一首《觐回宿龙潭》，其诗写道：

是岁春连雪，烟花思不堪。雨中双燕子，今夕是江南。②

---

① （明）汤显祖著，徐朔方笺校：《汤显祖集全编》，第693页。
② （明）汤显祖著，徐朔方笺校：《汤显祖集全编》，第715页。

语词之清丽，情味之深长，确于此前汤显祖所写诗歌中较为少见。五绝之外，七绝亦多隽永别致之作。像这首《雨蕉》便是代表，其诗曰：

东风吹展半廊青，数叶芭蕉未拟听。记得楚江残月夜，背灯人语醉初醒。①

首句"半廊青"三字，以略带夸张的笔触写出了一份蕴藉，也是芭蕉特有的风致——舒展、洒落，绿得养眼之余也自有无边幽韵。这样的青绿上腾起雨声，雨声便也敲打出一室幽韵。于是诗人的思绪开始指向过往。诗歌最末两句，某种程度上也可以说是脱胎自李商隐的《夜雨寄北》——通过刻画一个具体的场景来传递满腹的相思之意。不过，李商隐的诗，想象的是将来、他日。"何当共剪西窗烛，却话巴山夜雨时"，通过想象终于重逢的未来，却转而谈论起饱受分离之苦的今天，那样一种错置，更叫人深味情思之缱绻。汤显祖诗歌的笔触，却分明萦绕在过往、曾经。今天的种种声响，唤醒的是有关过去的一个图景——楚江残月，夜色阑珊，却有人背灯低语，醉梦初醒。笔底的万千低回，尽在那份依稀可辨的恍然之中。

《七夕醉答君东二首》（其二）一诗，是我们在谈论《牡丹亭》声腔，以及作者在其中的寄托时，常常会引到的一首诗。实际上，就诗而论，此诗也称得上是一首上佳的七绝。其诗写作：

玉茗堂开春翠屏，新词传唱《牡丹亭》。伤心拍遍无人会，自掐檀痕教小伶。②

---

① （明）汤显祖著，徐朔方笺校：《汤显祖集全编》，第1099页。
② （明）汤显祖著，徐朔方笺校：《汤显祖集全编》，第1100页。

"言情不尽，其情乃长"，这首诗在这一项上表现得分外突出。《牡丹亭》作为汤显祖当日的全新力作，其实并不像它表面呈现的那样旖旎浮艳。在种种光色之下，作者怀抱中的各种曲折，才是这个故事的内核。所以，汤显祖才会如此叹道："伤心拍遍无人会，自捎檀痕教小伶。"七绝的第三句往往很关键，转折得好，便能令诗面目一新。这一首诗，恰恰也就是这第三句写得最为精彩，既完美地完成了转折，同时也极为深长地完成了抒情。

《人日》一首，同样不俗。其诗写道：

风光人日最宜春，暂与登高醉一巡。独笑歌人还未老，惟应老却听歌人。①

汤显祖这类七绝，开篇往往晓畅平易，其料峭笔墨往往发生在三、四两句。这样的安排设置，让人不禁想起元杂剧惯常的戏剧结构——每每也是在第三、第四折用力，形成新的矛盾冲突，或者直接迈入高潮。汤显祖后期绝句写作的这样一种特质，也许就和他作为戏曲家的身份直接相关——老于戏曲创作，同时又"熟掐元剧"（吕天成《曲品》语），是以会将这样一些铺排布置带入诗歌创作。

读到汤显祖这类七绝，也令人不免生出这样一些感受：汤显祖总是在这样一些短章当中感叹着岁月、生涯，这些感叹又总是富含思致的。它们的厕身，令诗歌一时间深沉起来，甚至深刻起来。这同样是汤显祖此前诸多诗作所不曾具有的显著特性。这首诗的最后两句，"独笑歌人还未老，惟应老却听歌人"，字里行间，喟叹深长，也带出了世事洞明的目光如炬，以及闪着智慧光色的哲思睿智——这样的笔墨，既老于诗思，又老于世情。

---

① （明）汤显祖著，徐朔方笺校：《汤显祖集全编》，第1102页。

胡应麟《诗薮》说过："绝句最贵含蓄。"①沈德潜《说诗晬语》亦曾论称："七言绝句，以语近情遥，含吐不露为主，只眼前景口头语，而有弦外音味外味，使人神远，太白有焉。"②以上两论，其实都道出了绝句最为基本的体性要求。

王夫之《姜斋诗话》说得好——

论画者曰："咫尺有万里之势。"一"势"字宜着眼。若不论势，则缩万里于咫尺，直是《广舆记》前一天下图耳。五言绝句，以此落想时第一义，唯盛唐人能得其妙。如"君家住何处，妾住在横塘。停船暂借问，或恐是同乡"。墨气所射，四表无穷，无字处皆其意也。③

汤显祖后期的这些诗章，之所以耐人把玩、含咀，就在于做到了语近情遥，含蓄不尽，自然具有了"缩万里于咫尺"的这份"势"，所以才能够在短小中做到了精悍，在有限中达成了隽永。

徐朔方在《汤显祖年谱》中论及汤显祖诗歌风格时，有这么几段值得注意。具体如下：

汤显祖早在《问棘邮草》里就曾以绮丽的六朝诗风来代替对盛唐诗人的模拟。像《老将行》《别沈君典》《别荆州张孝廉》《郁金谣》等七言古诗就是这样的例子。在短期试探之后，他又以艰涩的宋诗风格去修正明朝人的盛唐滥调。④

---

① （明）胡应麟：《诗薮·内编六》，载陈广宏、侯荣川编校《明人诗话要籍汇编》，第3211页。
② （清）沈德潜：《说诗晬语》，载（清）王夫之等撰，丁福保辑《清诗话》，第556、557页。
③ （清）王夫之：《姜斋诗话》，载（清）王夫之等撰，丁福保辑《清诗话》，第19页。
④ 徐朔方：《汤显祖年谱》，载《晚明曲家年谱》第三卷·赣皖卷，第211页。

他的诗有的也在典雅中见出工力，但不是前后七子那样的假古董。不像公安派诗人那样明白如话，但也不像他们那样有时流于油滑。时有独创的声调，却不像竟陵派诗人那样幽僻险仄。在当时诗坛上，他确是能够独树一帜的。特别是他的一些七言绝句如《津西晚望》《新林浦》《内人入斋》《武家楼西望塔下寺》《天台县书所见》等都是清新可诵的作品。[①]

　　使人觉得不足的是艺术上有特色的往往是一些小诗，而比较有社会意义的作品，如在万历十六年写的关于灾疫的诗，在艺术上却显得比较草率。七言律诗不乏警拔的好句，但通体完美的却不多。[②]

　　结合前文所论，汤显祖诗歌创作在整个中晚明诗坛的独树一帜是有目共睹的事实。当举世都在顶礼盛唐的时候，他的诗作所呈现的恰恰是六朝初唐，甚至中晚唐，就连宋诗的瘦硬也偶见于短章。那些富丽耀目的意象，整饬妍丽的对仗，以及宛转丰富的情思，还有回环往复的声情叠加，令人一时目眩，印象深刻。不过，经过了远谪徐闻，汤显祖的诗风也迎来了新的变化和特质。徐闻归来，乃至弃官家居之后，汤显祖诗歌越发简淡和清冽起来。短章成为其后期诗作主要特色的落脚之处，无论体例，还是风格。这个时候，诗人怀抱的抒发变得更为深宛，然而他对于世情的留心与关切其实并未终止。

　　如此一位不断求变的诗歌创作者，其诗歌观念就变得格外引人注目。总结来说，汤显祖的诗学主张大致可以分成这四个方面。首先，他认为诗歌以"意"为主。其次，他认为诗歌当以"机趣"为重。再次，他认为格律是对诗情的一重消磨。最后，在他看来，诗者即"风"也。下面我们就从这几个方面来看一下汤显祖的相关议论。试着感受一下这样一位不断寻求突破、蜕变，不断超越自我的诗人，其诗论具体有何可观之处。

---

① 徐朔方：《汤显祖年谱》，载《晚明曲家年谱》第三卷·赣皖卷，第212页。
② 徐朔方：《汤显祖年谱》，载《晚明曲家年谱》第三卷·赣皖卷，第213页。

一、诗以意为主

类似的观点，汤显祖在《序丘毛伯稿》有过正面的陈说，其文如下：

其人心灵能出入于微眇，故其变动有象。常鼓舞而尽其词。词以立意为宗。①

至于汤氏在《答吕姜山》中提出的著名观点——"凡文以意趣神色为主"②，其实也可以看作汤显祖论文（包括曲与诗）重意的一则明证。其于《答徐然明》亦称："体不必偶，而风神气色音旨，古今大小一也。"③很显然，对于诗文而言，"意"一直都是主导性质的存在。在汤显祖看来，这就是古今不易的道理。相较之下，所谓体制格律，明显已落第二义。事实上，这样一种为诗以立意为先，为诗尚意的诗学主张，其思想根源几乎是一目了然的。罗汝芳所拈出的"生生之德"即道的观点，对汤显祖影响至深，所以，他才会对世道人心做出这样的观照："直心是道场。道人成道，全是一片心耳。"④同时正如本书第二章所述，所谓"生生之德"，即是所谓"赤子之心"，即是"仁"——"中庸者，天机也，仁也"⑤，同时亦即是"情"——这里并未限于儿女之情，而是指向存于世间，能够与"仁"、与"性"、与"道"相辉映之情。

---

① （明）汤显祖著，徐朔方笺校：《汤显祖集全编》，第1536页。
② （明）汤显祖著，徐朔方笺校：《汤显祖集全编》，第1735、1736页。
③ （明）汤显祖著，徐朔方笺校：《汤显祖集全编》，第1936页。
④ （明）汤显祖著，徐朔方笺校：《汤显祖集全编》，第1910页。
⑤ （明）汤显祖著，徐朔方笺校：《汤显祖集全编》，第1479页。

因此，汤显祖之论诗尚意、论文重意，与他对于情的倚重其实可以说是源出一体。于是，汤氏之"意"，最终不过落足于情。而情既然堪为一切的根由，自然也就将诗歌囊括在内——

> 世总为情，情生诗歌，而行于神。天下之声音笑貌大小生死，不出乎是。因以憺荡人意，欢乐舞蹈，悲壮哀感鬼神风雨鸟兽，摇动草木，洞裂金石。其诗之传者，神情合至，或一至焉；一无所至，而必曰传者，亦世所不许也。[1]

既已承认诗歌乃是由情而生，那便不难想见诗歌之传必然依托于所谓"神情合至"。也就是说，诗歌之动人，一方面固然在于情之作用，另一方面也离不开神之运行。情者，简单来说，其实就是各类情感之统称，也可以视作道或仁的一种表征。在汤显祖看来，它是世间一切存在之根由，也是诗歌创作之根由。至于神，则是所谓神韵，它所强调的，主要是诗歌技艺、形式方面的特性。不难看到，情引发诗歌的创作，而情的成功表达及传递，则要依靠于神。二者如果能够契合，诗歌之传也就有了实现的可能。如果"情""神"二者皆无所至，则其诗之不传也就是自然而然的结果。如此一来，强调立意之重要，突出意趣为主导，便也成为情与诗之关系主导下的某种必然。

另外，汤显祖还曾多次讨论过"道"与"情"、"道"与"文"之间的关系，同时也曾论及"情"与"文"之间的具体关联。对于"道"和"情"，汤显祖认为，有道者，往往也即有情者。于此，"道"和"情"不过是一体两面的存在。所以，他在《睡庵文集序》这样写道：

---

[1] （明）汤显祖著，徐朔方笺校:《汤显祖集全编》，第1497页。

道心之人，必具智骨；具智骨者，必有深情。①

而论及"道"和"文"之间的具体关系时，汤显祖又说：

道与文新，文随道真。情智所发，旁薄独绝，肆入微妙，有永废而常存者。②

显然，这是一种两相辉映、相辅相成的关系。其间分明也涉及"情"的存在。"情"的存在，在"道"和"文"之间，其形态可谓各异，可磅礴，可微妙，却不容轻易被否定，也不容被忽略。落实到"情"与"文"之间，汤显祖则认为：

情致所极，可以事道，可以忘言。而终有所不可忘者，存乎诗歌序记词辩之间。固圣贤之所不能遗，而英雄之所不能晦也。
声音出乎虚，意象生于神。固有迫之而不能亲，远之而不能去者。③

终不可忘之情，往往形诸文字。而文字之声音意象，又每每和所谓"虚""神"相关联，则诗歌与情之间的紧密可知，意象之成当然也无法离开神的作用。如此一来，其实诗歌与性情、世运便呈现出无法轻易分割的关系。汤显祖在《明德罗先生诗集序》就曾如此论述：

《记》有之："入其国，其人洁净精微，深于《易》者也；温柔敦厚，深于《诗》者也。"如此则其人易知矣。孟子言："尚友古之人，诵其诗，不知其人可乎。"今之人以诗相示，诵之则其人亦已可知矣。乃古之人若有

---

① （明）汤显祖著，徐朔方笺校：《汤显祖集全编》，第1452页。
② （明）汤显祖著，徐朔方笺校：《汤显祖集全编》，第1453页。
③ （明）汤显祖著，徐朔方笺校：《汤显祖集全编》，第1481、1482页。

其诗可诵，而其人尚有未可知者，以待论其世而后知。夫世之为世，古之为古也。古之为古，即其人之所以为人也。故夫论古之世而后知古之人。非其世何以有其人，然非其人亦何以有其世。故孟子曰："伊尹柳下惠孔子，皆古圣人也。"①

之所以诵其诗便可知其人，那是因为诗歌一向就是情之反映，情之依托。如果其人尚有未知，那也可以通过论世而后知。"非其世何以有其人，然非其人亦何以有其世"，时代成就了个人，同时作为个体的人也铸就了他所隶属的时代。这固然是大家耳熟能详的所谓"知人论世"之法，不过，汤显祖于论说之际，明显更为强调性情与诗与世之间的那份密切。

二、为诗重机趣

汤显祖《与陆景邺》一篇有这么几句议论很值得注意：

因取六大家文更读之，宋文则汉文也。气骨代降，而精气满劲。行其法而通其机，一也。则益好而规模步趋之，思路益若有通焉。
……谓四方之大，必有旷然此路，精其法而深其机者。②

由此不难看到汤显祖在为文一事上对于汉代文章的看重，且在他看来，宋文无非汉文。之所以能够如此，未曾受到"气骨代降"的影响，就在于宋文做到了"行其法而通其机"。能够按照一定的法度路数去摸索学

---

① （明）汤显祖著，徐朔方笺校：《汤显祖集全编》，第1540页。
② （明）汤显祖著，徐朔方笺校：《汤显祖集全编》，第1905页。

习，也就自会有"若有通焉"的时候。汤显祖自己学为诗歌，其实也是这样做的。

对于初学诗者来说，知其法度是尤为关键的基础性环节。而欲知其法，"规模步趋"①依然是无法绕开的步骤。不过所谓"规模步趋"，其实也存在师法对象的选择。选对了，自然事半功倍。是以《与喻叔虞》一篇又道：

学律诗必从古体始乃成，从律起终为山人律诗耳。学古诗必从汉魏来，学唐人古诗，终成山人古诗耳。②

学律要从古体来，而不能就律学起，这样的看法，就颇有些不同一般。从"学律诗必从古体始乃成"则显然可见汤显祖在法度规则之外，更为看重诗歌的神情与机趣，那些诗之所以为诗的关键与根本。规则从来不是难事，诗情才是。于束缚之外，习得诗情，再去了解法度，这才是为诗应该依循的路径。否则的话，只知刻板学习，习得套路，那也就只有套路而已。

汤显祖在《如兰一集序》中，就把自己对于神情机趣的那份看重直接道明，其言曰：

诗乎，机与禅言通，趣与游道合。禅在根尘之外，游在伶党之中。要皆以若有若无为美。通乎此者，风雅之事可得而言。③

在汤显祖看来，诗歌的"机"，正与禅言相似，是根尘之外的一点空灵；而诗歌的"趣"，却在人情、世情之中，恰又是与现实相关的一味深

---

① （明）汤显祖著，徐朔方笺校：《汤显祖集全编》，第1905页。
② （明）汤显祖著，徐朔方笺校：《汤显祖集全编》，第2033页。
③ （明）汤显祖著，徐朔方笺校：《汤显祖集全编》，第1512页。

切。至于二者的若有若无，诗人所强调的无非是一份自然，不需要刻意追求与呈露，这也就是他常常提到的"恍惚"。他在《合奇序》里这样说：

> 世间惟拘儒老生不可与言文。耳多未闻，目多未见。而出其鄙委牵拘之识，相天下文章。宁复有文章乎。予谓文章之妙不在步趋形似之间。自然灵气，恍惚而来，不思而至。怪怪奇奇，莫可名状。非物寻常得以合之。
>
> 正使有意为之，亦复不佳。[①]

文章如此，诗又何尝例外。步趋形似，不过是了解法度的第一步，然而诗文之妙意妙境，却不在此。那些"恍惚而来，不思而至。怪怪奇奇，莫可名状"的"自然灵气"，也就是上文所言"机趣"，才是诗文中至为精彩与曼妙的所在。像是《寄邹梅宇》一则，汤显祖也再次提到了这份"恍惚"——"二《梦》记殊觉恍惚。惟此恍惚，令人怅然"[②]。很显然，文章之妙境的抵达，就和机趣的掌握一样，总与"有意为之"无关，而恰在有无之间。基于此，汤显祖在写诗一途就格外反对拘禁与束缚。他之所以看重奇士奇气，看重文气的狂荡飞动，都与此相关。在《序丘毛伯稿》一文，汤显祖就称：

> 天下文章所以有生气者，全在奇士。士奇则心灵，心灵则能飞动，能飞动则下上天地，来去古今，可以屈伸长短生火如意，如意则可以无所不如。[③]

士奇，方才心灵；心灵，方才飞动。如此一来，才能从徒然的模拟中跳

[①] （明）汤显祖著，徐朔方笺校：《汤显祖集全编》，第1532页。
[②] （明）汤显祖著，徐朔方笺校：《汤显祖集全编》，第1938页。
[③] （明）汤显祖著，徐朔方笺校：《汤显祖集全编》，第1535页。

脱出来，写出真正富含机趣、具有性情的诗作。而不是徒具面目、乏善可陈。

三、大雅之亡，崇于工律

汤显祖虽然强调法度，却不重格律，他甚至认为：

> 余见今人之诗，种有几。清者病无，有者病浊。非有者之必浊，其所有者浊也。杜子美不能为清，况今之人。李白清而伤无。余尝为友人分诉而作词。因知大雅之亡，崇于工律。南方之曲，刂北调而齐之，律象也。曾不如中原长调，庀庀隐隐，淙淙泠泠，得畅其才情。故善赋者以古诗为余，善古诗者以律诗为余。[①]

"大雅之亡，崇于工律"，此言一出，可知汤显祖对于束缚、规则的厌弃已到相当程度。究其原因，无非在于这样的束缚和规则，本身就是对于诗意、才情的一种戕害，是对于所谓机趣的破坏。能够无所拘囿，畅其才情，才是汤显祖所认为的为诗正途。是以他对于拘禁、束缚等事，必然呈露出不屑与反对。在他看来，所谓步趋形似，是无法拥有自然灵气，更无法呈现诗文之妙的。无论哪方面的拘束，其实都在不同程度上构成了对于文学的伤害。那些来自父师的框限，来自科场的拘囿，还有来自环境的限制，其实都是消耗才力、消磨才情的所在。故而汤显祖如是说：

> 大致天之生才，虽不能众，亦不独绝。至为文词，有成有不成者三。儿时多慧，裁识书名，父师迷之以传注括帖，不得见古人纵横浩渺之书。

[①] （明）汤显祖著，徐朔方笺校：《汤显祖集全编》，第1542页。

一食其尘，不复可鲜。一也。乃幸为诸生，困未敏达，蹭蹬出没于校试之场。久之，气色渐落，何暇议尺幅之外哉。二也。人虽有才，亦视其所生。生于隐屏，山川人物居室游御鸿显高壮幽奇怪侠之事，未有睹焉。神明无所练濯，匈腹无所厌余。耳目既吝，手足必蹇。三也。凡此三者，皆能使人才力不已焉。才力顿尽，而可为悲伤者，往往如是也。①

于是，对于以描红为事，作诗但知亦步亦趋进行模仿的明代诗人，他也提出过较为严厉的批评——

高、张、杨、徐诗，一过已快。都有矩格，缊藉深稳，不漫作，大是以清气英骨为主。后辈李粗何弱，余固不能相如。②

弟少年无识，尝与友人论文，以为汉宋文章，各极其趣者，非可易而学也。学宋文不成，不失类鹜；学汉文不成，不止不成虎也。因于敝乡帅膳郎舍论李献吉，于历城赵仪郎舍论李于鳞，于金坛邓孺孝馆中论元美，各标其文赋中用事出处，及增减汉史唐诗字面处，见此道神情声色，已尽于昔人，今人更无可雄。③

以粗弱称何、李，可谓不留情面之至。而何、李等人的粗弱，正从模拟中来。与之相对，高启等人的诗之所以教人"一过已快"，且呈现得"缊藉深稳"，就在于其作始终不离所谓"清气英骨"。

后一段所言，则更加不留情面，大肆议论当日那些把持诗坛、文坛的所谓领袖，不过都是些"画虎不成"之流。无论是李攀龙，还是王世贞，大抵都是"摘抄""增减"前人文字的所谓大家。最后汤显祖不禁感叹："此

---

① （明）汤显祖著，徐朔方笺校：《汤显祖集全编》，第1527、1528页。
② （明）汤显祖著，徐朔方笺校：《汤显祖集全编》，第1952页。
③ （明）汤显祖著，徐朔方笺校：《汤显祖集全编》，第1736页。

道神情声色，已尽于昔人。"不妨说，明人全然刻板而又格外喧嚣的复古风气，基本就止步于描红式的师法承袭。这样的做法，不见得就能够真正掌握法度，却势必带来神情、机趣的丧失。

四、诗者，风而已矣

汤显祖于《金竺山房诗序》一文，曾这样写道：

诗者，风而已矣。或曰，风者物所以相移，亦物所自足，有不可得而移者。十三国之风，采而为《诗》。舒促鄙秀，淡缛夷隘，各以所从。星气有直，水土有比。宫商之民，不得轻而徵羽。明条之地，不得垂而阊莫。此仪所以南操，而舄所以庄吟也。

江以西有诗，而吴人厌其理致。吴有诗，江以西厌其风流。予谓此两者好而不可厌，亦各其风然，不可强而轻重也。立言者能一其风，足以有行于天下。[①]

上引文字，显然是一种将文学风致与地域特质联系起来的传统观照。"诗者，风而已矣"，这样的观点虽然并不新鲜独特，但这恰是汤显祖在论及诗歌时经常呈露出来的态度。由此，足见汤显祖对于地域与诗歌的关系问题，是有过深入探寻与思考的。而汤显祖的难得，在于认识到地域与诗歌群体、诗歌风尚的紧密关系之后，可以持有通达不拘泥的态度。一方面，是能够体察把握到不同地域各自不同的特质，同时认为"好而不可厌""不可强而轻重"；另一方面，则是不带偏见地指出了不同地域诗风

---

① （明）汤显祖著，徐朔方笺校：《汤显祖集全编》，第1543、1544页。

各自的不足，唯有真切做到"一其风"，实现各补其陋，这样的"立言者"，才有可能真正"有行于天下"。应该说，这样的观点与态度，显然就比传统的地域文风只知强调风土、风谣要来得更为允帖和高明。所以，正如沈际飞所评："以地论人，迩来作叙之套。然出自才人之笔，自有异姿。"[①]这一"异姿"，其实也不只体现在文字表达，更体现出作者的过人思致。

---

① （明）汤显祖著，徐朔方笺校：《汤显祖集全编》，第1545页。

第四章

汤显祖的戏曲创作

汤显祖伟大戏曲家的身份，是一个不遑多论的事实。于有明一代，汤显祖的戏曲创作，就是一峰独矗、远超群伦、令人惊艳的存在。与汤显祖基本同时的吕天成，在其《曲品》一书，就将汤显祖评为"上之上品"。其文称：

汤奉常绝代奇才，冠世博学。周旋狂社，坎坷宦途。雷阳之谪初还，彭泽之腰乍折。情痴一种，固属天生；才思万端，似挟灵气。搜奇《八索》，字抽鬼泣之文；摘艳六朝，句叠花翻之韵。红泉秘馆，春风檀板敲金；玉茗华堂，夜月湘帘飘馥。丽藻凭巧肠而浚发，幽情逐彩笔以纷飞。蘧然破噩梦于仙禅，曙矣销尘情于酒色。熟拈元剧，故琢调之妍俏赏心；妙选佳题，故赋景之新奇悦目。不事刁斗，飞将军之用兵；乱坠天花，老生公之说法。信非学力所及，自是天资不凡。

……

此二公者，懒作一代之诗豪，竟成千秋之词匠，盖震泽所涵秀而彭蠡所毓精者也。吾友方诸生曰："松陵具词法而让词致，临川妙词情而越词检。"善夫，可为定品矣！乃光禄尝曰："宁律协而词不工，读之不成句，而讴之始协，是为曲中之巧。"奉常闻而非之，曰："彼乌知曲意哉！予意所至，不妨拗折天下人嗓子。"此可以睹两贤之志趣矣。予谓二公譬如狂狷，天壤间应有此两项人物。不有光禄，词硎弗新；不有奉常，词髓孰抉？倘能守词隐先生之矩矱，而运以清远道人之才情，岂非合之双美者乎？①

能够看到"情痴一种，固属天生；才思万端，似挟灵气"，这便是吕天成的特出。其时写作传奇之代表作家，尚有沈璟。史素有"汤沈之争"的说法。不论其争有否实际的发生，但二人在传奇写作上显然是持不同观点与立场的。沈璟强调格律，而汤显祖却将"意趣神色"放在首位。在吕天成看来，此二位能够倾心于曲，所谓作"千秋之词匠"，显然已是曲之幸事。二人各持一端，倘能中和兼美，那大概便是所谓曲之理想境界了。

以上议论中，尚有一项值得注意，那就是吕天成对于汤显祖"熟拈元剧"的强调。这样的着意突出，堪称灼见。汤显祖于当日一众传奇作家群中，最无法复制的独特之处，正在于此。能够"熟拈元剧"，可知其进行戏曲创作的丰富储备，同时也不难想见其传奇写作中那份鲜明夺目的北曲风神。同样看到这一特性的，还有不少论者。像姚士粦《见只篇》就有：

汤海若先生妙于音律，酷嗜元人院本。自言箧中收藏，多世不常见，已至千种，有《太和正音谱》所不载。比问其各本佳处，一一能口诵之。②

可见，汤显祖何尝是不谙曲律之人，不过他对于音律的理解，更为包容宽泛而已。其所呈现出的开放态度，恰恰能成就曲之不同凡俗。

凌濛初《谭曲杂札》也谈到了汤显祖的这一鲜明特色："近世作家如汤义仍，颇能模仿元人，运以俏思，尽有酷肖处，而尾声尤佳，惜其使才自造，句脚、韵脚所限，便尔随心胡凑，尚乖大雅。"③此处所论，显然是强调二者在运思上的相似。而吴梅则看到了汤显祖传奇语言与元杂剧的那份

---

① （明）吕天成撰，吴书荫校注：《曲品校注》，中华书局2006年版，第34—37页。
② 徐扶明编著：《牡丹亭研究资料考释》，上海古籍出版社2016年版，第55页。
③ （明）凌濛初：《谭曲杂札》，载俞为民、孙蓉蓉主编《历代曲话汇编：新编中国古典戏曲论著集成·明代编·第三集》，黄山书社2006年版，第189页。

贴近。其《顾曲麈谈》就有：

汤若士于胡元方言极熟，故北词直入元人堂奥。诸家皆不能及。[①]

汤显祖的戏曲创作，有所谓"临川四梦"，又被称作"玉茗堂四梦"，分别是《紫钗记》《牡丹亭》《南柯记》《邯郸记》。实际上，还有一部《紫箫记》。这个是汤显祖最早的一部传奇剧作，不过现在只存半部。所以，所谓"四梦"，其实也可以目作"五梦"。关于这"五梦"，王骥德《曲律》即有：

临川汤奉常之曲，当置法字无论，尽是案头异书。所作五传，《紫箫》《紫钗》，第修藻艳，语多琐屑，不成篇章。《还魂》妙处，种种奇丽动人，然无奈腐木败草，时时缠绕笔端。至《南柯》《邯郸》二记，则渐削芜颣，俯就矩度，布格既新，遣词复俊，其掇拾本色，参错丽语，境往神来，巧凑妙合，又视元人别一蹊径。技出天纵，匪由人造。使其约束和鸾，稍闲声律，汰其剩字累语，规之全瑜，可令前无作者，后鲜来喆。二百年来，一人而已。[②]

虽然称汤显祖之剧作"尽是案头异书"未必能算知言，但就其各"梦"的特性逐一把握，却也堪备一说。其实，不待斧削约束，"规之全瑜"，汤显祖已然是"二百年来，一人而已"。

关于汤显祖所作这"五梦"，尤其是"四梦"的特色与短长，有不少论者论及。下面，且举数种极具代表性的说法一观。

陆次云《北墅绪言·玉茗堂四梦评》就有：

---

① 吴梅：《顾曲麈谈》，载俞为民、孙蓉蓉编《历代曲话汇编：新编中国古典戏曲论著集成·近代编·第三集》，黄山书社2009年版，第344页。
② （明）王骥德著，陈多、叶长海注释：《曲律注释》，第307页。

"四梦"皆作于临川，而如出两手。《邯郸》如云展晴空，《南华》之妙境也；《南柯》如水归暮壑，《楞严》之悬解也；《还魂》如莺惜春残，雁哀月冷，《离骚》之遗绪也；《紫钗》拖沓支离，咀之无味，其初从事于宫商之作乎？何殊绝也。或谓《还魂》尚写艳情，与《邯郸》《南柯》迥别，亦似出于两手。不知作佛生天之旨，早摄入情痴一往之中，不有曰"生生死死随人愿"乎？不有曰"景上缘，想内成，因中见"乎？山僧读"临去秋波那一转"句，可以悟禅。能读《还魂》，而后能读《邯郸》，读《南柯》也。[①]

此段议论甚妙。不但说出了"四梦"风格之迥异——此亦作者之能，而且认为《邯郸记》近《南华》，《南柯记》似《楞严》，《还魂记》如《离骚》，同时指出：作佛生天之旨，尽在情痴一往。所以，艳情也是悟道之径。而由此数比，我们也不难体会到《邯郸记》那份出世之旷，《南柯记》的悟道之深，以及《牡丹亭》所题写的怀抱之幽。

姚燮《今乐考证》也称：

王思任曰："《邯郸》，仙也；《南柯》，佛也；《紫钗》，侠也；《牡丹亭》，情也。"[②]

此论更为扼要凝练，同时也更为公允——对于《紫钗记》，并不只有批评指斥而已。虽然"侠"之一字，也未必能够得其要领，但也确实看到了《紫钗记》独到的价值所在。

另外，梁廷枏《曲话》亦有：

玉茗"四梦"：《牡丹亭》最佳，《邯郸》次之，《南柯》又次之，《紫钗》

---

① 毛效同编著：《汤显祖研究资料汇编》，第677页。
② 毛效同编著：《汤显祖研究资料汇编》，第696页。

则强弩之末耳。①

　　这样一个论调，常见于"四梦"排座次的相关议论。一般都认为"四梦"当中，《牡丹亭》位列首位，其次《邯郸记》《南柯记》，最末《紫钗记》。当然，也有将《邯郸记》列于首位，其次《南柯记》《牡丹亭》，最末《紫钗记》的排法。所据不同，喜好不同，有此差异其实也不足为怪。其实，能够看到"四梦"在情致风格上的差异就足够了，因高下位次而争论不休，实在大可不必。

　　实际上，此"四梦"的书写，也无非承载了汤显祖关于"情"的若干思考。所以，他才会在《答罗匡湖》中写道：

　　市中攒眉，忽得雅翰。读之，谓弟著作过耽绮语。但欲弟息念听于声元，倘有所遇，如秋波一转者。夫秋波一转，息念便可遇耶？可得而遇，恐终是五百年前业冤耳。如何？二《梦》已完，绮语都尽。敬谢真爱，不尽。②

　　"秋波一转"，正是悟道处。"二梦"之所谓"绮语"，也是悟道处。"二梦"后之其他书写，同样是悟道处。以"情"来看，《紫钗记》所展现的，不过是人情之常，也许没有那么深挚纯粹，却也一样不乏摇荡。至于《牡丹亭》，其旨在书写的，恰是所谓情之至也，所以可以出入生死、无所依傍。通篇上下，只见情之腾挪跌宕。而《南柯记》所讲述的，无非是情之幻，所以在种种幻境中，求一个悟入，力求能够做到忘怀，以及放下。《邯郸记》，已经意在指出情之妄，同时通过情之妄，辐射功业之妄、得失之妄，所以无须执着沉溺，而是要寻一个解脱与抽离。

---

① 毛效同编著：《汤显祖研究资料汇编》，第694、695页。
② （明）汤显祖著，徐朔方笺校：《汤显祖集全编》，第1859页。

第一节
《紫箫记》与《紫钗记》

《紫箫记》是汤显祖的最早剧作。它虽然和《紫钗记》同一题材，却显然是两个不同的创作阶段，不能将《紫箫记》视作《紫钗记》的前身。对于《紫箫记》，我们一般看到的都是批评。而《紫箫记》本身，确实也存在许多试笔的痕迹。像吕天成《曲品》论及《紫箫记》时就有：

> 琢调鲜华，炼白骈丽。向传先生作酒、色、财、气四记，有所讽刺，是非顿起，作此以掩之，仅半本而罢。觉太曼衍，留此供清唱可耳。[1]

不过，却也有人对于这本传奇给予了充分的肯定。夏志清《汤显祖笔下的时间与人生》就曾写道：

> 在《紫箫记》里，汤显祖对于中国旧诗中表现时间这一主题的许多变奏已极熟练：如老对幼，寄蜉蝣于天地的人对周而复始、生生不息的自然，两地相思时的时间之难挨，以及情人和朋友久别重逢时时间之暂被摒却遗忘等。除此而外，在《紫箫记》中我们也可看到中国诗人所追寻的赖以缓和或消除时间之痛苦的各种目标：儒家之立名，道家之长生，佛家之彻悟等。大多数早期的中国诗人对抗时间的方法至为简单：酒。但汤显祖

---

[1]（明）吕天成撰，吴书荫校注：《曲品校注》，第219页。

并不利用此种享乐主义来对抗时间,他所提供是浪漫爱情的浓烈喜悦。

……但是依照现代的标准,它的情节虽简单,但它的含义之丰富、结构之齐整以及对爱之热情的处理,却足以补其短处而有余。这部戏等于是一首歌颂青春热情的赞美诗,其歌声较鼎鼎大名的《牡丹亭》更为嘹亮,更为持久。[①]

作为同题的不同创作,《紫箫记》《紫钗记》题材之所本,即唐人蒋防所作《霍小玉传》,这是著名的唐传奇。众所周知,《霍小玉传》讲述的是一个与负心、绝情相关的故事。其男主人公虽为中唐诗人李益,但他的诗才显非小说意欲突出的重点。其薄幸负心才是。霍小玉的形象,也因她投入爱情的无所顾忌——痴得令人动容,以及报复绝情的不留余地——狠得叫人心惊,而在文学史上留下了光色照人的一笔——一改女子在爱情中纯然弱势的地位、纯然被动的处境,用一腔愤恨照映出负心男子的虚情假意、孱弱无能。而汤显祖《紫箫记》《紫钗记》却把李益的诗才设定为剧本渲染的重点,同时也将"无情"转变为"有情"。

所以《紫箫记》在第一出《开宗》中,才会如此交代传奇之本旨——

【小重山】[末上]瑞日山河锦绣新,邀欢临翠陌,转芳尘。共攀桃李出精神,风色好,西第几留宾。　银烛映红纶,此时花和月,最关人。翠盘轻舞细腰身,娇莺啭,一曲奏《阳春》。

【凤凰台上忆吹箫】李益才人,王孙爱女,诗媒十字相招。喜华清玉琯,暗脱元宵。殿试十郎荣耀,参军去七夕银桥。归来后,和亲出塞,战苦天骄。　娇娆,汉春徐女,与十郎作小,同受飘摇。起无端贝锦,卖了琼箫。急相逢天涯好友,幸生还一品当朝。因缘好,从

---

① 徐永明、[新加坡]陈靝沅主编:《英语世界的汤显祖研究论著选译》,浙江古籍出版社2013年版,第4、5页。

前痴妒,一笔勾消。①

"最关人",不过是情而已。此三字一出,即知是剧笔墨萦绕之所在:无非一个"情"字。而"翠盘轻舞细腰身"一句,又道出《紫箫记》中在在可见的歌舞笔墨。至于"因缘好,从前痴妒,一笔勾消",则基本道明李益、霍小玉二人在《紫箫记》一剧当中所经历的种种情感特质,以及最后的结局。

虽然同样写的是李益、霍小玉之间的情爱故事,《紫钗记》之题旨交代就与《紫箫记》有着分明的不同。《紫钗记》第一出《本传开宗》便如此写道:

【西江月】[末上]堂上教成燕子,窗前学画蛾儿。清歌妙舞驻游丝,一段烟花佐使。 点缀红泉旧本,标题玉茗新词。人间何处说相思?我辈钟情似此。②

所谓"红泉旧本",指的就是《紫箫记》。徐朔方《玉茗堂传奇创作年代考》定此剧"约在万历五年秋至七年秋赴次年春试前作于临川"③。至于"玉茗新词",指的则是《紫钗记》——徐氏定此剧"当是万历十五年京察前作于南京"④。吕天成《曲品》论及《紫钗记》时曾说:

仍《紫箫》者不多,然犹带靡缛。描写闺妇怨夫之情,备极娇苦,直堪下泪,真绝技也。⑤

---

① (明)汤显祖著,钱南扬校点:《汤显祖戏曲集》,上海古籍出版社2010年版,第861页。
② (明)汤显祖著,钱南扬校点:《汤显祖戏曲集》,第9页。
③ 徐朔方:《汤显祖年谱》,《晚明曲家年谱》第三卷·赣皖卷,第483页。
④ 徐朔方:《汤显祖年谱》,《晚明曲家年谱》第三卷·赣皖卷,第484页。
⑤ (明)吕天成撰,吴书荫校注:《曲品校注》,第220页。

很显然,《紫钗记》关于李、霍二人感情的书写,重点放在了所谓"相思"之上。这是因"钟情"而生出的相思,这也是因别离而深化的相思,同时,这还是经受住了谣言和误解考验的相思。而"闺妇怨夫"这样一个设定,则反映出世间夫妇之间的常态常情。

《紫钗记》第一出,尚有【沁园春】这样写来——

李子君虞,霍家小玉,才貌双奇。凑元夕相逢,堕钗留意;鲍娘媒妁,盟誓结佳期。为登科抗壮,参军远去,三载幽闺怨别离。卢太尉设谋招赘,移镇孟门西。 还朝别馆禁持,苦书信因循未得归。致玉人猜虑,访寻赀费;卖钗卢府,消息李郎疑。故友崔韦,赏花讥讽,才觉风闻事两非。黄衣客回生起死,钗玉永重晖。①

元夕相逢,有所谓堕钗留意,这是二人倾心之初,足见情致之摇荡。相处日久,却也可以因为其他的追求而轻易放下。经历了别离,从而又有思念的深长。也许这才是世间夫妻情爱的某种常态——有深挚的一面,也有不够纯粹的一面;同样会面临诸多的考验,有来自情感本身的,也有来自外部现实的。《紫钗记》的动人,其实不在情之深挚,恰在那份你我都逃不开的真实。第一出下场诗,点出了黄衣客在这一场情爱故事中的关键意义,同时也点出了此剧不太分明的梦之所在。下场诗作:

黄衣客强合鞋儿梦,霍玉姐穷卖燕花钗。卢太尉枉筑招贤馆,李参军重会望夫台。②

关于此剧,汤显祖《紫钗记题词》也交代得颇为清晰。此文有:

---

① (明)汤显祖著,钱南扬校点:《汤显祖戏曲集》,第9页。
② (明)汤显祖著,钱南扬校点:《汤显祖戏曲集》,第9页。

第四章 汤显祖的戏曲创作　　161

往余所游谢九紫吴拾芝曾粤祥诸君，度新词与戏，未成，而是非蜂起，讹言四方。诸君子有危心，略取所草具词梓之，明无所与于时也。《记》初名《紫箫》，实未成。亦不意其行如是。帅惟审云："此案头之书，非台上之曲也。"姜耀先云："不若遂成之。"南都多暇，更为删润，讫，名《紫钗》。中有紫玉钗也。霍小玉能作有情痴，黄衣客能作无名豪。余人微各有致。第如李生者，何足道哉。曲成，恨帅郎多病，九紫粤祥各仕去，耀先拾芝局为诸生悴，无能歌乐之者。人生荣困生死何常，为欢苦不足，当奈何。[①]

其间，黄衣客的无名豪，霍小玉的有情痴，都是剧中较为动人的笔墨所在。此处的霍小玉，明显不同于唐传奇中的那一位。蒋防《霍小玉传》写霍小玉死前的满腔恨意，满纸铿然凛然，读来唯觉心痛心惊，发为之指——

玉乃侧身转面，斜视生良久，遂举杯酒酬地曰："我为女子，薄命如斯！君是丈夫，负心若此。韶颜稚齿，饮恨而终。慈母在堂，不能供养。绮罗弦管，从此永休。徵痛黄泉，皆君所致。李君李君，今当永诀。我死之后，必为厉鬼，使君妻妾，终日不安！"乃引左手握生臂，掷杯于地，长恸号哭数声而绝。[②]

《紫钗记》中霍小玉的痴，其表现也是不一而同的。在第六出《堕钗灯影》中所呈现的就是一份羞怯可爱的动情——

【江儿水】则道是淡黄昏素影斜，原来是燕参差簪挂在梅梢月。眼看

[①] （明）汤显祖著，徐朔方笺校：《汤显祖集全编》，第1558页。
[②] 李剑国辑校：《唐五代传奇集》，中华书局2015年版，第1012页。

见那人儿这搭游还歇,把纱灯半倚笼还揭,红妆掩映前还怯。[合]手捻玉梅低说:偏咱相逢,是这上元时节。①

在第三十六出《泪展银屏》中,这情愁呈现得又是格外深长——

【桂枝香】[旦]水云天淡,弄妆晴晚。映清虚倚定屏山,畅好处被闲愁占断。减香温一半,减香温一半,洞房清叹。影阑珊,几般儿夜色无人玩,着甚秋光不奈看?

【前腔】[旦]卷帘无限,山明水远。残霞外烟抹晴川,淡霜容叶横清汉。正关山一点,正关山一点,遥望处平沙落雁。倚危阑,泪来湿脸还谁见?愁至知心在那边?②

而到第四十七出《怨撒金钱》,这份痴又出落得分外日常——

【下山虎】一条红线,几个"开元"。济不得俺闲贫贱,缀不得俺永团圆。他死图个子母连环,生买断俺夫妻分缘。你没耳的钱神听俺言:正道钱无眼,我为他叠尽同心把泪滴穿,觑不上青苔面。[撒钱介]俺把他乱洒东风,一似榆荚钱。③

另外,在《紫钗记》中负责演绎"无名豪"的黄衣客,在《霍小玉传》中,是以黄衫客的形象出现——

叹让之际,忽有一豪士,衣轻黄纻衫,挟朱弹,丰神隽美,衣服轻

---

① (明)汤显祖著,钱南扬校点:《汤显祖戏曲集》,第26页。
② (明)汤显祖著,钱南扬校点:《汤显祖戏曲集》,第138页。
③ (明)汤显祖著,钱南扬校点:《汤显祖戏曲集》,第185页。

华,唯有一剪头胡雏从后,潜行而听之。①

此时的豪士,豪在性情而不是外形,就外形而言,依然是衣服轻华、丰神隽美的少年秀士。到了汤显祖的《紫钗记》,这一形象的变化则称得上天翻地覆了——此时的豪,已然不是轻豪,而是粗豪;轻黄纻衫的少年,摇身一变成了拥胡奴的大汉。其具体亮相,在剧本第六出《堕钗灯影》,汤显祖写道:

呀!那里个黄衫大汉,一匹白马来也。(下)
【前腔】[豪士黄衫拥胡奴二三人走马上]本山东向长安作傻家,趁灯宵遨游狭邪,听街鼓儿几更初打。灯影里一鞭斜。②

这样一些改写,都是值得我们注意的地方。一方面,自然是反映出传奇作为戏曲文体的特殊所在,另一方面,也能够感受到汤显祖在剧作题旨上的特殊设定。

既然《紫钗记》以"相思"为刻画的重点,剧中那些写情的笔墨就尤其值得注意。不仅仅是霍小玉方面,李益这边的题情文字也是一样。像是第九出《得鲍成言》,李益姻缘得成的狂喜之态就抒发得甚是直白——

【前腔】[生]停妥停妥有定夺,欢幸欢幸早黏合。拚千金买得春宵着,受用些儿个。伤春中酒,轻寒自觉;人儿共枕,春宵暖和;算花星挨的孤鸾过。三日后,五更过,十红拖地送媒婆。③

而到剧本第十七出《春闱赴洛》,离别妻子之时,那份情感的书写也

---

① 李剑国辑校:《唐五代传奇集》,第1012页。
② (明)汤显祖著,钱南扬校点:《汤显祖戏曲集》,第25页。
③ (明)汤显祖著,钱南扬校点:《汤显祖戏曲集》,第44页。

是叫人无法直视——过于现实，也过于冷清。汤显祖写道：

【前腔】［生］韵高，多应我诗成夺锦袍。沉香亭捧砚写《清平调》，也则怕你愁望的酥胸拍渐销。多娇，还你个夫人县君，七香车载了。①

没有任何的挂牵，不见更多的不舍，一个"夫人县君"，果然就交代得过了吗？其情之浅，令人不耐。相比之下，霍小玉对于情感的态度明显就是不同的。虽然，她对于李益的倾心，有许多都是来源于外在。第十三出《花朝合卺》，汤显祖将霍小玉的惊喜如此书写——

［旦惊喜介］四娘，你看那生走一湾马呵，风情似柳，有如张绪少年；回策如萦，不减王家叔父。真个可人也！②

因色倾心，固然无可厚非。不过其情感的深挚程度，明显就打了许多折扣。所以无怪乎二人在别离之际，有关离情的呈现，就不免有些叫人错愕。第十六出《花院盟香》，汤显祖如此书写生旦之间的对话：

［生］如此，快安排行李，渭河登舟也。
［旦］……妾本轻微，自知非匹。今以色爱，托其仁贤。但虑一旦色衰，恩移情替……③

一个干脆得叫人震惊，另一个则显露出同样叫人诧异的卑微。这样的离别，让人体会到的恰恰是情感处境中的不平等。不过，这样一种不平等，也许正是世间的某种常情。

---

① （明）汤显祖著，钱南扬校点：《汤显祖戏曲集》，第72页。
② （明）汤显祖著，钱南扬校点：《汤显祖戏曲集》，第54页。
③ （明）汤显祖著，钱南扬校点：《汤显祖戏曲集》，第67页。

生旦二人的第二次远别，发生在剧本第二十五出《折柳阳关》，汤显祖用铺排的手法，极力敷演了别情的恻然——

【前腔】这泪呵，慢颊垂红缕，娇啼走碧珠。冰壶迸裂蔷薇露，阑干碎滴梨花雨，珠盘溅湿红销雾。怕层波溜折海云枯，这袖呵，潇湘染就斑文箸。①

然而，对照王实甫《西厢记》写到送别的段落，二者之深浅，则可谓判然目前。《西厢记》题写别情的名篇，是下面这曲【正宫·端正好】，其辞曰：

碧云天，黄花地，西风紧，北雁南飞。晓来谁染霜林醉？总是离人泪。②

虽然没有藻绘的堆叠，也不见方方面面的用力形容，其情之深挚，却不待言说。这并不是汤显祖逊于王实甫的明证。以此对照，不过是想要揭示出《紫钗记》题旨的重点所在——写情不假，但要写的情，却并非以深长为特性。有时不免于伪，有时不免于造，也许这才是"常"的特色所在。

前引诸多评论，都谈到了《紫钗记》语言的骈俪。这明显是汤显祖深受六朝文风影响所形成的特色。所以，像是第三出《插钗新赏》，老旦上场的念白都写作：

南都石黛，分翠叶之双蛾；北地燕脂，写芙蓉之两颊。惊鸾冶袖，谁

---

① （明）汤显祖著，钱南扬校点：《汤显祖戏曲集》，第96页。
② （元）王实甫著，王季恩校注：《西厢记》，上海古籍出版社1996年版，第148页。

偷得韩掾之香？绣蝶长裙，未结下汉姝之佩。①

当然，《紫钗记》也不止骈俪一种特性。汤显祖的"熟拈元剧"，在《紫钗记》中也有较为突出的反映。所以，我们在《紫钗记》中也能遇到显著的北曲风神。这一点，在《紫钗记》第三十出《河西款檄》中表现得尤其分明。且看下引数曲：

【端正好】旗面日头黄，马首云头绿，草萋迷遮不断长途，大打围领着番土鲁，绕札定黄花谷。

【滚绣球】风吹的草叶低，甚时节青疏疏柳上丝？听的咿呀呀雁行鸦侣，吱咮咮野雉山狐。急张拘勾的捧头獐，赤溜出律的决口兔。战笃速惊起些窣格落的豪猪，咭叭喇喝番了黑林郎雕虎。急进咯哨的顺边风，几捧拦腰鼓。湿溜飒喇的是染塞草，双雕溅血图，锦袖上模糊。

【倘秀才】呆不邓的大河西受了那家们制伏，满地上绽葡萄乱熟，酝就了打辣酥儿香碧绿。你献了呵三杯和万事，降唐呵也依样画葫芦，骂你个醉无徒！②

无论是拟声词的特殊呈现，还是那样一些典型的俚俗口语，以及【端正好】【滚绣球】【倘秀才】的配搭——这不但是元杂剧中最为常见的曲牌，同时也是元杂剧中"子母调"的固定配搭，再加上那样一份疏阔豪宕，都是非常突出的北曲特性。这样一种风致，恰好符合这一出所表现的边地特色。那份蛮荒与粗粝，在北曲风神的映照中，自然就毫不费力地得以成功写就。

《紫钗记》的戏剧笔墨中，还有对于现实的讥刺。最为突出的大概就

---

① （明）汤显祖著，钱南扬校点：《汤显祖戏曲集》，第15页。
② （明）汤显祖著，钱南扬校点：《汤显祖戏曲集》，第116、117页。

是其中的那位卢太尉了。这样一个权奸的形象，分明就带有了张居正的影子。汤显祖在现实中遭遇的种种蹭蹬，其满心无法轻易开释的郁结盘旋，就这么被写入了戏剧当中。戏剧作为其生命之托载，作为其观照人生、思考性命之所谓"要具"，足见一斑。《紫钗记》第二十二出《权嗔计贬》就这么写道：

　　自家卢太尉，长随玉辇，协理朝纲。圣驾洛阳开试，咱已号令中式士子，都来咱府相见。昨日开榜，有个陇西李益中了状元，细查门簿，并无此人姓名。书生狂妄如此，可恼！可恼！[1]

　　此段文字，读来不觉令人莞尔——当日汤显祖屡番拒绝张居正的延请，所招致的，也是同样的愤恨吧。汤显祖因此在科举路上一再受阻，走得异常艰辛。

---

[1] （明）汤显祖著，钱南扬校点：《汤显祖戏曲集》，第83页。

第二节
至文至情《牡丹亭》

关于《牡丹亭》,张岱论"四梦"曾如此赞道:

> 汤海若初作《紫钗》,尚多痕迹。及作《还魂》,灵奇高妙,已到极处。《蚁梦》《邯郸》,比之前剧,更能脱化一番,学问较前更进,而词学较前反为削色。盖《紫钗》则不及,而二梦则太过;过犹不及,故总于《还魂》逊美也。[1]

其实《牡丹亭》之杰出,应该是两方面的。首先,它的独特与超拔,在于作者以传奇完成的那份寄寓,也就是通常我们说的有关"至情"的呈现与探寻。于《牡丹亭记题词》中,汤显祖便就这份至情的存在展开了反复的强调与申说,概要道出了至情的状貌和特质。其间最为著名的观点有:

> 情不知所起,一往而深。生者可以死,死可以生。生而不可与死,死而不可复生者,皆非情之至也。梦中之情,何必非真。天下岂少梦中之人耶。必因荐枕而成亲,待挂冠而为密者,皆形骸之论也。

---

[1] (明)张岱著,夏咸淳辑校:《张岱诗文集(增订本)》,上海古籍出版社2014年版,第316页。

……

嗟夫！人世之事，非人世所可尽。自非通人，恒以理相格耳！第云理之所必无，安知情之所必有邪。[①]

关于爱情的书写，很多相关作品都在试图回答这么一个问题：爱情究竟是如何发生的？也就是说，爱情的发生机制、根本动因是什么？爱情的起点又究竟在哪里？汤显祖《牡丹亭》的高明，就在于他根本不准备解决这一问题，而是正告观者："情不知所起，一往而深。"这样一份正告，其实已然是一种回答。没有发生机制可循，却能够一往而深，才是所谓至情。这样的至情，它不见任何凭依，也没有任何条件。循着发展的脉络，生死都无法限制，甚至可以穿越生死。这样的至情，哪怕只是出现在梦幻中，你也无法遽然否认它的真实、深挚。虽然于人世的所谓常理常情，它似乎没有任何存在和呈现的可能，然而于至情之理，它却分明是一种必然，同时也自然而然。很显然，汤显祖所理解和提出的这样一种"至情"，其实就是情之本体，同时也是心之本体、道之本体。

《牡丹亭》之前，写情最为精彩的戏剧作品要数元代王实甫的《西厢记》杂剧。于是人们也就惯于将二者放在一起评说，以期比出异同。像黄淑素《牡丹记评》就有：

《西厢》生于情，《牡丹》死于情也。张君瑞、崔莺莺当寄居萧寺，外有寇警，内有夫人，时势不得不生，生则续，死则断矣。柳梦梅、杜丽娘当梦会闺情之际，如隔万重山，且杜宝势焰如雷，安有一穷秀才在目，时势不得不死，死则聚，生则离矣。[②]

---

① （明）汤显祖著，徐朔方笺校：《汤显祖集全编》，第1552、1553页。
② 徐扶明编著：《牡丹亭研究资料考释》，第118页。

所谓"生于情",既是因情而生,也是因"生"方才得以成就;所谓"死于情",则是因情而死,因"死"方才得情。因生得情的《西厢记》,正是因为张生解了孙飞虎围寺之困,化解了威胁众人生命的一大危机,才有二人后来之种种蔓生与延续。与之相反,杜丽娘在《牡丹亭》中正是因情而死,方才促使梦中之人能够在惨淡的现实中得以相遇,延续梦中的姻缘——遂有后来的由死而生、回生定配的圆满与波折。黄淑素这样一个概括,是值得注意的。它不仅指出了二剧当中"情"的不同设定、不同内涵,也道出了二剧当中,情与生死的关系及与戏剧矛盾冲突之间的具体关联。

沈德符《万历野获编》卷二十五《词曲》中也有关于《牡丹亭》《西厢记》的著名议论,其语称:

汤义仍《牡丹亭梦》一出,家传户诵,几令《西厢》减价。奈不谐曲谱,用韵多任意处,乃才情自足不朽也。①

"几令《西厢》减价"云云,显然也未必确然。不过,这确实道出了《牡丹亭》与《西厢记》在撼动人心上的某种相似,以及才情"自足不朽"的相同地位。

《牡丹亭》正因为承载了这样一种至情——可以穿越生死,也可以舍弃一切依傍,所以在让人绝望至斯以外,又似乎能够从中体会出深切的温柔,从而得到一些难能可贵的慰藉。故此,随着《牡丹亭》的流行风靡,不断衍生出一系列与女子相关的传说事迹。某种程度上,这些亦真亦幻的事迹与传说其实也在点染、强化着《牡丹亭》的种种光色。像是焦循《剧说》卷二,就记了一位因戏生情的"内江女子"。其文写作:

---

① (明)沈德符:《万历野获编》,第643页。

《黎潇云语》云："内江一女子，自矜才色，不轻许人，读《还魂》而悦之，径造西湖访焉，愿奉箕帚。汤若士以年老辞，女不信。一日，若士湖上宴客，女往观之，见若士皤然一翁，伛偻扶杖而行，女叹曰：'吾生平慕才，将托终身；今老丑若此，命也！'因投于水。"[①]

这条记载杜撰的色彩分明。首先，汤显祖并没有常年住在杭州，所以怎么能"径造西湖访焉"？其次，汤显祖去世时也才六十有七，《牡丹亭》问世之初，怎么可能就"皤然一翁""老丑若此"了？再者，如果读了《牡丹亭》愿奉箕帚，见了人却因外在的形容而生出绝望，此人显然与痴无关，更遑论至情。这样的读者，大概也不在汤显祖的期待视野当中。

焦循《剧说》卷六尚有另外一条，记道：

硐房《蛾术堂闲笔》云："杭有女伶商小玲者，以色艺称。于《还魂记》尤擅场。尝有所属意，而势不得通，遂郁郁成疾。每作杜丽娘《寻梦》《闹殇》诸剧，真若身其事者，缠绵凄婉，泪痕盈目。一日演《寻梦》，唱至'待打并香魂一片，阴雨梅天，守得个梅根相见，盈盈界面'，随声倚地。春香上视之，已气绝矣。临川寓言，乃有小玲实其事耶？"[②]

这一条记载的纪实意味较为突出。商小玲之"痴"与"绝"，俱见诸文字。其"盈盈界面"之时，恰是唱至《寻梦》段落。寻来寻去，都不见了，这是剧中杜丽娘遭逢到的巨大绝望。这样的绝望真的具有摧毁的力量，可以令杜丽娘就此一病不起、香消玉殒，同样也令演绎此剧此情的商小玲至此一恸而亡。现实已然如此残酷，剧中都没有喘息的可能，又怎能让人不在绝望中窒息？

[①] （清）焦循：《剧说》，载中国戏曲研究院编《中国古典戏曲论著集成》第八册，中国戏剧出版社2020年版，第115页。
[②] （清）焦循：《剧说》，载中国戏曲研究院编《中国古典戏曲论著集成》第八册，第197页。

《牡丹亭》有一个很有名的本子，叫作"吴吴山三妇评本"。这个评本的出现，所展现的同样是《牡丹亭》与女子之间的深切因缘，以及《牡丹亭》一梦对于女子所具有的超乎寻常的撼动力。杨恩寿《词余丛话》卷三对这个评本的始末有一番记载，其文写道：

> 吴吴山初聘黄山陈女，将昏而殇。既而得其评点《牡丹亭》上本，尝以未得下本为憾。后娶清溪谈女，雅耽文墨，仿陈女意补评下本，杪芒微会，若出一手。未几，夭逝。续娶古荡钱女，见陈、谈评本，略参己意，出钗钏为锓版资。即所传吴吴山三妇合评本也。[①]

这个评本的特点，在于评者全为女子。站在女子的立场，她们往往能够发他人所未发。比如，众人皆道《牡丹亭》之奇全在丽娘，而三妇的看法却与众有别：

> 此记奇不在丽娘，反在柳生。天下情痴女子，如丽娘之梦而死者不乏，但不复活耳。若柳生者，卧丽娘于纸上而玩之，叫之，拜之；既与情鬼魂交，以为有精有血而不疑；又谋诸石姑，开棺负尸而不骇；及走淮扬道上，苦认妇翁，吃尽痛棒而不悔：斯洵奇也。[②]

这样一个观点，大抵就是寻常男性所无从看到的。三妇所论也甚确。尽管剧中，柳梦梅无比谦虚地称自己不过是"蒹葭倚玉树"，但是，若无柳梦梅始终如一的那份痴绝与果敢，《牡丹亭》之情势必逊色不少，更难当"至情"。

与《牡丹亭》影响力密切相关的女性，还有著名的冯小青。此人虽然

[①] （清）杨恩寿撰，王婧之点校：《词余丛话》，岳麓书社2010年版，第341、342页。
[②] （明）汤显祖著，（清）陈同、（清）谈则、（清）钱宜合评：《吴吴山三妇合评牡丹亭》，上海古籍出版社2008年版，第131页。

难辨真伪，却有着叫人叹惋的凄凉身世，也有因《牡丹亭》而作的绝句一首，读之教人心生恻然。其诗曰：

冷雨幽窗不可听，挑灯闲看《牡丹亭》。人间亦有痴如我，岂独伤心是小青？①

不难看到，渲染和承载所谓"至情"的《牡丹亭》，其最为引人注目的动人，就在因情感而生发的种种摇撼——叫人为之辗转俯仰，不能自抑。这样的作品，是典型的出之肺腑，又诉之肺腑，所以足够惊心动魄，能够令人情魂俱绝。前人所论，也每每及此——

政雀鼠喧填时，得《牡丹亭记》，披之，情魂俱绝，游戏三昧，遂尔千秋乎？妒杀妒杀！②

《还魂》杜丽娘事，果奇。而著意发挥怀春慕色之情，惊心动魄。且巧妙叠出，无境不新，真堪千古矣。③

当然，以至情动人，这只是《牡丹亭》杰出的一方面。另一方面，则在于戏剧的文字部分。正是因为《牡丹亭》乃是坐落于天下"至文"的这样一部传奇剧作，所以才能胜任"至情"的寄寓与表达。下面，我们就从《惊梦》《寻梦》这两出入手，尽可能深入细致地体察一下何谓"至文"。

---

① 徐扶明编著：《牡丹亭研究资料考释》，第296页。
② 徐扶明编著：《牡丹亭研究资料考释》，第110页。
③ （明）吕天成撰，吴书荫校注：《曲品校注》，第221页。

一

《惊梦》一出，所展现的是杜丽娘第一次的游园行为。在杜宝外出劝农的空隙，杜丽娘终于得以出现在后花园，赏鉴这不曾被拘禁，却同样被闲置忘却的大好春光。这次游园行为对于杜丽娘而言，有着格外重大的意义。此出中的曲词，向被认为是典丽的典型，或说是最具汤显祖特色的代表。《惊梦》一出，是在一曲【步步娇】中展开的——

[旦]袅晴丝吹来闲庭院，摇漾春如线。停半晌，整花钿，没揣菱花，偷人半面，迤逗的彩云偏。[行介]步香闺怎便把全身现？
[贴]今日穿插的好。①

这一支曲，开篇第一句就遭人诟病。这就是很多人批评汤显祖所作是"案头异文"的原因所在。"袅晴丝"三字，确实有些过于煞费苦心了。就文本的阅读而言，读者都不见得能够于此体会作者深意，更何况是在舞台上演出！唱的人，听的人，有几人能够识得其间的曲折与深长？不过，抛开理解与接受的问题，这三字确实极有汤显祖文字的特性：那样一种在语词上的费尽力气、苦心经营。"晴丝"与"情丝"明显谐音，而春天晴空下的那点若有若无的游丝，对于情感造成的撼动显是令人惊异的。"袅"之一字，写出了"晴丝"的曲折缠绕，这也正是"情丝"的特性所在。"摇漾"一句精彩，一丝半缕若有若无的所谓晴丝，就可以令到这春光、春意一时摇漾起来，如前所说，这就是令人惊异的撼动——细微末节，却引发绝

---

① （明）汤显祖著，钱南扬校点：《汤显祖戏曲集》，第267页。

大波澜。这充分展露出杜丽娘此时的心境。此句的出现，无非让我们清晰看到此处的春光对于杜丽娘而言，已然具备了全然不同的意义。某种程度上，此二句作为开篇，其实是巧妙回应了前之所谓"讲动情肠"。情肠已被讲动，再加上如此一番摇漾，杜丽娘后之一梦，梦中所遇，也才有了出现的可能与必然。

汤显祖自身对于这句曲词的满意是显而易见的，所以他才会在后文用"线儿春"一语与之呼应。可以说，这是特属于杜丽娘的春光摇漾，也是汤显祖倾尽心力的特别赋予。另外，这支曲词也交代了杜丽娘对于游春一事的郑重非常，故而才有曲中的种种羞怯，以至于明明是自己羞于揽镜自照，却偏偏说镜子偷看自己导致慌乱——这份慌乱，恰好又进一步凸显了娇羞的状态。

一旁的春香，极赞丽娘今日的装束打扮，而杜丽娘却回说：

【醉扶归】[旦]你道翠生生出落的裙衫儿茜，艳晶晶花簪八宝填，可知我常一生儿爱好是天然？恰三春好处无人见，不堤防沉鱼落雁鸟惊喧，则怕的羞花闭月花愁颤。①

"可知我常一生儿爱好是天然"，这一句完全可以视作杜丽娘的人生宣言。而这样一种姿态、性情，在后来《红楼梦》中宝、黛等人身上，也得到了充分的演绎与承继。接下来，丽娘游园的脚踪不断推进，于是我们看到景致的不断变化，也听到喟叹的深长：

[行介]你看：画廊金粉半零星，池馆苍苔一片青。踏草怕泥新绣袜，惜花疼煞小金铃。[旦]不到园林，怎知春色如许？②

---

① （明）汤显祖著，钱南扬校点：《汤显祖戏曲集》，第267页。
② （明）汤显祖著，钱南扬校点：《汤显祖戏曲集》，第267页。

杜丽娘的这句感叹，充分写出了后花园这番游历对她的意义。不到后花园，她不知道大好的春光也可以被这样丝毫不见珍视地辜负、弃掷。这一瞬间，她仿佛看见自己——同样是大好的青春年华，大好的容貌才情，却只能被拘禁在深闺，无人得见，更无人赏识，同样遭遇的是一份被辜负、被弃掷的命运。这句感叹一出，能够清晰看到杜丽娘在这一刻被触动了，而触动的刹那，她也获得了对于后花园的片刻共情，所以紧接其后才有了这样一曲【皂罗袍】——

原来姹紫嫣红开遍，似这般都付与断井颓垣。良辰美景奈何天，赏心乐事谁家院。恁般景致，我老爷和奶奶再不提起。［合］朝飞暮卷，云霞翠轩。雨丝风片，烟波画船。锦屏人忒看的这韶光贱。[1]

结合这一曲，则前一句感叹的立场和情感特质就格外分明了。"原来姹紫嫣红开遍"，重点不在"姹紫嫣红"，而在"原来"和"开遍"。再炫目和惊艳的盛大春光，都在不经意中悄然流逝。很显然，这绝不是在礼赞春光，反而是在清楚地表达痛惜——痛惜春光之付诸荒寂，也痛惜自己和这春光一般无二的命运。

这曲【皂罗袍】，同样是《牡丹亭》中的著名曲词。开篇二句，道出了春光之特性——"姹紫嫣红"四字一出，可以看到春光之美，恰是一种典型的女性的美。而这样的美，已然是到了尾声，行至尽头。"开遍"二字，便写出春光虽盛，其实已然渐老。"都付与断井颓垣"，其间之痛楚，自不待言。而恁般景致的不被提起，锦屏人对于韶光的那份轻忽，甚至是蔑视，更是令杜丽娘感同身受、倍加伤怀。这一支曲，情感激荡盘旋，曲词却明媚绵丽。像合唱段落的那几句，真是写尽了春光鲜明而又独特的风致气韵。

---

[1] （明）汤显祖著，钱南扬校点：《汤显祖戏曲集》，第268页。

其中"雨丝风片"一语，颇见汤显祖之意趣，有着令人过目难忘的特性，无怪乎后世诗人、词人，纷纷将其写入诗中、词中。像是王士禛《秦淮杂诗二十首》其一，就如是写道：

年来肠断秣陵舟，梦绕秦淮水上楼。十日雨丝风片里，浓春烟景似残秋。①

不过，这一句化用却远远不及《牡丹亭》。《牡丹亭》中的雨丝风片，是密密织出了春光的明丽，不是惆怅低回，也不是风雨凄迷。到了王渔洋诗歌当中，这四个字的性质却陡然变得含混不清——是萧瑟，所以才令人思及残秋？还是萦绕缠绵，所以依旧是浓春烟景？是以此句一出，便遭到了"群嘲"。王应奎《柳南随笔》写道：

又《牡丹亭》词曲，有"雨丝风片"之语，而新城《秦淮杂诗》中用之，亦是一败阙（阕）……夫词曲不可入诗，予前已言之……②

清代李佳《左庵词话》所强调的"诗词不同"亦称：

诗词之界，迥乎不同。意有词所应有而不宜用之诗。字有词所应用而亦不可用之诗。渔洋山人诗，用"雨丝风片"，为人所疵，即是此义。故有能诗而不能词者，且有能词犹是诗人之词，非词人之词，其间固自有辨。③

---

① （清）王士禛撰，袁世硕、王小舒点校：《渔洋诗集》卷十，齐鲁书社2007年版，第298页。
② （清）王应奎撰，王彬、严英俊点校：《柳南随笔续笔》，中华书局1983年版，第104页。
③ 唐圭璋编：《词话丛编·左庵词话》，中华书局2005年版，第3104页。

果然是词曲不可入诗？当然不是。像是清人黄仲则《江行》一首，对于该词的化用，就称得上允当、精彩。其诗曰：

江花江草故乡情，两岸青山夹镜明。一夜雨丝风片里，轻舟已渡秣陵城。①

潘乃光《一样》所写，也堪称得体——

一样园林幻昔今，十分绿叶半成阴。碧桃满树花仍笑，红豆垂条春已深。人影衣香时掩映，雨丝风片强登临。几年不入江南梦，惆怅应翻杜牧吟。②

项纤《渔歌子》所用，同样能够显露出词体曲语的适配性——

卅里西湖一叶舟，烟波深处伫勾留。菰叶战，藕花幽，雨丝风片转船头。③

《憩园词话》卷六，再一次论证了曲语入词的可行：

凌荫周茂才其桢，吴江人。柳梢青，梅雨连绵剪灯谱闷云："一粟灯昏，雨丝风片，好梦难温。痴坐窗前，苦吟烛底，伫够销魂。夜深清悄柴门。只添得、相思泪痕。有酒偏愁，未秋先冷，消瘦诗人。"④

---

① （清）黄仲则著，蔡义江等选注：《黄仲则诗选》，中华书局2011年版，第223页。
② （清）潘乃光著，李寅生、杨经华校注：《榕阴草堂诗草校注》，巴蜀书社2014年版，第456页。
③ 李雷主编：《清代闺阁诗集萃编·天游阁集》，中华书局2015年版，第4322、4323页。
④ 唐圭璋编：《词话丛编·憩园词话》，第2972页。

至于杨恩寿《坦园日记》，则是提供了曲语入文的绝佳案例——

初九日，雨。走送张叔平，渠即日回京也。叔平寓定王台，对面即芋园。登楼凭眺时，细雨如丝，万柳初青，澹荡有致，洵如玉茗所谓"雨丝风片"也。①

所以，并不是曲语不能入诗词，而是如何入的问题。如果只是生硬搬用，自然不宜。如果能够贴合情境，其实也别有一番韵味。《清诗纪事》同治朝卷就列有金武祥《杂忆乡居》之句。此句就径用了汤显祖的原句——

姹紫嫣红开遍了，幽香才放木兰花。②

对于这样一番径用，金武祥《粟香三笔》就写道："余《杂忆乡居》诗云云，周畇叔都转评云：'姹紫嫣红一联，佳句自不可没。'然渔洋诗中偶用雨丝风片四字，论者病南北曲语究不宜入诗。"③其实，有那么多人一直想把"雨丝风片"用到自己的作品之中，且不论好坏，就已充分反映出汤显祖此语的精彩至极，这也正是"至文"之具体写照。

接下来的段落，随着游园的继续，杜丽娘关于春光的礼赞一直在绵丽地推进。

【好姐姐】[旦]遍青山啼红了杜鹃，荼蘼外烟丝醉软。春香呵，牡丹虽好，他春归怎占的先？[贴]成对儿莺燕呵。[合]闲凝眄，生生燕语明

---

① （清）杨恩寿撰，王婧之点校：《坦园日记》，岳麓书社2010年版，第212页。
② 钱仲联主编：《清诗纪事》，凤凰出版社2004年版，第3064页。
③ 钱仲联主编：《清诗纪事》，第3064页。

如剪，呖呖莺歌溜的圆。①

不过，值得注意的是，在盛大的赞美之后，却是突如涌起的离开的意愿。热忱和兴致就好像遭遇了一脚急刹，突然宣告了终止。而这戛然而止的背后，恰是杜丽娘在经历了后花园春光启蒙之后，无法直面现实之残酷的内心变化。汤显祖在此处的书写，是极其高明的。且看下引文字——

［旦］去罢。［贴］这园子委是观之不足也。［旦］提他怎的？［行介］
【隔尾】观之不足由他缱，便赏遍了十二亭台是惘然，到不如兴尽回家闲过遣。②

正是因为感知到了那份无可奈何，所以才真切地懂得就算此番尽兴，也无法改变春光必然虚掷的命运。同样地，也无法扭转自身，依然处于"幽禁"之中，无人窥见、无人怜惜的残酷事实。所以，也只能惘然。这一句的深宛与无奈，令人动容。

而离开后花园回到闺中，杜丽娘的叹息并未轻易停止，仍在继续：

［旦叹介］默地游春转，小试宜春面。春呵，得和你两留连。春去如何遣？咳！恁般天气，好困人也。春香那里？［左右瞧介］［又低首沉吟介］天呵，春色恼人，信有之乎？常观诗词乐府，古之女子，因春感情，遇秋成恨，诚不谬矣。吾今年已二八，未逢折桂之夫；忽慕春情，怎得蟾宫之客？昔日韩夫人得遇于郎，张生偶逢崔氏，曾有《题红记》《崔徽传》二书。此佳人才子，前以密约偷期，后皆得成秦晋。［长叹介］吾生于宦族，长在名门。年已及笄，不得早成佳配，诚为虚度青春。光阴如过隙

---

① （明）汤显祖著，钱南扬校点:《汤显祖戏曲集》，第268页。
② （明）汤显祖著，钱南扬校点:《汤显祖戏曲集》，第268页。

耳,［泪介］可惜妾身颜色如花,岂料命如一叶乎!

【山坡羊】［旦］没乱里春情难遣,蓦地里怀人幽怨。则为我生小婵娟,拣名门一例一例里神仙眷。甚良缘,把青春抛的远。俺的睡情谁见?则索因循腼腆。想幽梦谁边?和春光暗流转。迁延,这衷怀那处言?淹煎,泼残生除问天。①

这几段念白和曲词,充分写出了此时杜丽娘内心世界的种种翻涌,万千波澜。青春之无奈虚度,幽怀之无处排遣,就算养尊处优,生活安适,较之旁人,内心的煎熬其实也丝毫不少。所以,在后来入梦之时,听到梦中那生不但唱出了自身处境的特性,甚至唱出了无比真切的怜惜,杜丽娘便毫无预警地瞬间沦陷,瞬间倾心。

不妨说,柳梦梅上场所唱,让我们看到了这场爱情发生的必然——

【山桃红】则为你如花美眷,似水流年。是答儿闲寻遍,在幽闺自怜。②

这几句,正是对于杜丽娘内心,也是对于杜丽娘处境的深情体贴。这几句,不仅打动了此间的杜丽娘,也在后来《红楼梦》的时空当中,打动了偶然听闻的林黛玉。不难看到,汤显祖在此处体贴的,又何止一位杜丽娘,而是一众女儿共同的处境与心境。这些旧时代的女子,纵然是如花美眷,却不得不面临光阴流逝,年华老去,在"幽禁"的有限天地中饱受着无可奈何的摧折。情怀无处可寄,幽思无人能懂,任凭寻寻觅觅,却总是付诸空落,于是唯有自怜、自叹。自怜、自叹中,又有多少不能为人道出的千般苦楚,以及多少唯有独自面对的孤寂和凄清。

---

① (明)汤显祖著,钱南扬校点:《汤显祖戏曲集》,第268—270页。
② (明)汤显祖著,钱南扬校点:《汤显祖戏曲集》,第270页。

值得注意的是，汤显祖在写到杜丽娘游园后之一梦时，成功完成了空间的转换与重叠。此梦，是丽娘回到房中才告发生；然而此梦，所梦到的却是适才园中。所以，后来的寻梦，才会重返园中，去找寻所谓梦中的斑斑旧迹。这一梦的进行，有男女欢爱的自然展开。汤显祖写到这些内容，没有丝毫的扭捏，也没有丝毫的遮掩。这场欢爱，有花神的旁白，有二人的热烈与坦荡，也有过后的万千缠绵，可以看到作者对于"天然"二字的彻底贯彻，也可以真切感受到究竟何为"景上缘，想内成，因中见"[①]。一切，都是前生命定；一切，都是情之所不得不然。

【鲍老催】单则是混阳烝变，看他似虫儿般蠢动把风情扇，一般儿娇凝翠绽魂儿颤。这是景上缘，想内成，因中见。呀！淫邪展污了花台殿。咱待拈片落花儿惊醒他。[向鬼门丢花介]他梦酣春透了怎留连？拈花闪碎的红如片。

【山桃红】[生旦携手上]这一霎天留人便，草藉花眠。小姐可好？[旦低头介][生]则把云鬟点，红松翠偏。小姐，休忘了呵，见了你紧相偎，慢厮连，恨不得肉儿般团成片也，逗的个日下胭脂雨上鲜。[旦]你可去呵？[合前][②]

拈片落花将梦中人惊醒，这样的设定委实浪漫至极。而后一支曲的万千感慨，则又缠绵至极，也热烈至极。作者在北曲风神的豁亮中，充分写出了爱有如狂风暴雨般的席卷，以及当空骄阳一般的避无可避。其间形容的人胆生动，令人耳目一新，也令人深感作者笔力之不可限量。

柳梦梅不但上场上得令人印象深刻，下场一节也非常动人。汤显祖写道：

---

① （明）汤显祖著，钱南扬校点：《汤显祖戏曲集》，第271页。
② （明）汤显祖著，钱南扬校点：《汤显祖戏曲集》，第271页。

（生）姐姐，你身子乏了，将息，将息。[送旦依前作睡介][轻拍旦介]姐姐，俺去了。[作回顾介]姐姐，你好十分将息，我再来瞧你那。行来春色三分雨，睡去巫山一片云。[下][旦作惊醒低叫介]秀才，秀才，你去了也。[又作痴睡介]①

数语"将息"，带出了深情之款款，也带出了无穷的眷恋。这几句一出，才将一个丽娘小姐永远困在了梦中。

[旦长叹看老下介]哎也天那！今日杜丽娘有些侥幸也。偶到后花园中，百花开遍，睹景伤情，没兴而回。昼眠香阁，忽遇一生，年可弱冠，丰姿俊妍。于园中折得柳丝一枝，笑对奴家说：姐姐既淹通书史，何不将柳枝题赏一篇，那时待要应他一声，心中自忖，素昧平生，不知名姓，何得轻与交言。正如此想间，只见那生向前，说了几句伤心话儿，将奴搂抱去牡丹亭畔，芍药阑边，共成云雨之欢。两情和合，真个是千般爱惜，万种温存。欢毕之时，又送我睡眠，几声将息。正待自送那生出门，忽值母亲来到，唤醒将来。我一身冷汗，乃是南柯一梦。欠身参礼母亲，又被母亲絮了许多闲话。奴家口虽无言答应，心内思想梦中之事，何曾放怀？行坐不宁，自觉如有所失。娘呵，你教我学堂看书，知他看那一种书消闷也？[作掩泪介]

【绵搭絮】雨香云片，才到梦儿边。无奈高堂，唤醒纱窗睡不便。泼新鲜，冷汗黏煎。闪的俺心悠步躯，意软鬟偏。不争多费尽神情，坐起谁忺则待去眠。

【尾声】[旦]困春心，游赏倦，也不索香熏绣被眠。天呵，有心情那梦儿还去不远。②

---

① （明）汤显祖著，钱南扬校点：《汤显祖戏曲集》，第271页。
② （明）汤显祖著，钱南扬校点：《汤显祖戏曲集》，第272页。

杜丽娘这一形象的可爱，其实正在于作者将其塑造得真实无比。相比之下，《西厢记》中的崔莺莺多了几分忸怩作态，《红楼梦》中的林黛玉也多了一些别扭和小心，总之是不够坦荡，不够直白。而《牡丹亭》中的杜丽娘，却坦白得叫人心折。她可以毫不讳言自身对于这一场绮梦的沉醉、耽溺。此后种种情肠曲折，都因此梦。缠绵至此，于是会有不断的重温与找寻，以及找寻不到的痛苦与绝望。

二

如果说，《惊梦》的曲词，是由沉痛、清醒而至沉醉无端，那么，《寻梦》的曲词，显然就与之构成了一个镜像的关系——恰恰是由沉醉无端而至沉痛、绝望。《寻梦》的展开，自这么一曲【月儿高】。作者写道：

[旦上]几曲屏山展，残眉黛深浅。为甚衾儿里，不住的柔肠转？这憔悴非关，爱月眠迟倦。可为惜花朝，软迷痴觑庭院？

忽忽花间起梦情，女儿心性未分明。无眠一夜灯明灭，分煞梅香唤不醒。昨日偶尔春游，何人见梦？绸缪顾盼，如遇平生。独坐思量，情殊怅恍。真个可怜人也！[冈介][贴捧茶食上]香饭盛来鹦鹉粒，清茶擎出鹧鸪斑。小姐，早膳哩。[旦]咱有甚心情也？[1]

此处曲折的，又何止是屏山，分明还有万千心事、百结情肠。于是，才会有去往后花园找寻梦境，找寻梦中之人和梦中之情的这一场注定落空的寻觅：

---

[1] （明）汤显祖著，钱南扬校点《汤显祖戏曲集》，第276页。

［行介］一径行来，喜的园门洞开，守花的都不在，则这残红满地呵，

【懒画眉】最撩人春色是今年，少什么低就高来粉画垣，原来春心无处不飞悬。［绊介］哎，睡荼蘼抓住裙衩线，恰便是花似人心好处牵。

这一湾流水呵……[①]

从"姹紫嫣红开遍"到"残红满地"，几乎就是一夕之间。"最撩人春色是今年"一句，道出了这一番梦境对于杜丽娘无可比拟的作用力。此番游园之初，也有拟人手法的出现。《惊梦》以此写出了娇羞，《寻梦》以此却道出了急切与惊惶。

【前腔】为甚呵玉真重溯武陵源？也则为水点花飞在眼前。是天公不费买花钱，则咱人心上有题红怨。咳，孤负了春三二月天。

……

【忒忒令】那一答可是湖山石边？这一答似牡丹亭畔。嵌雕阑芍药芽儿浅，一丝丝垂杨线，一丢丢榆荚钱。线儿春甚金钱吊转。

呀！昨日那书生，将柳枝要我题咏，强我欢会之时，好不话长。

【嘉庆子】是谁家少俊来近远？敢迤逗这香闺去沁园。话到其间腼腆，他捏这眼奈烦也天，咱嚛这口待酬言。

【尹令】那书生可意呵，咱不是前生爱眷，又素乏平生半面。则道来生出现，怎便今生梦见。生就个书生，哈哈生生抱咱去眠。

那些好不动人春意也，

【品令】他倚太湖石，立着咱玉婵娟。待把俺玉山推倒，便日暖玉生烟。挨过雕阑转过秋千，揹着裙花展。敢席着地，怕天瞧见。好一会分明，美满幽香不可言。

梦到正好时节，甚花片儿吊下来也。

[①]（明）汤显祖著，钱南扬校点：《汤显祖戏曲集》，第277页。

【豆叶黄】他兴心儿紧咽咽,呜着咱香肩;俺可也慢挝挝做意儿周旋,慢挝挝做意儿周旋。等闲间把一个照人儿昏善。那般形现,那般软绵。忒一片撒花心的红叶儿,吊将来半天,敢是咱梦魂儿厮缠。

　　咳!寻来寻去,都不见了。牡丹亭,芍药阑,怎生这般凄凉冷落,杳无人迹?好不伤心也![泪介]

　　【玉交枝】是这等荒凉地面,没多半亭台靠边,好是咱眯瞪色眼寻难见。明放着白日青天,猛教人抓不到魂梦前。霎时间有如活现,打方旋再得俄延。呀,是这答儿压黄金钏匾。①

　　在"这一湾流水呵"之后,寻梦就真切、细致地得以展开了。跟随杜丽娘的脚步,我们不仅同行在寻梦的路上,而且也获知了此前一梦有着怎样具体的历程。杜丽娘的热情奔放,她对于生命、情爱所抱持的那样一份开放与坦荡的态度,于《寻梦》一出,可谓显露无遗。

　　这样一位女孩子,如此细致入微地描述着自己的一场春梦,尤其是毫不掩抑地诉说着自身在这一场春梦中的万般沉醉,这在以前的文学作品,哪怕是戏曲、小说这等俗文学样式中,也是无从想象,甚至不敢梦见的。而汤显祖,却以自身的杰出——思致的、文笔的,将这样一个可爱的少女形象带到我们面前。其间,对于"真"的高擎,对于"情"的信奉,是汤显祖的宗教,也是杜丽娘的宗教。

　　"梦中之情,何必非真",对于梦境的这份耽溺,写出了一份不落俗套的痴。称之为"真痴""痴绝",方足以映照那份"至情"。梦中之情、梦中之人不可寻觅,这是此时杜丽娘的绝望,也是现实世界中一众女儿的绝望。正是这份能够感同身受的"痴",以及能够感同身受的伤心,才会有那么多女子轻易就被《牡丹亭》打动牵引,遂尔沉沦其间而无力自拔。

　　接下来的找寻,汤显祖创造性地让杜丽娘遇到了一棵"梅子磊磊"的

---

① (明)汤显祖著,钱南扬校点:《汤显祖戏曲集》,第277—280页。

梅树——

【月上海棠】怎赚骗？依稀想像人儿见。那来时荏苒，去也迁延。非远，那雨迹云踪才一转，敢依花傍柳还重现。昨日今朝，眼下心前，阳台一座登时变。

再消停一番。[望介]呀，无人之处，忽然大梅树一株，梅子磊磊可爱。

【二犯幺令】偏则他暗香清远，伞儿般盖的周全。他趁这，他趁这春三月红绽雨肥天，叶儿青，偏进着苦仁儿撒圆。爱煞这昼阴，便再得到罗浮梦边。

罢了，这梅树依依可人，我杜丽娘若死后，得葬于此，幸矣。

【江儿水】偶然间心似缱，梅树边。这般花花草草由人恋，生生死死随人愿，便酸酸楚楚无人怨。待打并香魂一片，阴雨梅天，守的个梅根相见。[1]

这株梅树的出现，于时间上，可谓勾连了过去、当下以及将来；空间上，又串联了远在广东的梅关，以及杜丽娘此时所在的南安；人物关系上，则联结了见到梅树触动情肠的杜丽娘，以及梦见梅边美人因而改名的柳梦梅。这株梅树，绝不仅仅是个简单的意象。某种程度上，《牡丹亭》所承载的至情，其具体的见证者正是这株梅树，其具体化身也是这株梅树。所以，它才成为杜丽娘日后寄身埋骨之所在。

这一株梅子磊磊可爱的大梅树，一方面，有暗香清远，"伞儿般盖的周全"，似乎提供了情爱所需要的荫庇；另一方面，一颗颗梅子，"偏进着苦仁儿撒圆"，在苦楚中极力地寻求圆满，这又好像是一场人生的隐喻，或者是人心的某种幻象。再者，"守的个梅根相见"，又充分显露了意志的

---

[1] （明）汤显祖著，钱南扬校点《汤显祖戏曲集》，第280、281页。

坚贞与决绝。所以杜丽娘此时，大概又在这株梅树身上看到了深陷情爱中的自己，于是才会在此时、此处，发出一系列振聋发聩的爱情宣言，或者应该说是生命的宣言——"这般花花草草由人恋，生生死死随人愿，便酸酸楚楚无人怨"。杜丽娘想要求得的，从来不是一般意义上的圆满美好，而是一份不受拘禁、自由恣意的爱情。其实，这样的爱情所映照的正是杜丽娘对于不受拘禁的生命形态的那份渴求。

寻梦至此，也就唱出了最强音。然而此时的汤显祖，并没有让这番踪迹戛然停止，反而是写出了种种的不舍与流连——

【川拨棹】你游花院，怎靠着梅树偃。[旦]一时间望眼连天，一时间望眼连天，忽忽地伤心自怜。[泣介][合]知怎生情怅然？知怎生泪暗悬？

[贴]小姐甚意儿？

【前腔】[旦]春归人面，整相看无一言。我待要折的那柳枝儿问天，我待要折的那柳枝儿问天，我如今悔不与题笺。[贴]这一句猜头儿是怎言？[合前]

[贴]去罢。[旦作行又住介]

【前腔】为我慢归休款留连，[内鸟啼介]听，听这不如归春暮天。难道我再到这亭园，难道我再到这亭园，则挣的个长眠和短眠？[合前]

[贴]到了，和小姐瞧奶奶去。[旦]罢了。

【意不尽】软咍咍刚扶到画阑偏，报堂上夫人稳便。咱杜丽娘呵，少不得楼上花枝也则是照独眠。[1]

在此，杜丽娘和春香的角色较之《惊梦》又有了分明的置换。《惊梦》一出，是杜丽娘突兀地来了一句"去罢"，而在此处，却是春香不耐，说

---

[1] （明）汤显祖著，钱南扬校点：《汤显祖戏曲集》，第281、282页。

道:"去罢。"丽娘却分明不舍,百般地"作行又住介",于此流连辗转。这样的置换,明显就构成了照应,令得《惊梦》《寻梦》两出形成了一个完满的闭环。同时,作者也非常高明,不动声色地写出了人物心境的那份变化。此时,杜丽娘其实已经预先知晓并宣告了自己迫在眉睫的死亡——"难道我再到这亭园,难道我再到这亭园,则挣的个长眠和短眠",所以,才会有那么多的不忍作别。这不仅仅是在和后花园、和春光作别,更是在和梦境、和残存的那点希冀,以及已告微漠的生之意绪作别。

可以看到,这就是堪称"至文"的《惊梦》《寻梦》两出。此二出的精彩绝伦,并不仅仅只在诗一般的曲中文词,更在于其间的文词、结构全然贴合了人物的性情、行径,也全然契合了情感结构本身。是以,这不仅仅是写出了诗一般的人物、情爱,更让我们直击了生命光焰的一次盛大绽放——依托于爱情,却也没有限于爱情。称之为"至文",可以说毫不过当。

三

当然,一般我们论及《牡丹亭》的曲词,所强调的都是其典丽蕴藉的特征,实际上,《牡丹亭》曲词之特色并不止这一端。除此而外,尚有豪俊爽利处、情感深挚处,亦有诙谐幽默处。屠隆就曾这样评价过《牡丹亭》的语言特性:

> 语有老苍而不乏于姿,态有纤秾而不伤其骨。[①]

[①] (明)屠隆著,汪超宏主编:《屠隆集》,浙江古籍出版社2012年版,第46页。

对此，王骥德也有相似的议论：

于本色一家，亦惟是奉常一人。其才情在浅深、浓淡、雅俗之间，为独得三昧。①

李渔评《牡丹亭》则有：

无论其他，即汤若士《还魂》一剧，世以配飨元人，宜也。问其精华所在，则以《惊梦》《寻梦》二折对。予谓二折虽佳，犹是今曲，非元曲也。《惊梦》首句云："袅晴丝，吹来闲庭院，摇漾春如线。"以游丝一缕，逗起情丝，发端一语，则费如许深心，可谓惨淡经营矣。然听歌《牡丹亭》者，百人之中有一二人解出此意否？若谓制曲初心并不在此，不过因所见以起兴，则瞥见游丝，不妨直说，何须曲而又曲，由晴丝而说及春，由春与晴丝而悟其如线也？若云作此原有深心，则恐索解人不易得矣。索解人既不易得，又何必奏之歌筵，俾雅人俗子同闻而共见乎？其余"停半晌，整花钿，没揣菱花，偷人半面"及"良辰美景奈何天，赏心乐事谁家院""遍青山啼红了杜鹃"等语，字字俱费经营，字字皆欠明爽。此等妙语，止可作文字观，不得作传奇观。至如末幅"似虫儿般蠢动，把风情扇"与"恨不得肉儿般团成片也，逗的个日下胭脂雨上鲜"，《寻梦》曲云："明放着白日青天，猛教人抓不到梦魂前""是这答儿压黄金钏匾"，此等曲则去元人不远矣。而予最赏心者，不专在《惊梦》《寻梦》二折，谓其心花笔蕊，散见于前后各折之中。《诊祟》曲云："看你春归何处归，春睡何曾睡，气丝儿怎度的长天日！""梦去知他实实谁，病来只送得个虚虚的你，做行云，先渴倒在巫阳会"，"又不是困人天气，中酒心期，魆魆的常如醉"，"承尊觑，何时何日，来看这女颜回"？《忆女》曲云："地老天昏，

---

① （明）王骥德著，陈多、叶长海注释：《曲律注释》，第332页。

没处把老娘安顿。""你怎撇得下万里无儿白发亲。""赏春香还是你旧罗裙。"《玩真》曲云:"如愁欲语,只少口气儿呵。""叫的你喷嚏似天花唾,动凌波,盈盈欲下,不见影儿那。"此等曲,则纯乎元人,置之《百种》前后,几不能辨,以其意深词浅,全无一毫书本气也。①

以上数段,都可谓极有见地,道出了惯常读《牡丹亭》所容易漏掉的特点,以及好处。李渔作为高明的戏曲理论家,其立场与观点,对于我们今天去理解《牡丹亭》,无论是题旨还是曲文本身,都有着极为显著的开启意义。

《牡丹亭》曲词中最为典型的豪俊,发生在《劝农》一出。比如下面这首【孝顺歌】,就写道——

【孝顺歌】[净田夫上]泥滑喇,脚支沙,短耙长犁滑律的拿。夜雨撒菰麻,天晴出粪渣,香风腌鲊。[外]歌的好!夜雨撒菰麻,天晴出粪渣,香风腌鲊,是说那粪臭。父老呵,他却不知这粪是香的,有诗为证:焚香列鼎奉君王,馔玉炊金饱即妨。直到饥时闻饭过,龙涎不及粪渣香。与他插花,赏酒。[净插花饮酒笑介]好老爷,好酒。[合]官里醉流霞,风前笑插花,把农夫们俊煞。[下]②

对于这首【孝顺歌】,臧懋循曾经评道:"粪渣香等诗,正得元曲体,今人罕知此者。"③

当然,《劝农》一出在《牡丹亭》中的意义,绝不止提供了风格豪俊的

---

① (清)李渔著,江巨荣、卢寿荣校注:《闲情偶寄》,上海古籍出版社2000年版,第34、35页。
② (明)汤显祖著,钱南扬校点:《汤显祖戏曲集》,第260页。
③ (明)汤显祖撰,(明)臧懋循订:《玉茗堂四种传奇》,明刻清乾隆二十六年书业堂重修本,第14页。

具体样本。其实它更为重要的，是让我们看到了汤显祖在结构上的自觉。李渔《闲情偶寄·演习部》有所谓"剂冷热"的观点，提到"今人之所尚，时优之所习，皆在'热闹'二字；冷静之词，文雅之曲，皆其深恶而痛绝者也"[1]，又称"岂非冷中之热，胜于热中之冷"[2]。《牡丹亭》一剧基本上可以说是通体皆"冷"，而《劝农》一出就是显然的"冷中之热"。这样一段突然插入的闹热与俚俗段落，明显给传奇的表演带来了一些调性和气韵的变奏，它所起到的作用就是冷热调剂、变化节奏。

可以说，《牡丹亭》在很多地方都彰显出汤显祖在结构上的那份措意，剧本许多段落存在照应的关系，比如《冥判》与《圆驾》。《圆驾》一出有【北黄钟醉花阴】一曲，中有"在阎浮殿见了些青面獠牙，也不似今番怕"[3]，三妇之评就明确指出："又映带《冥判》时。"[4]

另外，剧作也基本处于不断涌起的矛盾冲突中。这令《牡丹亭》这样一种抒情占据主流、篇幅较长的传奇，观看起来也基本没有冗长杂沓之弊，反而有环环相扣的精彩。尤其是传奇最后一出的安排布置，分明就是矛盾又起，全无力竭之感。对此，臧懋循评称："传奇至底板，其间情意已竭尽无余矣。独此折夫妻父子俱不识认，又做一翻公案，当是千古绝调。"[5]三妇之评则有："传奇收场，多是结了前案。此独夫妻父女，各不识认，另起无限端倪，始以一诏结之，可无强弩之消。"[6]

---

[1] （清）李渔著，江巨荣、卢寿荣校注：《闲情偶寄》，第90页。
[2] （清）李渔著，江巨荣、卢寿荣校注：《闲情偶寄》，第90页。
[3] （明）汤显祖著，钱南扬校点：《汤显祖戏曲集》，第493页。
[4] （明）汤显祖著，（清）陈同、（清）谈则、（清）钱宜合评：《吴吴山三妇合评牡丹亭》，第139页。
[5] （明）汤显祖撰，（明）臧懋循订：《玉茗堂四种传奇》，第68页。
[6] （明）汤显祖著，（清）陈同、（清）谈则、（清）钱宜合评：《吴吴山三妇合评牡丹亭》，第138页。

第四章　汤显祖的戏曲创作

余 论

当然,《牡丹亭》这样一部杰出的剧作,它对后世的影响也是不难想见的。经典化的一个显著的表现,就是这部传奇俨然已经成为某种评判的标尺。比如,后世有一个流行的说法,叫作"生吞《牡丹亭》"。这个说法,见于《洒雪堂》第三折眉批,其文写作:"活剥汤义仍,生吞《牡丹亭》。"[1]由此,《牡丹亭》作为某种尺度、标准,是显而易见的。

与此相类的,是王思任《春灯谜序》所写,其文称:

临川清远道人自泥天灶,取日膏月汁,烘烧五色之霞,绝不肯俯齐州抡烟片点,于是《四梦》熟,而脍炙四天之下。四天之下,遂竟与传其薪而乞其火,递相梦梦,凌夷至今。胡柴白棍,窜塞眯哭,其中竟不以影质溺,则亦大可哈矣。[2]

凌廷堪《论曲绝句》更有:

玉茗堂前暮复朝,葫芦怕仿昔人描。痴儿不识邯郸步,苦学王家雪里蕉。[3]

同样能够说明《牡丹亭》在后世流行风靡程度的,是在仿效痕迹鲜明

---

[1] 徐扶明编著:《牡丹亭研究资料考释》,第308页。
[2] (明)阮大铖撰,徐凌云、胡金望点校:《阮大铖戏曲四种》,黄山书社1993年版,第169页。
[3] 徐扶明编著:《牡丹亭研究资料考释》,第309页。

的剧作之外，还涌现了一大批续作。比如，陈轼就有《续牡丹亭》。

轼字静机，福建人。明崇祯十三年进士，官部曹。入本朝（按指清朝），未仕……因汤显祖载柳梦梅乃极佻达之人，作者欲反而归之于正。言：梦梅自通籍后，即奉濂、洛、关、闽之学为宗，每日读《朱子纲目》……梦梅官迁学士，且纳春香为妾，盖以团圆结束，补《还魂记》所未及云。①

王墅又有《后牡丹亭》。焦循《剧说》即道：

《牡丹亭》又有《后牡丹亭》，必说癞头鼋之为官清正，柳梦梅以理学与考亭同贬，凡此者，果不可以已乎？②

洪昇在《长生殿·例言》还曾写道：

棠村（梁清标）相国尝称予是剧乃一部闹热《牡丹亭》，世以为知言。予自惟文采不逮临川，而恪守韵调，罔敢稍有逾越。③

对于这样一个评价，显然不仅仅是"世以为知言"，就连洪昇自己，也有着相当的欣悦与惶恐。《牡丹亭》显然已经成为传奇剧本中当仁不让的封神之作。所以，哪怕是评价后世传奇的杰出文本，似乎也无法轻易从《牡丹亭》绕开和抽离。于是，宋荦之《题桃花扇传奇》就写道：

---

① 徐扶明编著：《牡丹亭研究资料考释》，第311、312页。
② （清）焦循：《剧说》，载中国戏曲研究院编《中国古典戏曲论著集成》第八册，第142页。
③ （清）洪昇著，徐朔方校注：《长生殿》，人民文学出版社1983年版，第1页。

第四章　汤显祖的戏曲创作

新词不让《长生殿》，幽韵全分玉茗堂。①

  由此二句，由上述所引，则《牡丹亭》对于后世的意义，便不遑多论了。以曹雪芹《红楼梦》的具体书写为例，《牡丹亭》的曲词和相关笔墨，甚至相关情致，便不断在小说中出现，或推动情节发展，或完成人物塑造，或令到一些暗寓的深意更见分明。从其痕迹之历历可辨、角色之关键，更可看到《牡丹亭》经久不衰的永恒魅力。

---

① 徐扶明编著：《牡丹亭研究资料考释》，第338页。

第三节
《南柯记》与《邯郸记》

《南柯记》与《邯郸记》都是汤显祖较为后期的戏剧创作。年深日久，所思自然不同于前，一些针对人生展开的观照，自然而然也就挂上了更为深邃和沧桑的面容。于是，在"绮语都尽"之后，我们也就迎来了洗尽铅华的《南柯记》和《邯郸记》。又因为绮语尽了，学问深了，很多人认为《南柯记》《邯郸记》要明显优于《牡丹亭》。当然，同样有人因为二剧身上这份显著的学养深厚、思绪深沉而顿生抗拒，依然对《牡丹亭》倾心相许。

《南柯记》，取材于唐人传奇，所本即唐人李公佐《南柯太守传》。不过汤显祖笔下的淳于棼，却与小说中的这位明显判若两人。《南柯太守传》对于淳于棼的定位，在于——"东平淳于棼，吴楚游侠之士。嗜酒使气，不守细行，累巨产，养豪客。曾以武艺补淮南军裨将，因使酒忤帅，斥逐落魄，纵诞饮酒为事"[1]。可以看到，于小说中，嗜酒使气，累巨产，养豪客，是这位人物的突出特性。这是一个过分张狂的形象。然而在汤显祖笔下，淳于棼却在怀抱之中有着许多不遇的悲辛。与其说放诞张狂，倒不如说他落拓不羁。与其说他近于侠客，倒不如说他是个典型的文士。所以，在传奇第二出《侠概》中，我们就读到了这样一个淳于棼：

---

[1] 李剑国辑校：《唐五代传奇集》，第687页。

【破齐阵】[生背剑上]壮气直冲牛斗，乡心倒挂扬州。四海无家，苍生没眼，拄破了英雄笑口。自小儿豪门惯使酒，偌大的烟花不放愁，庭槐吹暮秋。①

"四海无家，苍生没眼，拄破了英雄笑口"，其中有多少壮志难酬的痛切，又岂是寻常豪客所能懂得的。接下来，生之念白则有：

[蝶恋花]秋到空庭槐一树，叶叶秋声，似诉流年去。便有龙泉君莫舞，一生在客飘吴楚。　那得胸怀长此住，但酒千杯，便是留人处。有个狂朋来共语，未来先自愁人去。②

其怀抱之蕴藉深沉，同样可见一斑。紧随其后的曲词，更把淳于棼身上的落寞、心间的怅恨抒发殆尽：

【前腔】把大槐根究，鬼精灵庭空翠幽。恨天涯摇落三杯酒，似飘零落叶知秋。怕雨中妆点的望中稠，几年间马蹄终日因君骤。论知心英雄对愁，遇知音英雄散愁。③

所以哪怕是手中持酒，这酒杯也不过是浇心中块垒之具。淳于棼于汤显祖笔下，显然是一位富于气概、深于怀抱的士人，而不是寻常侠客所能比拟的。所以，其所唱曲词，包括下场诗，总是带出一味苍凉，而并非简单的粗豪恣意。其下场诗即作：

一生游侠在江淮，未老芙蓉说剑才。寥落酒醒人散后，那堪秋色到

---

① （明）汤显祖著，钱南扬校点：《汤显祖戏曲集》，第510页。
② （明）汤显祖著，钱南扬校点：《汤显祖戏曲集》，第510页。
③ （明）汤显祖著，钱南扬校点：《汤显祖戏曲集》，第512页。

庭槐。①

实际上，淳于梦形象的差异，也就折射出两部作品在题旨上的根本不同。唐传奇《南柯太守传》，借南柯之境，无非是为了发出浮生倏忽、恍若一梦的感叹。那些权力势位、功业富贵，其实不过过眼云烟、偶然之幸，不仅不足久恃，同时也近乎虚无缥缈。《南柯太守传》中，有这么几段文字，就已经将题旨充分说清道明。其文如下：

见家之僮仆拥彗于庭，二客濯足于榻。斜日未隐于西垣，余樽尚湛于东牖。梦中倏忽，若度一世矣。

生感南柯之浮虚，悟人世之倏忽，遂栖心道门，绝弃酒色。

后之君子，幸以南柯为偶然，无以名位骄于天壤间云。②

汤显祖《南柯梦记题词》却有以下数段文字：

李肇赞云："贵极禄位，权倾国都。达人视此，蚁聚何殊！"嗟夫，人之视蚁，细碎营营，去不知所为，行不知所往，意之皆为居食事耳。见其怒而酣斗，岂不哑然而笑曰："何为者耶！"天上有人焉，其视下而笑也，亦若是而已矣……世人妄以眷属富贵影像执为吾想，不知虚空中一大穴也。倏来而去，有何家之可到哉。

……淳于固俨然人也。靡然而就其征，假以肺腑之亲，借其枝干之任。昔人云"梦未有乘车入鼠穴者"，此岂不然耶。一往之情，则为所摄。人处六道中，嚬笑不可失也。

……客曰："所云情摄，微见本传语中。不得有生天成佛之事。"予

---

① （明）汤显祖著，钱南扬校点：《汤显祖戏曲集》，第513页。
② 李剑国辑校：《唐五代传奇集》，第693、694页。

第四章　汤显祖的戏曲创作　　199

曰："谓蚁不当上天耶，经云天中有两足多足等虫。世传活万蚁可得及第，何得度多蚁生天而不作佛。梦了为觉，情了为佛。境有广狭，力有强劣而已。"①

所以，这部传奇除了指出所谓眷属富贵无非是虚空中一大穴而已，无须沉溺执着，直接点破虚妄之外，同时还旨在倡言一份勘破与悟入，正所谓"梦了为觉，情了为佛"是也。很显然，这部作品极言"情之幻"，正意在导向"情之了"。故而吴梅《南柯记跋》才如是写道：

《南柯》一剧，畅演玄风，为临川度世之作，亦为见道之言。其自序云："世人妄以眷属富贵影像，执为我想，不知虚空中一大穴也。倏来而去，有何家之可到哉！"是其勘破世界微尘，方得有此妙谛。《四梦》中惟此最为高贵。盖临川有慨于不及情之人，而借至微至细之蚁，为一切有情物说法；又有慨于溺情之人，而托喻乎落魄沉醉之淳于生，以寄其感喟。淳于未醒，无情而之有情也；淳于既醒，有情而之无情也；此临川填词之旨也。②

既然是所谓"度世之作"与"见道之言"，其间就不单单只是有关浮生若梦的种种喟叹。而是既有借无情虫蚁，为有情说法，又有借淳于梦之沉醉落魄，救世人于情之种种耽溺。吴梅所评十分精彩，尤其跋文之最末，论及淳于梦醒与情之数语——所谓"无情而之有情"，正是情之幻；所谓"有情而之无情"，正是情之了。传奇第一出《提世》中的这曲【南柯子】，看似强调了"情"在《南柯记》中的突出存在，实际上却分明道出了剧中之情不过是悟入的路径而已。作者所强调的重点，乃在

---

① （明）汤显祖著，徐朔方笺校：《汤显祖集全编》，第1556、1557页。
② 毛效同编著：《汤显祖研究资料汇编》，第1345页。

于"醒"——

【南柯子】[末上]玉茗新池雨，金柅小阁晴。有情歌酒莫教停，看取无情虫蚁，也关情。　　国土阴中起，风花眼角成。契玄还有讲残经。为问东风吹梦，几时醒？[1]

"有情""无情""关情"，无非是三种标签，提示着悟入的具体路径。歌酒是有情的，虫蚁是无情的，这世上的种种人事、种种经历，却又都有着关情的特性。有情处可悟入，无情处亦可悟入，关情时也力求寻一个解脱、抽离。总之一切努力，都为了最后的醒觉。"南柯"不过是道具，"残经"其实也等于法门，步入一梦，只为一醒。这样的一个题旨，在传奇的末尾处再次申说强调。第四十四出《情尽》即有：

[生醒起看介]呀，金钗是槐枝，小盒是槐荚子。啐，要他何用？[掷弃钗盒介]我淳于棼这才是醒了。人间君臣眷属，蝼蚁何殊？一切苦乐兴衰，南柯无二。等为梦境，何处生天？小生一向痴迷也。[2]

【清江引】笑空花眼角无根系，梦境将人滞。长梦不多时，短梦无碑记，普天下梦南柯人似蚁。[3]

淳于棼一句"这才是醒了"，呼应了第一出的"几时醒"。所谓"笑空花眼角无根系"，同样呼应了上引第一出【南柯子】中的"风花眼角戏"。人间君臣眷属，不异蝼蚁；一切苦乐兴衰，皆为南柯——世间种种，不过色色幻境，长梦短梦，无须痴迷。入梦与梦觉，其实都不过是一个过程，最终的意义，只在一醒。

---

[1] （明）汤显祖著，钱南扬校点：《汤显祖戏曲集》，第509页。
[2] （明）汤显祖著，钱南扬校点：《汤显祖戏曲集》，第696页。
[3] （明）汤显祖著，钱南扬校点：《汤显祖戏曲集》，第697页。

这样的题旨而外,《南柯记》的独特,还表现在那些随处可见的"趣笔"。"趣笔"之于南柯,随时都在点明真相、戳穿幻局。比如说,那些关于蚁类身份的自我暴露,就常常令人不禁莞尔。像是一次次公然的自嘲,又仿佛在消解着一切所谓的权威以及堂皇的景象。

像第三出《树国》,就有:

【海棠春】[蚁王引众上]江山是处堪成立,有精细出乎其类……①

上一句还极富帝王气概地感叹着,下一句就自称精细,两句之间过于分明的反差,就带出了诙谐滑稽的意味。

至于第五出《宫训》,老旦在拿腔拿调的骈文念白中,直接自曝身份:所谓"初为牝蚁,配得雄蜉。细如蚍虱之妻,大似蚊虻之母。偶尔称孤道寡,居然正位中宫"②是也。其中自嘲的意味,反倒消解了这份不可一世的可笑。

再看第十二出《贰馆》,听事官上场的念白就有:"出身馆伴使,新升堂候官。前程蝼蚁大,礼数凤凰宽……真个天上牛女,地下蝼蚁也。"③"前程蝼蚁大",暗自用自身属性相嘲,搞笑意味分明可见。而"天上牛女,地下蝼蚁",同样是以巨大的反差自曝身份,在自嘲的语气中,又写出一丝可爱来。

第十三出《尚主》又有——

【女冠子】[扇遮公主上]彩云乍展,下妆台回眸低盼。才离月殿,试临朱户,知为谁绻缱,教人腼腆?[贴众笑介][老]请驸马上殿开扇。[生上]天仙肯临见,好略露花容,暂回鸾扇。[合]这姻缘不浅,金穴名姝,

---

① (明)汤显祖著,钱南扬校点:《汤显祖戏曲集》,第514页。
② (明)汤显祖著,钱南扬校点:《汤显祖戏曲集》,第523页。
③ (明)汤显祖著,钱南扬校点:《汤显祖戏曲集》,第555页。

绛台高选。①

"金穴名姝"一语，便点破了公主身为蝼蚁的真相。某种程度上，也消解了这桩婚配的荣显，道尽了虚妄。

第十四出《伏戎》，同样有曲词直接点破，称：

【豹子令】同是蚁儿能大多？分土分兵等一窝。欺负俺国小空虚少粮食，不知俺穿营蓦涧走如梭。[合]安排个个似喽啰。②

这样一来，自然又消解了战事的那份紧张与影响。看似气象宏阔的战争，原来不过是一群蚂蚁为了些小食物而争抢不停。点明蚂蚁的身份之后，这样的战争就变得可笑起来。在这样的事情上，人与蚂蚁其实并没有更多的分别。都一样可笑，也都一样可鄙。

最为有趣的场面，是第十五出《侍猎》所描绘的一次皇家围猎。这样规格的围猎盛事，带出的往往是一个大国的气象格局。而一旦点破是一群蝼蚁，庄严就近乎可笑了。

【宝鼎现】[王引众上]绿槐风小，正绛台清暇，日华低照。巧江山略似人间，立草昧暗凭天道。[生同右相上]且喜君臣游宴好，南郡偶然边报。[合]看尺土拳山，寸人豆马，一样打围花鸟。③

"巧江山"一语可谓意味深长。"尺土拳山""寸人豆马"更是旗帜鲜明地为场面的隆重盛大添了一笔滑稽。没有着意渲染其真，反倒是总在强调其假与幻，消解庄严之余，这个世界也变得格外有趣。再往后看，在围猎

---

① （明）汤显祖著，钱南扬校点:《汤显祖戏曲集》，第559页。
② （明）汤显祖著，钱南扬校点:《汤显祖戏曲集》，第563页。
③ （明）汤显祖著，钱南扬校点:《汤显祖戏曲集》，第566页。

的厮杀中,看到大场面中忽然闪现穿山甲的身影,那一刻插科打诨的效果,是极其显著的。

【千秋岁】展弓刀,便有翅飞难道。看纷纷惊弹飞炮,地网天牢,地网天牢,索撞着,掘海爬山神道。接着的剽,踏着的捣,骑和步,横叉直钞。[众喊介]拿倒穿山甲![王大笑介]此俺国世仇也。[众]任你穿山搅,这风毛雨血,天数难逃。①

如此一来,不仅是王会大笑,观者也会忍俊不禁的。

第二十九出《围释》,写到公主遭逢的危境,也一再点破不过就是蝼蚁之间的一番争夺。像是这样的文字,可谓比比皆是——

【牧羊关】[旦]看他蚁阵纷然摆,风雹乱下筛,他待碗儿般打破这瑶台。我好看不上他嘴脚儿,赤体精骸。小心肠心肠儿多大?则不过领些须鱼肉块,觅些小米头柴。怎做作过水兴营寨?太子,你敢拼残生来触槐!②

虫蚁的认真,叫人读出了可笑。那么,人类的认真呢,又和虫蚁有多大程度上的差异,又有多少不是可笑的?很显然,这样随处可见的点破真身与实情的笔墨,不仅仅消解了重要和伟岸,令到场面平添一味滑稽,同时也引人深思,与之相类的那些人和事,果然就可抵达真实的重要和伟岸吗?这些貌似堂皇的存在中,究竟又有多少有着可笑的内核……

就语言风格上来看,《南柯记》也有着鲜明的北曲风神。像是第二十九出《围释》就比较典型。试以其中【金钱花】一曲为例,汤显祖这样

---

① (明)汤显祖著,钱南扬校点:《汤显祖戏曲集》,第567页。
② (明)汤显祖著,钱南扬校点:《汤显祖戏曲集》,第621页。

写道：

【金钱花】［贼太子引众行上］俺们太子是檀萝，檀萝。日夜寻思要老婆，老婆。瑶台城子里有一个，咱编桥渡过小银河，要抢也波。抢得么？赤剥剥的笑呵呵。①

"也波"的出现，就是元杂剧常见的助词。至于"赤剥剥的笑呵呵"，也是元杂剧特有的俚俗表达。一读之下，倍感亲切不说，也在这样的北曲风神中，得以真切感知这一拨人马的俗陋和可笑。关于北曲风神的存在，吴梅《南柯记跋》也曾指出。其言称：

今此记传唱，有"启寇""围释"二折，皆北词，故不入选，就今所录，精警已略具此矣。②

值得一提的还有，剧中人物，时常可见骈文式的念白。这自然是汤显祖对于《文选》的沉溺所致。同时这也给剧中人物增设了一重拿腔拿调、装腔作势的滑稽。像是第三出《树国》，具体念白就有：

火不能焚，寇不能伐。三槐如在，可成丰沛之邦；一木能支，将作酒泉之殿。列兰锜，造城郭，大壮重门；穿户牖，起楼台，同人栋宇。清阴锁院，分雨露于各科；翠盖黄扉，洒风云于数道。长安夹其鸾路，果然集集朱轮；吴都树以葱青，委是耽耽玄荫。北阙表三公之位，义取怀来；南柯分九月之官，理宜修备。右边宪狱司，比棘林而听讼；左侧司马府，倚大树以谈兵。丞相阁列在寝门，上卿蚤朝而坐；大学馆布成街市，诸生朔

---

① （明）汤显祖著，钱南扬校点：《汤显祖戏曲集》，第619页。
② 毛效同编著：《汤显祖研究资料汇编》，第1345页。

望而游。真乃天上灵星，国家乔木。树在王门之内，待学周武王神禁，无益者去，有益者来；声闻邻国之间，要似齐景公号令，犯槐者刑，伤槐者死。①

与《南柯记》的凭借佛法不同，《邯郸记》所借助的，则是仙家的力量，道教的风致宛然。传奇第一出《标引》即写道：

【渔家傲】（末上）乌兔天边才打照，仙翁海上驴儿叫。一霎蟠桃花绽了，犹难道，仙花也要闲人扫。　一枕余甜昏又晓，凭谁拨转通天窍？白日殊西还是早，回头笑，忙忙过了邯郸道。②

这部剧的曲词有着分明的疏爽苍劲，读来只觉老辣。其与元剧的靠近，不在用语与字词，而分明是在情致之上。像是第二出《行田》，有这样一曲：

【破齐阵】（生上）极目云霄有路，惊心岁月无涯。白屋三间，红尘一榻，放顿愁肠不下。展秋窗腐草无萤火，盼古道垂杨有暮鸦。西风吹鬓华。③

这样的曲词，便有着与元代杂剧作家关汉卿、马致远等人之作相类的气韵。置诸关、马集中，大概也难分彼此。再如第三出《度世》，也有类似的笔墨写道：

【红绣鞋】趁江乡落霞孤鹜，弄潇湘云影苍梧。残暮雨，响菰蒲。晴

---

① （明）汤显祖著，钱南扬校点：《汤显祖戏曲集》，第514、515页。
② （明）汤显祖著，钱南扬校点：《汤显祖戏曲集》，第705页。
③ （明）汤显祖著，钱南扬校点：《汤显祖戏曲集》，第706页。

岚山市语，烟水捕鱼图。把世人心闲看取。①

同样地，将这样一曲放在元人散曲当中，像是张养浩等人集内，要区分出来，大概都不是一件容易的事情。

除此而外，《邯郸记》值得留意的还有那些刺世的笔墨。这样的笔墨，其实《南柯记》当中也有，像是第二十一出《录摄》就有——

【字字双】[丑扮府幕官上]为官只是赌身强，板障。文书批点不成行，混帐。权官掌印坐黄堂，旺相。勾他纸赎与钱粮，一抢。

……

【前腔】[吏上]山妻叫俺外郎郎，猾浪。吏巾儿糊得翅帮帮，官样。飞天过海几桩桩，蛮放。下乡油得嘴光光，[揖介]销旷。

……[丑跪扶吏起介]我从来衙里，没有本《大明律》，可要他不要？[吏]可有，可无。[丑]问词讼可要银子不要？[吏]可有，可无。[丑恼介]不要银子，做官么？[吏]爷既要银子，怎不买本《大明律》看，书底有黄金。②

相比之下，《南柯记》的讽刺来得温和圆润，而《邯郸记》的讽刺更为直白有力。像是第六出《赠试》就直接写道：

奴家再着一家兄相帮引进，取状元如反掌耳……

【前腔】[旦]有家兄打圆就方，非奴家数白论黄。少他呵，紫阁金门路渺茫，上天梯有了他气长。③

---

① （明）汤显祖著，钱南扬校点：《汤显祖戏曲集》，第711页。
② （明）汤显祖著，钱南扬校点：《汤显祖戏曲集》，第588页。
③ （明）汤显祖著，钱南扬校点：《汤显祖戏曲集》，第730页。

于此，汤显祖丝毫不留情面，同时也不留余地地揭示了科举制度的朽坏，其实也就道出了官场的朽坏。但凡舍得花银子，面前就只有坦途。否则的话，容易的路也会走得异常艰难。汤显祖对此，大概是极有感触了。

有意思的是，《邯郸记》中又一次出现了一个张居正似的人物。传奇第七出《夺元》就写道：

【夜行船】[净宇文融上]宇文后魏留支派，犹余霸气遭逢圣代。号令三台，权衡十宰，又领着文场气概。①

这非凡的气概，当然特属于一人之下、万人之上那一类人。到第二十五出《召还》，就写到了和汤显祖经历极为类似的事情。其词作：

【红衲袄】打你个老头皮不向我门下参，打你个硬骸儿不向我庭下跪。②

场屋之事对于汤显祖的打击，由这样一些人物设定便不难窥知了。张居正等人对他构成的阻滞，其实始终都在心间盘亘堆叠，并没有彻底地放下、释怀。这样一些讥刺笔墨的存在，一方面当然彰显了对于世相、功名的勘破，另一方面也让我们看到了进入老境的汤显祖，那份突出的辛辣，以及因此而显露出来的从心所欲的那份潇洒。

除此而外，《邯郸记》其实也时时可见趣笔。与《南柯记》的有趣不同，《邯郸记》是在这样一些看似有趣的呈现中，不断展开消解——既有对于情爱的消解，也有对于功业的消解。传奇第四出《入梦》，写到姻缘的具体发生，就有这么一段文字：

---

① （明）汤显祖著，钱南扬校点:《汤显祖戏曲集》，第733页。
② （明）汤显祖著，钱南扬校点:《汤显祖戏曲集》，第823页。

[生]苦也！苦也！[老]要饶么！[生]可知道要饶。[老]这等，汉子叩头告饶。[旦]非奸即盗，天条一些去不的。老妈妈，则问他私休？官休？私休不许他家去，收他在俺门下，成其夫妻；官休送他清河县去。①

　　很明显，这一段文字消解了所谓爱情。因为此间的爱情，甚至连见色起意的影子都没有，就更不要说两情相悦了。就旦而言，明显采用了威胁的方式。就生而言，则是告饶的无奈选择。其间，没有双方因情感而产生的慕尚，只有不同立场两个人的相互需要。这样的文字，道出的就是情爱的虚妄。

　　传奇第十一出《凿陕》，又让我们看到了所谓功业的虚妄。

　　[众作锹凿不动介]呀，怎的来下不得铣？[看介]禀老爷：前面开的山是土山石皮，这两座山透底石，一座唤名鸡脚山，一座熊耳山，铣他不入的。[生背想介]鸡脚山熊耳山么？昔禹凿三门，五行并用。[回介]鸡脚和熊耳，你道铁打不入，俺待盐蒸醋煮了他。[众笑介]怕没这等大锅？[生]不用的锅，州里取几百担盐醋来。②

　　异常艰巨的任务，竟然通过最为简单、日常的烹调手段，就获得了完美的解决。则功业之虚妄，又何待多言！所以，汤显祖才会在《邯郸梦记题词》中这样写来：

　　士方穷苦无聊，倏然而与语出将入相之事，未尝不怃然太息，庶几一遇之也。及夫身都将相，饱厌浓醒之奉，迫束形势之务，倏然而语以神仙

---

① （明）汤显祖著，钱南扬校点：《汤显祖戏曲集》，第722页。
② （明）汤显祖著，钱南扬校点：《汤显祖戏曲集》，第751页。

之道，清微闲旷，又未尝不欣然而叹，惝然若有遗，暂若清泉之活其目，而凉风之拂其躯也。又况乎有不意之忧，难言之事者乎。回首神仙，盖亦英雄之大致矣。[1]

---

[1] （明）汤显祖著，徐朔方笺校：《汤显祖集全编》，第1554页。

第四节
汤显祖曲论举隅

汤显祖最为重要的戏曲理论的建构与表达，就是《宜黄县戏神清源师庙记》(以下简称《庙记》)这篇文章。这篇文章让我们看到了汤显祖关于戏曲最为基本的认知，同时也保留了一些珍贵的戏曲文献材料，可以从旁补正戏曲史的相关事实。该篇文章写道：

> 人生而有情。思欢怒愁，感于幽微，流乎啸歌，形诸动摇。或一往而尽，或积日而不能自休。盖自凤凰鸟兽以至巴渝夷鬼，无不能舞能歌，以灵机自相转活，而况吾人。奇哉清源师，演古先神圣八能千唱之节，而为此道。[1]

这一段道出了戏曲和"情"的天然契合。"感于幽微，流乎啸歌，形诸动摇"，此三句高度概括了戏曲与情感之间的作用机制。

> 初止爨弄参鹘，后稍为末泥三姑旦等杂剧传奇。长者折至半百，短者折才四耳。[2]

---

[1] (明)汤显祖著，徐朔方笺校:《汤显祖集全编》，第1596页。
[2] (明)汤显祖著，徐朔方笺校:《汤显祖集全编》，第1596页。

第四章　汤显祖的戏曲创作

这是对唐代参军戏、宋杂剧以来，戏剧发展脉络的一个极为扼要的概括。由此，大致可以看到汤显祖的戏剧史观：既提到了角色的发展演变，也点到了不同的戏剧体制，同时还交代了篇幅的差异。一时间，唐代参军戏、宋金杂剧、宋元南戏、北杂剧仿佛齐齐登台亮相，让人得以目击戏曲的飞速发展。

紧接着，《庙记》特别强调戏剧所具有的涵容力，以及创造力——

生天生地生鬼生神，极人物之万途，攒古今之千变。一勾栏之上，几色目之中，无不纤徐焕眩，顿挫徘徊。恍然如见千秋之人，发梦中之事。使天下之人无故而喜，无故而悲。或语或嘿，或鼓或疲，或端冕而听，或侧弁而咍，或窥观而笑，或市涌而排。乃至贵倨弛傲，贫啬争施。瞽者欲玩，聋者欲听，哑者欲叹，跛者欲起。无情者可使有情，无声者可使有声。寂可使喧，喧可使寂，饥可使饱，醉可使醒，行可以留，卧可以兴。鄙者欲艳，顽者欲灵。①

作者着一"生"字，写出了戏曲从无到有的那份叫人称绝的创作力。尺幅有限，戏台有限，戏曲却能够包容无限，所谓"极人物之万途，攒古今之千变"是也。在有限的舞台与情节当中，腾挪跌宕，焕映生辉。却能令到古今无隔，今昔无别，梦境与现实交通。戏曲所拥有的对于情感的作用力，叫人惊叹不已。汤显祖于此，用数个"无故"，渲染了那份不由自主，摇漾无端。所以在他看来，戏曲最利于承载情感，也最利于表现情感，同时还最利于作用于情感。其艺术效果，归结为一句，便是"无情者可使有情，无声者可使有声"。结合开篇，这也是一种"生"。无怪乎汤显祖会以戏曲一体来进行与"情"有关的诸般观照，甚至于承载和演绎"至情"——这当然是最好的载体，以及最佳的手段。接着，庙记又对戏曲所

---

① （明）汤显祖著，徐朔方笺校：《汤显祖集全编》，第1596页。

具有的伦理教化功能进行了一番敷演。从"可以合君臣之节,可以浃父子之恩"谈起,以至于"人有此声,家有此道,疫疠不作,天下和平",最后以"人情之大窦""名教之至乐"为戏曲定性、正名。①中间不乏夸诩的话语,却更可见汤显祖对于戏曲一体的高度肯定。

随后,《庙记》写至作为戏神的清源师——为灌口二郎神作为戏神提供了一项有力证据,或者说重要说法——因形容美好和擅长游戏而得道,同样因此而创教成神。从南戏开始,开呵时候的杯盏相酾,包括"啰哩嗹"等净场咒的演唱,都和祭奠灌口二郎神这位戏神直接相关。与之相关的所谓"弟子",汤显祖说已经充盈天下,并不比佛道二教的信众少。据此,也就不难看到戏曲所具有的绝大影响,以及绝大吸引。

予闻清源,西川灌口神也。为人美好,以游戏而得道,流此教于人间。讫无祠者。子弟开呵时一醪之,唱啰哩嗹而已。予每为恨。诸生诵法孔子,所在有祠;佛老氏弟子各有其祠。清源师号为得道,弟子盈天下,不减二氏,而无祠者。岂非非乐之徒,以其道为戏相诟病耶。②

之后,归结到传奇,归结到声腔,归结到宜黄本身,汤显祖接下来又有一轮简单梳理。首先指出戏曲之声腔,从来就有南北之分。然后谈到了作为吴浙音代表的海盐腔,素有"体局静好,以拍为节"的特点。相比之下,江之西的弋阳腔,则因其节之以鼓,故而格外嚣喧。谭纶曾经治兵浙江,爱海盐之静好而恶弋阳之嚣喧,所以用海盐腔对宜黄之声腔进行了相应的改造,令一地从艺之人对此感激不尽——

---

① (明)汤显祖著,徐朔方笺校:《汤显祖集全编》,第1596、1597页。
② (明)汤显祖著,徐朔方笺校:《汤显祖集全编》,第1597页。

此道有南北。南则昆山之次为海盐。吴浙音也。其体局静好，以拍为之节。江以西弋阳，其节以鼓。其调喧。至嘉靖而弋阳之调绝，变为乐平，为徽青阳。我宜黄谭大司马纶闻而恶之。自喜得治兵于浙，以浙人归教其乡子弟，能为海盐声。大司马死二十余年矣，食其技者殆千余人。聚而念于予曰："吾属以此养老长幼长世，而清源祖师无祠，不可。"予问倘以大司马从祀乎。曰："不敢。止以田窦二将军配食也。"①

接下来的这一段也值得格外留意。此处所言清源师之道，即戏曲表演技艺。这样的技艺，在汤显祖看来，几乎可说与"道"有着相似的面容。首先，它要求足够地专注与投入，同样要让精神怀抱呈现出虚明不昧的特性。其次，它需要择得良师妙侣，在足够的教授与交流中，有足够确当与深入的理解。再者，它要求充分地观照，深入地思考。最后，则是对于世俗人情的那份超拔。要抵达审美的境界，就必须超越世俗、抛弃功利，甚至于抵达忘我的境界，再无限制与羁绊。有此数端，则此技确实有着和"道"相似的神情。

汝知所以为清源祖师之道乎？一汝神，端而虚。择良师妙侣，博解其词，而通领其意。动则观天地人鬼世器之变，静则思之。绝父母骨肉之累，忘寝与食。少者守精魂以修容，长者食恬淡以修声。为旦者常自作女想，为男者堂（常）欲如其人。其奏之也，抗之入青云，抑之如绝丝，圆好如珠环，不竭如清泉。微妙之极，乃至有闻而无声，目击而道存。使舞蹈者不知情之所自来，赏叹者不知神之所自止。②

此外，其伎艺之超拔，则落在演唱一项。"抗之入青云，抑之如绝丝，

---

① （明）汤显祖著，徐朔方笺校：《汤显祖集全编》，第1597页。
② （明）汤显祖著，徐朔方笺校：《汤显祖集全编》，第1597、1598页。

圆好如珠环,不竭如清泉",唯有做到这等,才能够抵达"有闻而无声,目击而道存"。就此来看,则戏曲一事的近道,一方面缘于修身,另一方面则存乎技艺的种种锤炼,一再汰洗。

正是因为汤显祖体察出戏曲与道的相似,所以他才会选择这一体制来承载有关"至情"的种种思考与探寻。这其实也正是有关"道"的思考与探寻。汤显祖于《答孙俟居》就写道:

兄以二《梦》破梦,梦竟得破耶? 儿女之梦难除,尼父所以拜嘉鱼,大人所以占维熊也。更为兄向南海大士祝之。曲谱诸刻,其论良快。久玩之,要非大了者。庄子云:"彼乌知礼意。"此亦安知曲意哉。其辨各曲落韵处,粗亦易了。周伯琦作《中原韵》,而伯琦于伯辉致远中无词名。沈伯时指乐府迷,而伯时于花庵玉林间非词手。词之为词,九调四声而已哉! 且所引腔证,不云未知出何调犯何调,则云又一体又一体。彼所引曲未满十,然已如是,复何能纵观而定其字句音韵耶? 弟在此自谓知曲意者,笔懒韵落,时时有之,正不妨拗折天下人嗓子。兄达者,能信此乎。何时握兄手,听海潮音,如雷破山,耆然而笑也。[①]

通常论者的关注点,都在此尺牍中极富意气的那一句——"正不妨拗折天下人嗓子",甚至因此一句,演绎出一番意气之争。其实此封书信,值得留意的恰在开篇,所谓"二《梦》破梦"是也。汤显祖以梦入戏,以戏题情,其重点从来不在对于格律的恪守、对于腔调的依循;而且在他看来,熟于音律腔调者,未必就能在戏曲一项做到擅长,何况音律声腔一事从来也没有那么拘泥。严守声律之词体,尚有一体又一体,可以不断出现别体、新体,何况于曲! 所以,汤显祖并不是不知曲意,而是将"意趣神色"的强调放置在格式规范的前面,所以才会说"笔懒韵落",才会直言

---

① (明)汤显祖著,徐朔方笺校:《汤显祖集全编》,第1848、1849页。

"正不妨"。几乎同样的意思,在《答吕姜山》中,汤显祖又重复了一遍:

> 寄吴中曲论良是。"唱曲当知,作曲不尽当知也",此语大可轩渠。凡文以意趣神色为主。四者到时,或有丽词俊音可用。尔时能一一顾九宫四声否?如必按字摸声,即有窒滞迸拽之苦,恐不能成句矣。弟虽郡住,一岁不再谒有司。异地同心,惟与儿辈时作磻溪之想。①

所谓"凡文以意趣神色为主",这样的论调,正与汤显祖论诗尚意一脉相通。意者,意绪、意蕴是也;趣者,则是其中机趣也;神,传神写照之处是也;色,则设色之谓也。在汤显祖看来,戏曲首重此四端。四者到了,再言其他。四者到了,如果正有所谓"丽词俊音",那固然就是双美之事;如果没有,也不会因为要呈现丽词俊音,而对四者有任何的删削,甚至是牺牲。这就是汤显祖之作戏曲一贯持有的观点与态度。话语虽然失于意气,但其实所论并无大碍,甚至可说是较为确当与公允的。

汤显祖的曲论,多在书信中发之。所以才会有许多的冲口而出、意气横肆。不过,也正是因为发诸书信,却也显得更为真实、激切,同时也不乏灵动之致,读来令人俯仰叹惋,有时也不禁莞尔。这样一些鲜活的表达,正是汤显祖独有的曲论风格,同样凝萃着汤显祖对于戏曲的倾心,有关此道的深刻理解与思考。像是《答凌初成》一篇,即写道:

> 不佞生非吴越通,智意短陋,加以举业之耗,道学之牵,不得一意横绝流畅于文赋律吕之事。独以单慧涉猎,妄意诵记操作。层积有窥,如暗中索路,闯入堂序,忽然溜光得自转折,始知上自葛天,下至胡元,皆是歌曲。曲者,句字转声而已。葛天短而胡元长,时势使然。总之,偶方

---

① (明)汤显祖著,徐朔方笺校:《汤显祖集全编》,第1735、1736页。

奇圆，节数随异。四六之言，二字而节，五言三，七言四，歌诗者自然而然。乃至唱曲，三言四言，一字一节，故为缓音，以舒上下长句，使然而自然也。独想休文声病浮切，发乎旷聪，伯琦四声无入，通乎朔响。安诗填词，率履无越。不佞少而习之，衰而未融。乃辱足下流赏，重以大制五种，缓隐浓淡，大合家门。至于才情，烂漫陆离，叹时道古，可笑可悲，定时名手。不佞《牡丹亭记》，大受吕玉绳改窜，云便吴歌。不佞哑然笑曰，昔有人嫌摩诘之冬景芭蕉，割蕉加梅，冬则冬矣，然非王摩诘冬景也。其中骀荡淫夷，转在笔墨之外耳。若夫北地之于文，犹新都之于曲。余子何道哉。[①]

"层积有窥，如暗中索路，闯入堂序，忽然溜光得自转折，始知上自葛天，下至胡元，皆是歌曲"，这样一个观点，就是独到别致的观照。此数语，其实是道出了诗歌一体与音乐之间的那份密切，足见汤显祖对于音乐文学发展变化的深入思考。歌曲一词，并不仅仅指向戏曲，而是泛指所有能够入乐歌唱的篇章。长短的差异，不过是随时而变。"偶方奇圆，节数随异"，这是总体道出歌诗于音乐节奏上的特性。就曲而言，则是"三言四言，一字一节，故为缓音，以舒上下长句，使然而自然也"。也就是说，依循自然，这才是声律一事应该依循的所谓根本。尺牍之末，汤显祖又就旁人改窜《牡丹亭》以便吴歌一事表达了不满和讥诮。在他看来，这样一些改动，基本都是妄改，或者说俗改。那些看似遵循格律要求而做出的修订，恰恰导致了剧本文辞特性之不复、诗意之丧失。于此，汤显祖以王维的雪中芭蕉作喻，认为那些措手改窜《牡丹亭》之人，就如同割蕉加梅之辈——是以常识，拆解甚至摧毁了诗意。经他们之手完成的修改，固然符合一般人关于冬天的认知，却不再是王维想要呈现的冬天。同样地，《牡丹亭》经过修订之后，

[①] （明）汤显祖著，徐朔方笺校：《汤显祖集全编》，第1913、1914页。

也许在声律上终于符合了一般人关于传奇剧作的理解，却也不复是汤显祖所写就的那一《牡丹亭》了。那份声律之外的"骀荡淫夷"，就此不存，再难寻觅了。而戏曲实有太多的神色，并未栖居在声律之上、轨范之间。

更何况，诸多改动、批评之人，用以衡量汤显祖剧作的声腔格律，其实不是汤显祖创作戏曲之时所依循的特定声腔。很多诗文中，汤显祖一再提到宜黄腔，以及演唱宜黄腔的伶人。按照徐朔方等人的观点，这才是汤显祖写作"四梦"所依循的主要声腔。所以，拿昆腔种种来加以苛责，实在是没有道理可言。汤显祖在《与宜伶罗章二》就指明过这一点：

> 章二等安否，近来生理何如？《牡丹亭记》，要依我原本，其吕家改的，切不可从。虽是增减一二字以便俗唱，却与我原做的意趣大不同了。往人家搬演，俱宜守分，莫因人家爱我的戏，便过求他酒食钱物。如今世事总难认真，而况戏乎！若认真，并酒食钱物也不可久。我平生只为认真，所以做官做家，都不起耳。《庙记》可觅好手镌之。[①]

之所以对这位宜黄腔的演员百般叮咛，显然汤显祖《牡丹亭》在当日的演出，所主要依循的正是所谓宜黄腔，而承担表演的主体也正是所谓宜伶。是以一些指责与改削，实可谓师出无名，于理难通。

前文在论及汤显祖思想构成"贵生与至情"之时，曾引《复甘义麓》一信来论及"至情"和"性"与所谓心之本体的关联。很显然，在汤显祖的观念中，宜黄戏演员对于《南柯记》《邯郸记》"二梦"的搬演，正是所谓"道学"的呈现。至于此封尺牍中"因情成梦，因梦成戏"一语，则更是直接道出了汤显祖以"梦"为核心题材的根由所在，同时也进一步

---

① （明）汤显祖著，徐朔方笺校：《汤显祖集全编》，第2011页。

阐明了所以写作戏曲的核心诉求——无他，近道而已矣。因其近道，故可以承载至情。"梦"的书写，正使"至情"的呈现成为可能，由此进一步彰显了"道体"的特定属性，所谓"无善无恶"是也。

不难看到，汤显祖的戏曲理论与其哲学思想的构成有着相当程度的暗合。文体的选择，写作的目的，包括题材与题目等，均在"至情"和"道体"的范畴之内。

第五章

汤显祖的文赋与小品创作

汤显祖的文章创作，于他所处的时代乃是以"制义"闻名。所谓制义，就是场屋之文，也就是应试之文。汤氏门人罗万藻就说："独予师汤若士资神明之禀，擅秀挺之能，无所不去，而独依光气为体。以其去之务尽，文涂子绝，晚乃喜改震川、思泉之作以自就，亦以见二公所宜裁，遂为文字新故之一大界。"① 又称："予乡汤若士先生之文，精微洁净，雕刻神明之际。而归震川、胡思泉诸人之作，尝乐就而改之。"② 陈际泰于《陈云怡先生近义序》亦道："近来欲刻十进士，断至汤义人先生而止……夫文之妙，至义人先生而止。"③ 钱谦益《家塾论举业杂说》更有：

何谓才子之时文？心地空明，才调富有，风樯阵马，一息千里，不知其所至，而能者顾诎焉。钱鹤滩、茅鹿门、归震川、胡思泉、顾泾阳、汤若士之流，其最著者；虞澹然、王荆石、袁小修，其流亚也。④

很显然，在钱谦益等人看来，汤显祖的制义是典型的"才子之时文"。文字精洁之外，更在那份才调之特富与秀挺。规制之中，居然可以成就空明，来去起伏出人意表，自在横肆。汤显祖于制义一项，不仅可以与归有光等人并立，同称擅场，甚至其晚岁的时文写作，还有改削归有光、胡友

---

① 毛效同编著：《汤显祖研究资料汇编》，第374页。
② 毛效同编著：《汤显祖研究资料汇编》，第374、375页。
③ 毛效同编著：《汤显祖研究资料汇编》，第379页。
④ 毛效同编著：《汤显祖研究资料汇编》，第484页。

第五章　汤显祖的文赋与小品创作　　223

信文章而就之举,其于此体的那份自恃与老练,不遑多论。所以,后人将其目为"举业八大家"之一,亦不为过——"举业八大家:王鏊、唐顺之、瞿景淳、薛应旂、归有光、胡友信、杨起元、汤显祖"①。制义一体,在汤显祖《玉茗堂诗文集》占一卷之数。就其中所选所评观之,确实少了许多条框及匠气,实非经师笔墨之属所能比拟。评语中每每指称其"巧思俊语",亦每每指摘其"无着""不宜",正可证此。

实际上,汤显祖于文章写作上究竟有何特别之处,有何具体成就,时人已是茫然不知。像查继佐《罪惟录》卷十八《汤显祖传》就有:"海若为文,大率工于纤丽,无关实务。然其遣思入神,往往破古。"②实际上,汤显祖之为文,纤丽并不是其突出的特色,实务则往往频现于文中。所评之不切一望而知。故而钱谦益就曾在为汤显祖文集作序时感叹过:"嗟乎!义仍诗赋与词曲,世或阳浮慕之,能知其古文者或寡矣。"③浮泛称誉,不得要领,就是汤显祖文章一事所遭遇到的局面。由古及今,这一状况也未能得到根本性的改变。汤显祖自身对于文章的重视,其实不亚于诗歌。就集中之文的数量、质量来看,便不难知此。他在《答张梦泽》一文中这样写道:

丈书来,欲取弟长行文字以行。弟平生学为古人文字不满百首,要不足行于世。其大致有五。弟十七八岁时,喜为韵语,已熟骚赋六朝之文。然亦时为举子业所夺,心散而不精。乡举后乃工韵语。三变而力穷,诗赋外无追琢功,不足行一也。我朝文字,宋学士而止,方逊志已弱,李梦阳而下,至琅邪,气力强弱巨细不同,等赝文尔。弟何人能为其真?不真不足行,二也。又其赝者,名位颇显,而家通都要区,卿相故家求文字者道便,其文事关国体,得以冠玉欺人。且多藏书,纂割盈帙,亦借以传。弟

---

① 毛效同编著:《汤显祖研究资料汇编》,第516页。
② 毛效同编著:《汤显祖研究资料汇编》,第90页。
③ 毛效同编著:《汤显祖研究资料汇编》,第478页。

既名位沮落，复往临樊僻绝之路。间求文字者，多村翁寒儒小墓铭时义序耳。常自恨不得馆阁典制著记。余皆小文，因自颓废。不足行三也。不得与于馆阁大记，常欲作子书自见。复自循省，必参极天人微窈，世故物情，变化无余，乃可精洞弘丽，成一家言。贫病早衰，终不能尔。时为小文，用以自嬉。不足行四也。元以前文字，除名人外，不可多见。颇得天下郡县志读之，其中文字不让名人者，往往而是。然皆湮没无能为名。名亦命也，如弟薄命，韵语自谓积精焦志，行未可知。韵语行，无容兼取。不行，则故命也。故时有小文，辄不自惜，多随手散去。在者固不足行，五也。嗟夫梦泽，仆非衰病，尚思立言。兹已矣，微君知而好我，谁令言之，谁为听之。极知知爱，无能为报，喟然长叹而已。[1]

由此文足见汤显祖对于文章的态度，以及对于有明一代文章写作的简要把握。自谦的态度背后，分明可见汤显祖对于文章一事的自恃与深耕。他拒绝让自己所谓"长行文字"行世的理由有五。这五个理由恰好让我们看到了汤显祖在文章一事上的用心与洞彻。十七八岁，就已熟读骚赋六朝之文，这便是汤显祖为文的强大储备。论文以"真"为诉求，懂得文章与所谓"世故物情""天人微窈"之间的关系，更强调文章当究极变化，不落俗套陈言。这样的观念，落实到汤显祖自己的行文上，就呈露为对于"真"的强调，文辞间始终有物，向非虚辞无着之文，同时也力求有"精洞弘丽"的呈现，真正成一家言。可以说，汤显祖在文赋与散文的写作中，都能够区别于王世贞等人蹈袭前人的陈言旧套，在亦步亦趋的复古大潮中展现出自己独有的特色。

当然，小品一体也是汤显祖文章诸体中受到关注较多的一种。这一点，由古及今，可谓有增无减。于晚明小品文而言，汤显祖可谓独树一帜。与袁宏道等人交好的他，其小品文写作并未笼摄在时风之下，反而

---

[1] （明）汤显祖著，徐朔方笺校：《汤显祖集全编》，第1925、1926页。

呈现出不同的面目,这也是值得关注的事实。吴承学《晚明小品研究》即云:"汤显祖尺牍一般篇幅短小。三言两语,潇洒自如,而其中大有意趣。"①

---

① 吴承学:《晚明小品研究(修订本)》,北京大学出版社2017年版,第80页。

第一节
蔚为大观的骚赋

如前所述，汤显祖的学问根基乃在《文选》。"熟读骚赋六朝之文"就是他习文、为文的基石所在。所以他在文体选择上表现出对于赋体的青睐有加，实在是再自然不过的事情。《玉茗堂诗文集》中收录了汤显祖六卷赋作，早期结集的《问棘邮草》也为赋单辟了一卷。无论就数量还是质量而言，汤显祖的赋作均可谓蔚为大观。

一

《问棘邮草》收录的三篇赋作当中，汤显祖赋作一体的一些基本特征已经初步展露出来。大致有三：雅擅骚体，此其一；赋作基本有序，小序通常即如一则小品，颇见情识，此其二；赋作往往系诸怀抱，情感充沛激荡，真切深挚，此其三。

其中，《广意赋》一篇当作于汤显祖因拒绝张居正邀约而下第之后。就其题目来看，正是自广其意之谓也。其赋前小序就写道：

粤余小子，姓于天乙，以施于尼父，则我之自出鸿矣。而六艺于兹阙然。此岂称为明神后乎？恐后来者不知有小子。人生何常？语曰："乐与饵，过客止。"日中则还，大不可不遴也。恶从人而悲伤，遂自广焉。①

汤显祖显然自负于家世出身，以"鸿"指称，又惭愧于自身的"阙然"，似无足称此家世，之后则勉力自宽，不要因人生之不常就一蹶不振，妄自菲薄感伤。就其赋之正文来看，模拟《离骚》之意分明。从极力称美其家世出身，写至人生无常、生涯蹭蹬，又反复自我开解，最终去到"乘道气以相扶兮，务要妙以纯深。顺从容以陶憩兮，又何怅望于江南"②。能够解除纷乱，放下郁结，归于从容，自广其意的目的，在这篇赋作当中，起码是实现了。

《广意赋》值得留意之处还有，它以极其深宛的方式，陈述了自己满怀信心应举却最终名落孙山的心理变化。具体文字是这样写的：

懑旷宇之无明兮，冀发宇乎天间。先鸿征之一日兮，块见梦乎海神。攒宝异而况观兮，复延欢于巨山。召司占而问故兮，曰余躬之大难。方圆神圣有不周兮，亮豪心之不僌。胡趣命于中成兮，抉由疑而布文。顿数策以乾坤兮，动无誉之篇篇。下复阴其必好兮，并小来而愿邻。雷龙鼓其作足矣，常又附颊而多言。错西东与南北兮，谁无美而不遵。惟人生其历兹兮，特佹倡乎至人。③

"鸿征"云云，正是此番春试的代指。现实中，汤显祖乃是在考试之前拒绝了张居正的延请，终致铩羽而归。同去应考的沈君典接受了张居正的邀约，最终状元及第。经此一番顿挫，汤显祖内心的愤懑与郁结不难想见。写入赋中，即成踌躇满志，正欲奋发之时，做了一个与海神相关的梦。此梦恰是遭遇顿挫的恶兆。而此时出现的"延欢"海神，似乎还存在

---

① （明）汤显祖著，徐朔方笺校：《汤显祖集全编》，第279页。
② （明）汤显祖著，徐朔方笺校：《汤显祖集全编》，第283页。
③ （明）汤显祖著，徐朔方笺校：《汤显祖集全编》，第280页。

以数量颇多之异宝相诱，显然就是在影射那位当朝首辅。不过在后面二度出现时，这个海神的重点却有所偏倚。"余梦夫海若之陈珍兮，指为号而几真。或依援于仙圣兮，离闵墨之蚡蝠"[1]，这样的字句告诉我们，此篇之后，汤显祖之所以以"海若"为号，不是为了铭记张居正带给他的困厄，而是希望借此依援先圣，从人世的纷乱中做到抽离。当然，以"陈珍"为特点的海神形象，也正可见汤显祖对于自己的定位与期许——富于才情才学，同样是拥有了无尽的宝藏，同样可谓"攒宝异"，可谓"陈珍"。以此为号，方才会"指为号而几真"。这一点，于本书第一章第一节已有较为详尽的论说，此处不赘。

不妨说，在《广意赋》中，汤显祖用笔墨构筑了一个瑰奇幻炫的神异世界。仙家意象、古奥字词散落在篇章的字里行间。大体措辞均闪现出骚体的光色，"灵苞""女婴""帝女""瑶草"一类更将人直接引入与《楚辞》相似的体验中。徐渭评《广意赋》，即称：

> 调逼骚，然却似象胥，不汉语而数夷语，是好高之心胜也。亦岂堆垛剪插者之所能望其门屏者哉！[2]

很显然，风调的相似，来源于遣词造句的相似。将这份相似归结于汤显祖的好高，或者说好奇，基本上是没有问题的。同为骚体赋的《感士不遇赋》，在这一点上，是极其相类的。徐渭之评《感士不遇赋》就有："有古字无今字、有古语无今语时，却是如此。"[3] 由此，则汤显祖所谓"熟读骚赋六朝之义"便落到了实处。若非熟谙已极，又如何能够做到通篇古字古语，几无今字今语，汰尽时风，古奥非常。该篇同样就生涯蹭蹬而发，逼近骚体之余，更让人洞彻作者心事——那份郁结于胸的愤懑不平、须

---

[1] （明）汤显祖著，徐朔方笺校：《汤显祖集全编》，第281页。
[2] 毛效同编著：《汤显祖研究资料汇编》，第342页。
[3] 毛效同编著：《汤显祖研究资料汇编》，第342页。

发偾张。此数语尤其恳切，读之教人心折——

> 夜寂历其无闻兮，魂清高而亢驰。何山川之轮囷兮，余四望而无歧。西与东其不属兮，北与南其安如？谁硕人之扈扈兮，苦儡溺以仍饥。妻椎结以敖游兮，子蓬髦而不苏。凡民矍犹有为兮，惟士愁于寒暮。或踶奇而失服兮，或廉吏而难为。物有所不至兮，时有所不可待。道固难期兮，人有所不可宜。①

这样的字句，与其说是在"宽大之也"②，实不如说是在宣泄不平。汤显祖的赋向以情感的饱满丰沛见长，于早期赋作，这一项特征已属分明。

《龄春赋》的小序也颇有特色，其文如下：

> 余太母为魏夫人，年九十一二矣。动为小子治宾客，暴书器。小子或违去信宿，则卦卜。至游太学，应诏辟，为严装送发，不啼也。小子受恩念深至。儿时病，不好床席，常以太母腹为藉。至十余岁，补弟子时，尚卧其肘。以是外出夜梦，常惟梦太母耳。私心不急于宦达，以是。而茨庐虽毁，池林独存，三月仲旬，从游观上下，甚欢，纪事为赋。③

汤显祖不但制义改归有光文而就，其散文写作也颇有归氏手笔——十分擅长在日常絮语中见深情。此序便是显著的一则例证。藉腹枕肘，是寻常事，也是亲厚事，数语一出，汤显祖与祖母魏夫人日常相处的场景便已鲜活于目前，又何待多言。

---

① （明）汤显祖著，徐朔方笺校：《汤显祖集全编》，第292页。
② （明）汤显祖著，徐朔方笺校：《汤显祖集全编》，第291页。
③ （明）汤显祖著，徐朔方笺校：《汤显祖集全编》，第286、287页。

二

沈际飞就汤显祖《玉茗堂集》中的赋作有论如下：

玉茗堂赋有二体：一祖骚，如至方不能加矩，至圆不能过规，多僻字险句；一祖汉、晋，感物造端，材智深美，洋洋洒洒，而浮曼浅俚处，亦不乏。大抵铺张扬厉，长于序述，于风比兴雅颂之义，未之有获焉。盖善为赋者，情形于辞，故丽而可观；辞合于理，故则而可法。有情有辞，有辞有理。故以乐而赋，读者跃然喜；以愁而赋，读者愀然吁；以怒而赋，令人欲按剑而起；以哀而赋，令人欲掩袂而泣。动荡乎天机，感发乎人心，然后得赋之神，而合古今之制。若士笔力豪赡，体亦多变，但远于性情，如后山所谓进士赋体，林艾轩所谓只填得腔子满。嗟乎，人各有能有不能，能填词或不能骚赋；而文章落官腔，则又未免多一进士为之祟矣。临川犹戛戛乎难之哉！①

就这则评论而言，沈际飞显然对汤显祖的赋作颇有微词，认为汤氏于此一体，难称擅场。自然，汤显祖的赋作有过于古奥艰涩、其意难明者；也有过于率意浮浅，即上所谓"浮曼浅俚"者，亦有情味寡淡、通篇重复冗余者。但就其整体而言，直接以"进士赋""落官腔"相嘲，认为"远于性情"，这却是有欠公允的。汤显祖之赋作，于体上或许常见有悖，于情上却难称阙如。不过，沈际飞所总结的汤氏赋作可分为二体，一祖骚，一祖汉、晋，却是符合实际的。

---

① 毛效同编著：《汤显祖研究资料汇编》，第388、389页。

前述《问棘邮草》中的赋作，正是"祖骚"之属，而《玉茗堂集》中的六卷赋作，也即汤显祖的后期赋作，则多为"祖汉、晋"之属。这数量将近三十篇的赋作，不乏长篇大赋，也有短章小赋，并不拘泥；题材或关风物，或写人情，或刺世情，可谓琳琅满目，颇见情识；手法在铺张扬厉之外，也有比兴结篇，并不像沈际飞所云于风比兴雅颂之义无所获。总体来看，其赋作主要有以下几个特征。第一，长于序述。赋前小序往往将事由、情绪交代得分外清晰，常常是一则上佳的文章，或者小品。第二，深于寄托。比兴笔墨，往往别有怀抱。领受人情，观照世相，往往富于一己独得之见，能言人之所不能言。第三，精于文辞。赋作在铺采摛文、摹写物态上表现尤为出色，正是沈际飞所说"感物造端，材智深美"。第四，雄于笔力。正所谓铺张扬厉、洋洋洒洒、跌宕盘旋，汤显祖的赋作，每每有此。

（一）长于序述

汤显祖的赋作，大多有序。沈际飞评其赋作，常大赞其序，称《游罗浮山赋》"序佳"[1]，称《秦淮可游赋》之序"大段好"[2]，《嗤彪赋》则是"事奇，一序已足"[3]，《大司马新城王公祖德赋》乃为"叙事佳。似有此序可无此赋"[4]，《高致赋》又是"一序极磊砢之致"[5]。至《豫章揽秀楼赋》一赋，沈氏更称美其序为："事详致尽，《滕王阁序》流风。"[6] 这些序作，确实具有可以独立于赋而存在的文学价值，也突出了作者在叙事、骈俪方面的长项，其中的隽语、趣笔更是小品风致的具体呈现。像是《怀人赋》的小序，就称得上一则不俗的小品。其文为：

---

[1] （明）汤显祖著，徐朔方笺校：《汤显祖集全编》，第1348页。
[2] （明）汤显祖著，徐朔方笺校：《汤显祖集全编》，第1351页。
[3] （明）汤显祖著，徐朔方笺校：《汤显祖集全编》，第1360页。
[4] （明）汤显祖著，徐朔方笺校：《汤显祖集全编》，第1369页。
[5] （明）汤显祖著，徐朔方笺校：《汤显祖集全编》，第1400页。
[6] （明）汤显祖著，徐朔方笺校：《汤显祖集全编》，第1420页。

怀乐安令沈公兼也。兼美须颜，有烟霞之致。移令乐安，仿佛王乔之在邺，窦子明之化陵阳也。入朝，左迁于楚。余亦下第。过余，咄曰："义，无不释乎？以子之姿，太清太宁之气也。豫章庐山，远有匡俗，近有颠张，远有徐孺子，近有吴聘君。高者鸾鹜天庭，低者鹊起人世，纷纷偕计射策，销其年力，珠弹玉抵，君何取焉。"余时拥卧未答，眷其知己绝人矣。归南都，中伏，夜不能寐，起坐月露之中，披怀作赋。①

记言记行，生气淋漓。写及感悟，又隽永深长，耐人含咀。所谓墨希旨永，幅短情遥，正是之谓。再如《哀伟朋赋》的序文，字句精警峭拔，出语清泠有致，汤显祖于世道交游的种种深切体认，读斯序差可知之。其开篇即有：

昔人友朋之义，取诸同心。梦簧者得贤友，绝琴者伤知音，其致然矣。予年未弱冠，有友二人。钟陵饶伯宗仑，临川周无怀宗镐，皆奇士也。仑长不尽九尺，瘠而青，瞻视行步有异。镐长不尽三尺，髯而甚口。当予谭说有致，仑笑訢然，镐笑轩然。三人嵯峨蹒跚而行乎道中，旁无人也……而仑复晓夜诵书，常与予映雪月，交书而尽，乃已。同卧处三岁余，前后别去。至同赴南宫，试都下，卧未尝有异衾枕，履袜先起者即是，不知其谁也。②

"取诸同心"云云，虽为常谈，却是不曾更易的真理，"昔人"云尔，则在今昔对照之中，更见"伟朋"之难得。开篇作警语道出，颇见恳切。"梦簧者"两句，更见喟叹之深长。写及朋友，极力刻画其"奇"。由高矮之强烈反差写来，倍增喜感。回忆往昔之笔墨，同样是在日常细屑中刻画

---

① （明）汤显祖著，徐朔方笺校：《汤显祖集全编》，第1334页。
② （明）汤显祖著，徐朔方笺校：《汤显祖集全编》，第1403、1404页。

深情。同卧同起，衾枕履袜都不分彼此，其情厚可知。文字带出的真切、亲厚，还有那点谐谑有趣，俱在眼中。汤显祖小品往往以情挚动人，赋前序文，亦往往有此。

（二）深于寄托

《庭中有异竹赋》《疗鹤赋》《嗤彪赋》都是汤显祖赋作中以比兴结篇的典型例子。这几篇赋作所选取的书写对象或异，或病，或变，较之常俗的波澜不惊，多少有些异样。这也充分显露出汤显祖选材视角的别出心裁，以及其观照世态的与众不同。

《庭中有异竹赋》中的所谓"异竹"，乃是一直一曲的两株竹树。直的长在阑干之外，"中有一竹，亭然砌上，旁无附枝"①。曲的侧生于阑干之内，本来将要穿檐而出，众人认为当"刮去"，汤显祖的老师戴洵却保全了它——幸存之后，"此竹竟从横阑稍曲而上，不碍也"②。直与曲，往往是人们把握立身行世之特定姿态的常用语汇。赋咏竹的直与曲，汤显祖所感喟引申的，无非也就是士之直与曲。所以他才写道：

玩此竿之生成，象至人之舒卷。尔其为状也，虚中忌实，疏节简密。临流似渊，依岩类逸……兹箖筜之一态，未若复标而巧出。乃其芳根独远，一箨玄通。绝左右之葳蕤，贯青荧而在中……若其迸石而立，磬折伛偻。下不碍于凭轩，上不亏乎承宇。羌有心乎云步，乍低回而矫举。贵托根以自全，异当门之锄去。③

通常言及直、曲，人们都有高下的评判。然而在汤显祖看来，这不过都是一时姿态，也就是所谓"至人之舒卷"，并无高下可言。独立挺出，

---

① （明）汤显祖著，徐朔方笺校：《汤显祖集全编》，第1318页。
② （明）汤显祖著，徐朔方笺校：《汤显祖集全编》，第1318页。
③ （明）汤显祖著，徐朔方笺校：《汤显祖集全编》，第1319页。

直指青荧，固然是一种姿态。同样地，只要意志不改，一时的伛偻低回又有什么妨碍。不论是芳根独远，还是托根自全，护住根柢才是最为紧要的。一篇《庭中有异竹赋》，其实略同于一则关乎士行的劝慰与指引。所以汤显祖才会在终篇之处感叹道："故孤生者常直，近人者常曲；直有取于明心，曲亦时而卫足。明心靡遐，卫足匪他。一鸾一凤，一龙一蛇。自歌自舞，或屈或伸。君子仪之，素体圆神。"[①] 没有高下的评判，只有屈伸的体贴，于此足见汤显祖的圆通与宽徐。针对"故孤生者常直"等语，沈际飞有"比物连类，是得赋情"[②]之评，亦称得上是甚为允当的。

《嗟彪赋》一赋，则是大类寓言。正如小序所言，作者选择这样一个题材，乃是为了"独嗟夫虎雄虫也，贪羊而穷，以至于斯辱也"[③]。就因为一点贪念，进而被拘囿、被驯化，老虎这种猛兽，"初犹惊动马牛，后反见犬牛而惊矣"[④]，这样的下场，实在令人深感悲哀。而这样的遭际，也每每发生在所谓英雄豪杰身上。那些因为贪念、因为失势而发生的失掉自我、任人宰割、俯仰听命于人，实在与这类久已"羸然弭然"[⑤]的老虎无异。故而作者所嗟表面是虎，实际却是同样沦落到"售而论斤"的人。赋中"既爪牙之久折，亦何威而见奔。第周旋于苑薄，得混迹于觻麋。学婆娑而昵主，戏躩绰以娱宾。感知音之君子，被叹涕之殷勤"[⑥]这类字句，与其说是就虎而嗟，不如说道尽士人丑态。那份没有尊严苟且偷生的状貌，人与虎，其实是一致的。故此汤显祖最后才会如此写道："谅如此而久生，固不如即死之麒麟。"[⑦] 其叹惋之深切，自不待言。

很显然，汤显祖作品中这一类以比兴结撰全篇的赋作，通常都是富含深心、别有寄托的。其中所隐含的多为汤显祖对于世态人情独特的领受与

---

① （明）汤显祖著，徐朔方笺校：《汤显祖集全编》，第1319、1320页。
② （明）汤显祖著，徐朔方笺校：《汤显祖集全编》，第1320、1321页。
③ （明）汤显祖著，徐朔方笺校：《汤显祖集全编》，第1358页。
④ （明）汤显祖著，徐朔方笺校：《汤显祖集全编》，第1358页。
⑤ （明）汤显祖著，徐朔方笺校：《汤显祖集全编》，第1358页。
⑥ （明）汤显祖著，徐朔方笺校：《汤显祖集全编》，第1359页。
⑦ （明）汤显祖著，徐朔方笺校：《汤显祖集全编》，第1359、1360页。

把握，也通常有着丰沛激切的情绪和引人深味的观照。所以，说汤显祖的赋作"远于性情"是有欠允当的。除了在比兴中见寄托，汤显祖以友朋为赋咏对象的篇目，同样是以情感之深切见长的。像是《哀伟朋赋》，开篇即见友情，真切鲜活，摇曳动人，并无词藻堆砌，字句凑迫——

惟吾朋之恢诡，形一短而一长。并弓裘于北渚，同研席于文昌。无怀之胸腑有奇，伯宗之体貌殊方。予参差以中立，亘通衢而颉颃。服御无分于几筵，诗书或乱于巾箱。夜谈则风雨如晦，晓起而月出之光。有击目而成笑，无疑情之见妨。①

结尾处写及友朋不幸身死，汤显祖更是倾出了一腔痛泪：

独怪夫荧荧司命，瞢瞢彼苍，或千指而逾赡，此数口而靡遑！氓蚩蚩而长在，士琅琅而遽殃。②

面对命运的不公，上苍的恶意，汤显祖可谓满腔激愤，同时也不加掩抑地以赋发之。这样的痛切，比起斟词酌句地援典用经，显然要动人得多。朋之伟，哀之剧，都在这样的抒发中落到实处。

至于《感宦籍赋》一篇，可谓全面呈现了明朝官场的种种可鄙可叹，同样是痛切满纸，讥刺在在。从小序开始，便已是杂沓而来的讽刺笔墨。其文如下：

今上丁酉三月，予以平昌令上四年计，如钱塘，荡舟长日。箧中故有《高士传》，慨然寻览之，无存也。童子故以《宦林全籍》进。予览其书，书官，书名，书地，书号。大若麟角，细若牛毛。晰矣备矣。反覆循玩，

---

① （明）汤显祖著，徐朔方笺校：《汤显祖集全编》，第1405页。
② （明）汤显祖著，徐朔方笺校：《汤显祖集全编》，第1407页。

亦可以奋孤宦之沉心，窥时贤之能事。感而赋之。[①]

此序显然不啻为一篇绝佳小品。《高士传》不仅于箧中无存，于时人眼中心中亦无存。以《宦林全籍》这样的官场名录置换了《高士传》，则时风可知。作者讥刺之意亦可知。至于结篇之语，以此能奋孤宦沉心、窥时贤能事，易知此时朝野上下奔竞成风，汲汲营营，满目皆然。汤氏小品，多用曲笔，这一点后文将会详述。此序便是善用曲笔的明证。

相较序中刺笔的婉曲，赋中的讥刺笔墨则出落得切直、横肆，嬉笑怒骂，皆见精彩。像是论及官场众人，就有：

幸者乃为公侯之子，卿相之孙。前书厥考，有阶有勋。后列环卫，如官如恩。托江河而猥大，依日月而常新。不必学书学剑，自然允武允文。又若驸马都尉，一体天人。在既富其何费，获至贵而无勤。次则纳赀而为郎，亦以财而发身。过此以往，其勤可知矣。清流之迹，奋以文词，则必没身乎藻缀，噪吻于吟呷。寒暑侵而靡觉，骨肉怨而不辞。[②]

《宦林全籍》这样的书，俨然一卷明朝官场生态图，荣显沉沦，得意失意，皆于其中可见。为了见录其中，多少人绞尽脑汁、费尽心机——"皆欲争毫厘于此籍之上，附咫尺于半部之余"[③]，如此仿佛就能不朽。而汤显祖《感宦籍赋》一篇，所道破的，正是此中虚妄。各种丑陋，各种不平，于笔端一时涌现。上引一段，就让我们清楚看到：即便同处官场，其处境也因出身不同，有着云泥之别。但凡有显赫的出身或者背景，不需要努力，更不需要付出，官位与成就，皆是唾手可得，所谓"自然允武允文"是也。相反，没有背景又混迹此间的所谓清流，生涯劳顿几乎是一种

[①] （明）汤显祖著，徐朔方笺校：《汤显祖集全编》，第1369页。
[②] （明）汤显祖著，徐朔方笺校：《汤显祖集全编》，第1370、1371页。
[③] （明）汤显祖著，徐朔方笺校：《汤显祖集全编》，第1371页。

必然。

《感宦籍赋》还有一段写及不平的文字，铺排而出，足见汤氏笔力之遒劲，情感之充盈。略引其文如下：

散之人有十等，合之天无二日。天其平也不平，人则不一也而一。不平谓何，有一有多。有终身于帝所，有绝望于廊阿；有十年而不调，有一月而累加；有微敏而辄振，有一蹶而永蹙；有弱冠而峥嵘，有白首而婆娑；有受万金而无讥，有拾片羽而为瑕；有拥旄于华羡，有投牒于荒涯；有提槎而拟方伯，有守郡而无建牙；有赡僮客而鸣豫，有绝父母而劳歌；有长孙曾而袭珪，有鬻子女而还家；有上寿而赐尊，有自经于幽遐；丽风者衎言笑而加翼，绝津者罄号咷而靡樵；得时者随俯仰而皆妙，失志者任语嘿以无佳。徒使墨守者视此书而失据，捷斗者指是刻以严夸。①

正如前议，当日官场处境之不同，不是缘于自身能力、际遇，而是主要取决于出身和背景。这样一来，官场处境的差异就呈现俨然两极的分化，这样的分化，与个体无关，与内在无关，却与是"丽风"还是"绝津"直接相关。所以此时官场呈现出来的是几乎无从撼动分毫的不平——"得时者随俯仰而皆妙，失志者任语嘿以无佳"，即便满腹牢骚、满腔愤懑，也只能归于无可奈何。汤显祖此篇赋写在遂昌任上，也是写在上计之后。以循吏治县的汤显祖，从来讲的是轻赋薄役，这在考核中显然不会得到好的评价。是以此篇赋作，所展露的便是汤显祖对于官场无比的倦怠和厌弃，进而熄灭了所有进取奔竞之心。此篇赋作，大有东汉赵壹《刺世疾邪赋》的意蕴，却出之以长篇，任情绪在铺排中淋漓尽致地宣泄，任笔墨在跌宕中极尽能事地挥洒盘旋，这也是"以怒而赋"，直击时弊，风雷气象中亦见性情。

---

① （明）汤显祖著，徐朔方笺校：《汤显祖集全编》，第1371、1372页。

（三）精于文辞

汤显祖后期赋作多写景纪游之题。而在这些赋作中，他也充分展现了自己擅长摹景状物的特点——能够抓住景致、物象最为突出的特点，出之以清词丽句，极力摹画，在章法俨然中做到神韵分明。比如《匡山馆赋为友人豫章胡孟弢作》一篇，就围绕着此地云深雾重的特点反复强调刻画，写出了一派清冷幽僻、迷离空蒙的景象。从"积雾沉峰，横云矫嶂"，到"空迷阆水之中，不住灵山之上""河山不碍，风云自高"，再到"林冥冥兮欲雨，人飘飘兮似迁"①，最后集中于"留半空之霜雪，隔浮世之阴晴。长风夜作，则万流俱响；晓鼯晨啸，则百岭齐应。朝饥则平湖上果，暝暗则弥山佛灯"②，确实仿佛经历了一番云雾的汰洗，幽洁之至，于是方能在终篇之际，生发出"方遗蜕乎生品，又何流骛于尘情"③这样的感叹。沈际飞评"留半空之霜雪"数句，称"高深空寂之景尽矣"④，也是十分准确的。

《愁霖赋》中写到雨势之连绵不绝，也有很多精彩的字句，让我们可以看到汤显祖在辞采方面过人的能力。一方面，是丰赡的藻绘典故储备；另一方面，则是精微细致、别出机杼的刻画与形容；再有，就是运笔上的自如，以及思致上的跃出。像"奔泉直响，积潦横流。骑轮断迹，鳞介来游。户挺竹竿之钓，街乘桃叶之舟"⑤，便是以夸张的笔触，形容雨势之大，于惊骇愁烦等情绪中，又逸出一笔有趣与诙谐。至于"困泠泠之稽雨，湿袅袅之渔烟。波光黯矣，水客凄然。篷轻易沥，帆重难旋"⑥，则又把视线从家中转到途上，写雨势不断中客况的艰难。这几笔值得注意的地方，恰在把沉重的话题做了轻巧的处理，于一片烟波黯然中还能写出几分清意，愁云惨雾致有佳境可寻，亦属难得。而从最后的结句看，这样一种

---

① （明）汤显祖著，徐朔方笺校：《汤显祖集全编》，第1328页。
② （明）汤显祖著，徐朔方笺校：《汤显祖集全编》，第1329页。
③ （明）汤显祖著，徐朔方笺校：《汤显祖集全编》，第1329页。
④ （明）汤显祖著，徐朔方笺校：《汤显祖集全编》，第1330页。
⑤ （明）汤显祖著，徐朔方笺校：《汤显祖集全编》，第1332页。
⑥ （明）汤显祖著，徐朔方笺校：《汤显祖集全编》，第1332页。

言愁却意在消愁的努力，应该就是汤显祖此番写作的核心意图，所谓"有情者分其濡爽，无心者一其霁沉。且栖迟而抚化，又何惨积于愁霖"①是也。盘桓此间，就算"覆笠云来，征袍雨点"，雨势之大超出想象，其实也算一重境遇。深于情者，不妨随之摇荡，上演一番"何旅绪之摇摇，叹年途之冉冉"②。难于被外界触动的那些人，更加不会因阴雨绵绵、晴日不再而徒生感伤。是以感受、面对就好，又何须陷落于愁绪万千。面对雨势如此，面对人生其他的困境，又何尝不是如此。可见这几句，恰好道出了汤显祖言愁破愁的用意。沈际飞评称："晋魏间多赋此题，参看之，便知古人旨远，今人意近。"③沈际飞嫌其不如晋魏间同题赋作之"旨远"，不过这份"意近"其实正说明了汤显祖在师法前人时不忘求新的那份努力。是以文辞之外，点滴感悟同样可见思致之精。

《秦淮可游赋》一篇，又是集中笔力，极力敷演了游河过程，使得"桨声灯影"，一时滉漾目前。相关文字在赋体、赋情上都称得上一个"得"字，中规中矩，张弛有度，层次分明。且看此节——

素光流兮云石稠，黛色深兮风烟积。或树古而池平，有朱门而画帘。钓渚何营，渐台谁辟。吹箫屠狗之孙，鸣钟贩脂之役。杏河汉于清怀，盼亭皋其可惜。缅吴淮之百流，断秦余之一洫。拟王气以中沉，亘皇明而上直。若渭水之贯都，象明河之注极。流美恶而匪鉴，映井里其如织。荫居人于倍市，驻游冶之百色。窗姝榜女之夜笑，芦人渔子之风食。想阁道于何年，怅篱门于此域。荷年运之清夷，窃君子之光饰。况山川兮夕佳，有才情兮谁匿。④

---

① （明）汤显祖著，徐朔方笺校：《汤显祖集全编》，第1333页。
② （明）汤显祖著，徐朔方笺校：《汤显祖集全编》，第1332页。
③ （明）汤显祖著，徐朔方笺校：《汤显祖集全编》，第1334页。
④ （明）汤显祖著，徐朔方笺校：《汤显祖集全编》，第1349、1350页。

上引文字扣紧一个"游"字来写。景物的不断变化，是因游船于河上不断行进。过往种种的一时泛起，或人或事，则是游思飞荡。窗姝榜女，芦人渔子，加上市井种种光景，又道出了秦淮河上特有的艳冶风色。写景，不泥于景，又切于景，便足称佳手。汤显祖赋中摹景状物之笔墨，确实是此君学依《文选》、精于文辞的集中表现。

（四）雄于笔力

笔力之雄，往往源于积累，依于才思，本乎性情。汤显祖赋作上的这一特色，也并不例外。其积累之富，尤其是在骚赋六朝文章上的熟稔，促成了笔力上的豪赡，总有不尽、不竭之态。才思敏捷与充盈，也使得赋之呈现往往游刃有余，从容不迫。至于性情，因其强烈，则赋笔多铿然、多横肆，每每笔挟风雷，一发无余；因其深婉又富于波澜，则赋笔自然跌宕起伏，极尽盘旋曲折之能。

汤显祖赋作中的这一特色，当然也和他的文学主张相关。汤显祖论文强调奇气、生气，其实就是对于固有规则、固有风格的摒弃与突破——不复步趋形似，转而自由飞宕。如此，很自然便令笔力呈现出雄峻浩荡的特性，不容圈囿，也不受规范。

汤显祖赋作如何雄于笔力，其实前文论至怀抱痛切、摹景状物时已有所及，这也是赋作最为常见的一项特点，是以于此不做更多的展开，且看沈际飞的两则评论。其一是就《四灵山赋》所发，称其"顿跌起伏，虚实并游，如蛇蚹龙行，不愧赋"[①]。其二则是就《豫章揽秀楼赋》而发，称美显祖所作：

目光如炬，墨沛如波。累累数万余言，物华天宝，有美必传，无胜

---

① （明）汤显祖著，徐朔方笺校：《汤显祖集全编》，第1384页。

不具。①

能够富丽雄赡，铺张扬厉，形成层峦叠嶂、巨浪滔天之势，方才能够无愧于赋这样一种文体的体性要求，也才能够进而拥有赋的神情气韵。而能够以数万余言的篇幅来称扬其"美"与"胜"，则汤显祖笔力之雄健有力，又何用赘言。就沈际飞所评来看，汤显祖自然做到了"不愧赋"，其赋作雄于笔力的特色，亦可谓一目了然。实际上，从《问棘邮草》开始，汤显祖的赋作在腾挪跌宕、波澜层出这一点上，便切实存在，且做到了贯彻始终。

汤显祖曾于《骚苑笙簧序》一文，言及自身关于骚赋的一番体认：

太史公以屈平"正直忠智以事其君，信而见疑，忠而被谤，能无怨乎。《离骚》之作，盖自怨生也。《国风》好色而不淫，《小雅》怨诽而不乱，若《离骚》者，可谓兼之矣"。嗟夫，此有道者之言也……先汉之人，能为楚声。余则赋而可矣。故赋者，《骚》之流而微异者也。②

有此认知，无怪乎汤显祖在赋体的写作中特重骚体，而其赋作中不断涌出的那些幽忧愤悱、怨毒痛切，包括比兴结篇时的深于寄托，也就都有了所谓源头可寻。因为在汤显祖看来，《骚》之意，正在"悲恻排荡，愤悁喷薄"③；《骚》之旨，则在"依诗人之义，隤源发波，崩烟决云"④，具此神色，方才能够不负所谓"千秋赋颂弘丽之祖"⑤之威名。

---

① （明）汤显祖著，徐朔方笺校：《汤显祖集全编》，第1420页。
② （明）汤显祖著，徐朔方笺校：《汤显祖集全编》，第1454、1455页。
③ （明）汤显祖著，徐朔方笺校：《汤显祖集全编》，第1456页。
④ （明）汤显祖著，徐朔方笺校：《汤显祖集全编》，第1455、1456页。
⑤ （明）汤显祖著，徐朔方笺校：《汤显祖集全编》，第1456页。

第二节
奇气隐跃的古文

钱谦益在为汤显祖文集作序时有言：

古之人往矣，其学殖之所酝酿，精气之所结轖，千载而下，倒见侧出，恍惚于语言竹帛之间。《易》曰："言有物。"又曰："修词立其诚。"《记》曰："不诚无物。"皆谓此物也。今之人耳佣目僦，降而剽贼，如弇州《四部》之书，充栋宇而汗牛马，即而视之，枵然无所有也；则谓之无物而已矣。义仍晚年之文，意象萌苴，根荄屈蟠，其源汩汩然，其质熊熊然。盖义仍之于古文，可谓变而得正，而于词可谓己出者也。其学曾、王也，欿然自以为未就，譬之金丹家，虽未至于九转大还，然其火候不可谓不力，而铅汞药物不可谓不具也。后有君子好学深思，从事于义仍之文，得其所谓有物者，而察识其所未至，因以探极指要，而知古文兴复之几。[①]

此论颇中明人文章之弊。以前后七子为代表，其所谓复古师古，无非就是亦步亦趋。不是说不肖似，但是这样的肖似是没有生命力的，更无法动人。此段文字中提到的弇州，就是后七子的领袖王世贞。论及其才学之富赡，大概没有人会提出反对意见。不过，钱谦益认为他的皇皇大著，乃是"枵然无所有"。汤显祖也曾标涂王世贞的文章，指出其出处。言下之

---

① 毛效同编著：《汤显祖研究资料汇编》，第480页。

意，王世贞的文章，前人字句与故典甚多，甚至是充斥其中，真正属于自己独特的所在却并不多见。钱谦益以"言有物"为标准，所强调的正是内容情致以及字句笔法当中，一些剪贴复制之外的东西。在他看来，汤显祖的古文，正是"有物"的典型。虽然尚未抵达至境，但已分明有别于只见因袭模拟的复古文章。有物，有对这个世界独特的领受与观照，有对文章奥义的不断探寻和深入思考，方能真正做到。如此，方有可能在学习师法的过程中不落套路，而是真正做到推陈出新，形成自己的鲜明特色，甚至是风格。

汤显祖论及文章，同样呈现了对于"言有物"的推重。其于《合奇序》中，即指"步趋形似"为"鄙委牵拘之识"[1]，同时也正是言而无物、徒具形式的典型表现。

而所谓"恍惚而来，不思而至"的"自然灵气"，其实即《序毛丘伯稿》提到的"生气"[2]，作为文章妙处所在，正是"物"的一桩表现。在汤显祖看来，"天下文章所以有生气者，全在奇士。士奇则心灵，心灵则能飞动，能飞动则下上天地，来去古今，可以屈伸长短生灭如意，如意则可以无所不如。彼言天地古今之义而不能皆如者，不能自如其意者也。不能如意者，意有所滞，常人也"[3]。所以，无论是物，还是生气，或者自然灵气，其根源都在于文章的写作主体。不必合于古，更不必合于常，摒弃亦步亦趋，追求自然灵动，笔墨不受拘束，神识亦然，如此方能切实做到"有物"，而不是文字篇章都已经充栋盈宇了，实际却枵然无所有。

沈际飞《玉茗堂文集题词》一文，论及汤显祖古文，亦是极尽赞美之意。其文称：

若士积精焦志于韵语，而竟不自知其古文之到家。秾纤修短，都有矩

---

[1] （明）汤显祖著，徐朔方笺校：《汤显祖集全编》，第1532页。
[2] （明）汤显祖著，徐朔方笺校：《汤显祖集全编》，第1535页。
[3] （明）汤显祖著，徐朔方笺校：《汤显祖集全编》，第1535页。

蠖。机以神行，法随力满。言一事，极一事之意趣神色而止；言一人，极一人之意趣神色而止。何必汉、宋，亦何必不汉、宋。若士自云，汉、宋文字，各极其致，是也。又云，国初文字，宋龙门开山，方逊志已弱，李梦阳以下，骨力强弱巨细不同，等赝文耳。若士不肯为其赝者，故宁少无多。又云，古文赋，秦、西汉而下，率以不足病；唐四杰、子美而外，亦无有余。从其不足而足焉，斯已几矣。临川无所不足，故一篇之中，写理入微，援情穷变，涕泗歌舞，有并时而集，异时而擅者焉。真也，有余也，非汉、宋字句之谓也。后生学人优孟于汉、宋字句，而是汉非宋，或易宋难汉，且不知有宋龙门，亦何知临川之所以临川哉。知临川真与有余之解，可以言文，可以言临川之文。①

所谓"赝文"，所指就是那些只知步趋模拟而无丝毫真气的文章。师古从来不是问题，关键是如何师古。优孟字句，那只能是停留在表面形式的学习，甚至是剽窃。以这样的态度师法古人，无论如何是非扬抑其实都难于成立。师古，也要知道古人之不足，从不足而足之，自然就可以实现有余。而在沈际飞看来，汤显祖之古文写作，显然做到了真和有余。所谓"机以神行，法随力满""无所不足"，汤显祖之文章在沈际飞看来似乎已抵至境，甚至已臻化境，几乎呈现出与东坡无二的从容意态——所谓"行于所当行"，"止于不可不止"。这样的评判，当然有明显的过誉嫌疑。不过，沈际飞所说"写理入微，援情穷变"云云，又确实是汤显祖古文的特点所在。就汤显祖古文来看，其最为主要的特点无非就是以下三项：一、波澜老成；二、援情穷变；三、写理入微。下面，我们就从这三个特点来了解一下汤显祖的古文创作。

---

① 毛效同编著：《汤显祖研究资料汇编》，第436、437页。此则"赝"误作"膺"，径改。

一、波澜老成

沈际飞评论汤显祖的古文，常见以下这类表达——

回环宛转，文情相生，坂之九折，而河之九曲也。[1]（评《奉别赵汝师先生序》）

笔意顿跌有法，真能为古文者。[2]（评《遂昌县灭虎祠记》）

如入武夷，一转一境，一境一奇。[3]（评《临川县古永安寺复寺田记》）

长行文逶迤层折，是临川所长。[4]（评《遂昌新作土城碑》）

头绪段落极多，而回策如萦，读之一气不可裁截。[5]（评《前朝列大夫饬兵督学湖广少参兼佥宪澄源龙公墓志铭》）

不难看到，汤显祖笔下各体古文都有这一显著特色。笼括而言，这正是沈际飞所称"波澜老成"[6]。"波澜老成"这个特性，所涵盖的正是汤显祖古文在结构章法、笔力意蕴方面突出的特色。这和汤显祖在评价他人文章

---

[1]（明）汤显祖著，徐朔方笺校：《汤显祖集全编》，第1423页。
[2]（明）汤显祖著，徐朔方笺校：《汤显祖集全编》，第1590页。
[3]（明）汤显祖著，徐朔方笺校：《汤显祖集全编》，第1595页。
[4]（明）汤显祖著，徐朔方笺校：《汤显祖集全编》，第1617页。
[5]（明）汤显祖著，徐朔方笺校：《汤显祖集全编》，第1671页。
[6]（明）汤显祖著，徐朔方笺校：《汤显祖集全编》，第1607页。

时所极力称赏的特点——"文虽不多,而一篇之中,断续起伏流变处,常有光怪"[①],其实是非常类似的。

(一)逶迤层折,回环宛转

"波澜老成"这一特性,首先概括的是文章在表达上的逶迤层折,回环跌宕。汤显祖论文尚奇,为文亦尚奇,奇气落于文字篇章,就基本不会出之以平易晓畅。叙事议论,笔墨都以曲折深宛出之。比如《奉别赵汝师先生序》一篇,就颇见波折与顿挫。文章一开篇交代赵公"以征且行",顺势在对话中引出"大人"的定位——而众人所谓"大人",赵公所谓"细人"是也。接着斜插一笔,带出"吉水邹君"与赵公形成反差——一出南,一往北,二者对照中,最后以赵公议论道出"吾意不欲行"作结,同时也呼应了一下文章开头。不难看到,短短一段文字,已是几叠波澜;看似平叙中,已是奇气漫溢。且引其文如下:

> 宗伯吴赵公,以征且行,一时卿大夫正人在南者皆喜。有言于予者曰:"赵公,世所谓大人也,必为政。"予曰:"子何以知赵公大人也?"曰:"江陵相,知公者也;今两相,其里之密焉者也。皆以正言有逢其怒,莫有逢其视。守道于今,能逆世而立者,必大人。"嗟夫,亦未既于赵公所以为大人者矣。公尝谓予曰:"吾见所谓人矣。其名也,偶以出一言正,见一节奇。已而起,则泯泯然而为官。凡若此者,皆细人也。予所不为。为其官,不忍不为其事;为其事,不忍不为其人。言之莫有听焉,以吾行可也。"是故自公起至于今,凡三数徙,未尝不言其官,或言天下利害不少厌。其无细人之心也。已而吉水邹君三出南,赵公北。公又谓予曰:"邹君名则益高矣,而国重伤。吾之北,必且又然矣。益高吾名而重累国,

---

① (明)汤显祖著,徐朔方笺校:《汤显祖集全编》,第1519页。

非吾意也。吾意不欲行。"①

很显然,众人所以为的"大人",乃是从声名之盛大,从逆世抗言姿态之突出来做出的判断。而以抗言见节谋求声名,起后泯然官职,在赵公看来,这恰是"细人"所为。有所言,不过是为官为事的需要,与声名如何并无关涉。而且声名过高,恰恰是对国家朝政的伤害,不当以此为念。这是见诸"叙"的波澜老成。同篇文章,"论"上的曲折也叫人印象深刻。像是后文谈到大人,有这么几句:"夫以侍人而知大人,宜不忍为。然则以相其可也。今可以相而知之时也,若犹不得存其身,且可因而存其言。言而从,即其身为之。不从,虽不忘为天下之心,而我无逆也。"② 短短几行,无穷回旋。既申言"大人"不应从低处为人所知,因相令人知方可,又指出即便是因相而知,也不一定就能够长期持有留存。无法令自身存留,起码要使言论存留。言论如果被接受,那就等同自身发挥了作用。至如言论始终不被接受,也不必逆世而行,保有为天下的志意即可。毕竟逆世之行,自我标榜的意味太过分明,沽名钓誉的色彩也太过鲜明——是细人之心,而非大人所为。行文若此,确是沈际飞所评——"回环宛转,文情相生,坂之九折,而河之九曲也"③。

(二)层次丰富,意蕴无穷

层次的丰富,无论是论说还是记叙,抑或摹绘,其实都来源于感受、认知与思考的广度与深度。不做表面的读解、单一的描述,总是比别人想深一层,自然就有了丰富的态势——层叠而出,气象万千,同样可称波澜老成。汤显祖古文的许多篇目,都呈现出这样的书写特征,除了波澜老成之外,更见其学殖之富,文思之磅礴。

---

① (明)汤显祖著,徐朔方笺校:《汤显祖集全编》,第1421页。
② (明)汤显祖著,徐朔方笺校:《汤显祖集全编》,第1422页。
③ (明)汤显祖著,徐朔方笺校:《汤显祖集全编》,第1423页。

像是为汤霍林的文集作序，谈及其诗文特性，就有剥笋之妙，层层深入。

首论其文。先是"见其初第时数作，攸如也"[1]，然后"至为其里人作难，脱刺客于枯庐破衲之中，幽思显词，迸然而通。灏沓捷疾，历砾掩忽。可啼可笑，若出若没。大非前馆阁中常设者矣"[2]。叙述风格转换之后，作者加入了自己心路历程的变化——"予犹意其翩连而贵，世乐所诱，或忘其智骨焉。已乃读其文咏种种，异之"[3]。由"疑"而"异"，于是出之以不加抑制的赞美："笃于功名世法之外，有以秀郁而苍发，或千余言旎如其舒，或数十语棁如其诎。"这是在直接陈述之所以会"异之"的原因，正是因为可以在功名世法之外，其文章不论长短，都大有可观。以至于令人油然而生这样的赞叹："如雾流烟，如云漏月，如洗峰岳，如抉块圠。"[4]这几句，其实也包含了汤作不同的特性——既迷离傥恍，隐约难测；又偶见精光，意出料想；文字明洁处，令人眼青；笔墨精悍处，让人顿感怀抱之阔大无边。即便如此，这样的文章其实尚未将作者汤霍林对于世情的晓悟全然展露出来。于是汤显祖给出了一个于他而言最高的评价："其必不为世人，而为道人文人也决矣。"[5]

接着再论诗歌。一开始肯定汤氏已有自己的风格——"至于韵语短长，率意受律，气力沉厚，班驳萧瑟，成其家言"[6]。指出其成就的时间，"方前过江时，复已度越矣"[7]。究其原因，"大致羞富贵而尊贱贫，悦皋壤而愁观阙"[8]，其怀抱追求，均与世人截然不同。所以汤显祖才称："此其人

---

[1]（明）汤显祖著，徐朔方笺校：《汤显祖集全编》，第1452页。
[2]（明）汤显祖著，徐朔方笺校：《汤显祖集全编》，第1452、1453页。
[3]（明）汤显祖著，徐朔方笺校：《汤显祖集全编》，第1453页。
[4]（明）汤显祖著，徐朔方笺校：《汤显祖集全编》，第1453页。
[5]（明）汤显祖著，徐朔方笺校：《汤显祖集全编》，第1453页。
[6]（明）汤显祖著，徐朔方笺校：《汤显祖集全编》，第1453页。
[7]（明）汤显祖著，徐朔方笺校：《汤显祖集全编》，第1453页。
[8]（明）汤显祖著，徐朔方笺校：《汤显祖集全编》，第1453页。

胸怀喉吻中，殊有巨物。岂区区待一黄阁而后能与世吐咽者与。"①其后意犹未尽，又举病中所作，令观者识其殊异。然而这样的人及其所作，从来都是罕有知者的——"夫以欲闻道而伤其平生，此予所谓有深情，又非世人所能得者也"②。最终只能喟叹，"嗟夫，霍林之于道于文何如也"③，其伤惋之意跃然纸上。于此篇序，汤显祖先论其人，认为其乃"道心之人"，"道心之人，必具智骨；具智骨者，必有深情"④。论其文突出了"智骨"，论其诗则呼应了"深情"，章法俨然之中，层波迭出，果然不负老成之谓。沈际飞对此文评价不高，称"拖沓沾带，有段落行止，古文中之下乘"⑤。实际上，此篇并无半毫"拖沓沾带"之病，与之相反，恰是行文清切，且富于波澜。很显然，沈评亦有失于主观臆断者，并不是全都可以不假思索，照单全收。

汤显祖阐发其戏曲观念的著名文章——《宜黄县戏神清源师庙记》，在论及戏曲独特性时，同样堪称波澜层叠而出，令人目不暇接，叹为观止。其间，尤以这段文字最为典型——

生天生地生鬼生神，极人物之万途，揽古今之千变。一勾栏之上，几色目之中，无不纤徐焕眩，顿挫徘徊。恍然如见千秋之人，发梦中之事。使天下之人无故而喜，无故而悲。或语或嘿，或鼓或疲，或端冕而听，或侧弁而咍，或窥观而笑，或市涌而排。乃至贵倨弛傲，贫啬争施。瞽者欲玩，聋者欲听，哑者欲叹，跛者欲起。无情者可使有情，无声者可使有声。寂可使喧，喧可使寂，饥可使饱，醉可使醒，行可以留，卧可以兴。鄙者欲艳，顽者欲灵。可以合君臣之节，可以浃父子之恩，可以增长幼之

---

① （明）汤显祖著，徐朔方笺校：《汤显祖集全编》，第1453页。
② （明）汤显祖著，徐朔方笺校：《汤显祖集全编》，第1453页。
③ （明）汤显祖著，徐朔方笺校：《汤显祖集全编》，第1453页。
④ （明）汤显祖著，徐朔方笺校：《汤显祖集全编》，第1452页。
⑤ （明）汤显祖著，徐朔方笺校：《汤显祖集全编》，第1454页。

睦，可以动夫妇之欢，可以发宾友之仪，可以释怨毒之结，可以已愁愤之疾，可以浑庸鄙之好。①

戏曲一事，向被认为小道，汤显祖此文，明显在尊曲体，极言其所具大用，甚至得出"岂非以人情之大窦，为名教之至乐也哉"②。单就此节而言，识见之超拔，体贴之精准，向来申说已多，前文就此已有阐发；至于层次之丰富，意蕴之无穷，却仍然有待突出。大略来看，这一段不长的文字起码包含了七个层次：1.戏曲具有非凡的创造力，可以从虚空中生出万有；2.戏曲舞台有限，演员有限，甚至情节也是有限的，却具有惊人的表现力；3.其表现力之惊人，在于可以突破时空与虚实的限制；4.戏曲可以直接作用于观者的情绪，使之悲喜莫名，全凭指引；5.就戏曲的感染力而言，没有高下尊卑的分别，也就意味着，戏曲欣赏具有超功利的特性；6.戏曲对于现实人生具有醒觉和补偿的作用；7.戏曲以人情作用于人情，具有超乎想象的伦理教化功能。如前所述，层次的丰富照映的是意蕴的无穷，而这样的表现方式，往往给人笔力雄健、文气不竭的阅读体验，所谓胜境迭出、思致如云是也。

（三）变化多端，不可预测

既云变化多端，则汤显祖行文较少平叙可知。与平叙相反，其古文总是充满波折顿挫、意外之喜。如《赵仲一乡行录序》一篇就非常典型。开篇首先交代，所谓"乡行录"，是真宁父老认为这位赵吏部对其乡有功德，却"皁笠徒行"③，所得甚薄，于是为之奔走，"求以车马优重"④之事。这显然是称誉的基调。不过后文却突然转出一句——"尝以语其乡，乃更有不

---

① （明）汤显祖著，徐朔方笺校：《汤显祖集全编》，第1596页。
② （明）汤显祖著，徐朔方笺校：《汤显祖集全编》，第1596、1597页。
③ （明）汤显祖著，徐朔方笺校：《汤显祖集全编》，第1476页。
④ （明）汤显祖著，徐朔方笺校：《汤显祖集全编》，第1476页。

好赵君者"①，此即陡然一转。按照正常的理解，也就是所谓"乡人之善者好之，而不善者恶之"，这些"不好"之人，定是"不善"之流。然而汤显祖却又借吴君之口称："不然。凡讥诮赵君者，亦皆忠信廉洁之老，非为不善者也。"②此又猝然一转。那究竟该如何理解和看待呢，这就引发了读者阅读的兴味。沈际飞评此，连用"波折"一语，扼要道出了其笔势之富于变化。有波折，便有奇趣，有奇遇。

质言之，波澜老成的表现不止一端，不过都道出了汤显祖古文老于章法，妙于笔法，又富于意绪的特点，其确为行家里手可知。

二、援情穷变

高擎"至情观"的汤显祖，不但在写作传奇时以"情"为核心反复敷演，而且在其古文诸作中，也随处可见"情"的存在影迹。每每观世以情，论文以情，识人以情。就连上引《宜黄县戏神清源师庙记》，总括戏曲的感染力，也有这么一句——"无情者可使有情"③。不妨说，汤显祖文章笔挟风雷的背后，总可见一派情之激荡；大篇横肆之余，总有一笔人情婉约；议论激切中，也总不乏一味情感的汇入，或深挚，或深恻，于是才能做到"真也，有余也，非汉、宋字句之谓也"④。这也正是汤显祖自己所称述的，"世总为情"⑤。有此认知，也就无怪乎其文总为情所笼摄，呈现出"援情穷变"的特质。

---

① （明）汤显祖著，徐朔方笺校：《汤显祖集全编》，第1477页。
② （明）汤显祖著，徐朔方笺校：《汤显祖集全编》，第1477页。
③ （明）汤显祖著，徐朔方笺校：《汤显祖集全编》，第1596页。
④ 毛效同编著：《汤显祖研究资料汇编》，第437页。
⑤ （明）汤显祖著，徐朔方笺校：《汤显祖集全编》，第1497页。

世间所有都存在于"情"的笼摄当中。情生万有。故而诗歌也不会例外，文章亦然——都是由"情"生发而成。以"情"为文之核心，则"有物"就几乎是一种必然。而如此看待"情"与"文"的关系，情、文之密切也自不待言。

沈际飞评汤显祖《张氏纪略序》一文，即称："情至之文，不忍卒读。"① 此文开篇，即在情绪的翻卷中，针对悲伤之不可忍落笔，却令文字呈现出伤悲的意态。其文写道：

晋人有言："比来离别，常数日作恶。"余为宽言之曰，生别犹可，死别何若。年过耳顺，愈不喜逆。戒客幸无以悲伤事相闻，即世间悲伤文字亦不必见也。何也，其叙述世家坎坷流连，乃至若数冬而不遘一春，恒夜而不经一旦者。固却无视，视亦不竟。早衰恐神伤也。属者客乃以昆山张元长所志六世以来行略见示。则有不忍不视，视而不忍不竟者。竟而去之，去之而复在几阁间。悱恻慨叹，一月而神弗怡。②

这段文字写得很有意思。无法直面悲伤，禁谈悲伤故事，却还是不免被悲情牵引，则这份悲情的痛切深挚远超寻常便不难想见了。如此写来，引发观者思考的同时，其实也提升了观者对于这份悲情的期待阈值。后之笔墨，也就可以顺势极尽摇荡，直接作用于肺腑情肠。后文汤显祖历述其世其人，便是以奇情为纲。其令人清晰看到，究竟是一些怎样的经历，怎样的言行，在不断渲染强化这份不忍与深恻。那些艰难生涯中保有德色者，甫过弱冠抱憾而终却欲后人知其贵志以殁者，其中精魂不灭，令人动容，确非寻常世家所能比。其后写及孤儿寡母，汤显祖更截取了一幅异常动人的图景——

---

① （明）汤显祖著，徐朔方笺校：《汤显祖集全编》，第1489页。
② （明）汤显祖著，徐朔方笺校：《汤显祖集全编》，第1486、1487页。

六岁时，秋夜，起见月华，云成五色蔽天。呼母卢起视。惊喜，令儿整襟肃拜。见短发萧萧印月下，恸欲绝。为述亡考读书时事，相抱痛哭。而云中雁声裂然。嗟乎，闻此而有不泫然者，情耶。①

这一段文字少有修饰铺排，文词精洁，如以作画为喻，正是不假颜色，线条简单，却能够直接摇撼肺腑。究其原因，无非是其中情感力量的强大——血亲骨肉之情，生死睽违之情，相依为命之情，继志不忘之情，任何一种，都足以牵愁引恨，令人泫然。更何况是数种汇聚，一齐袭来。其中喜悲交迸，今昔齐至，不复是雁声裂云，而是此情此景，摧折金石。"见短发萧萧印月下，恸欲绝"，若不经意，而见深情，这正是归、汤二人极为相似的所在。蒋如奇评此文则称："叙述奇绝。一部《还魂》，未必抵此文之痛。"②动人至与《牡丹亭还魂记》相提，其笔端缠绕之至情，于此可谓揭然。

为陌生人作序，尚能如此，那些题写师友的篇章，就更显情词淋漓了。像《睡庵文集序》的结尾，汤显祖的笔端就蓄满深情——"发端未识，得其里人与之患难而迫之起；功力未竟，得朝贵者与以贱贫而恣之成。彼人者，无乃过为福德与。是睡庵可以恢然逌然，以山川为气质，以烟霞为想似，以玄释为饮食，以笑叹为事业。纵横俯仰，概不由人。道与文新，文随道真。情智所发，旁薄独绝，肆入微妙，有永废而常存者"③。如此不遗余力地称美，其倾倒之意，又何用多言。对于世之不公，汤显祖则无疑表现出了极大的轻蔑与痛恨。何谓知己，如此便是。

至于师者，《明德罗先生诗集序》同样极尽赞美之能："吾游夫子之世矣。所至若元和之条昶，流风穆羽，若乐之出于虚而满于自然也，已而瑟然明以清。夫子归而弟子不得闻于斯音也，若上世然矣。夫子在而世若忻

---

① （明）汤显祖著，徐朔方笺校：《汤显祖集全编》，第1487页。
② 毛效同编著：《汤显祖研究资料汇编》，第465页。
③ （明）汤显祖著，徐朔方笺校：《汤显祖集全编》，第1453页。

生,夫子亡而世若焦没。"① 汤显祖从罗汝芳游,寻常睽违已生隔世之叹,果真生死相隔,自然哀恸若失,师弟子之情笃,焕然墨色间。达观之于汤显祖,则是在师友之间,《滕赵仲一生祠记序》《李超无问剑集序》两篇都写到了达观的被祸身死,其文如下:

  后一年,而紫柏先生来视予,曰,且之长安。予止之曰:"公之精神才力体貌,固不可以之长安矣。"先生解予意,笑曰:"我当断发时,已如断头。第求有威智人可与言天下事者。"予曰:"若此,必赵君可。"久之,则闻朝士大哗,而赵君去。又久之,几起大狱。而紫柏先生死矣。②(《滕赵仲一生祠记序》)

  一日,问余,何师何友,更阅天下几何人。余曰:"无也。吾师明德夫子而友达观。其人皆已朽矣。达观以侠故,不可以竟行于世。天下悠悠,令人转思明德耳。③(《李超无问剑集序》)

  一则曰"而紫柏先生死矣",一则称"其人皆以朽矣",语气淡然,不见呼痛,然而不动声色间,却带出了最无可奈何的直面,以及那份难以置信,进而传递出最令人心碎的痛惜。所谓情词淋漓,"援情而穷",常常并不是以宣泄铺排的方式出现。日常絮语,日常画面,最平淡无奇之处,最见深情。这一点,汤显祖无疑是深谙的。

  要之,援情以穷,可以穷世,也可以穷人,当然也可以穷情及理。所谓援情,不过是一种立场,或者说是一种路径。援情以穷,可以论议,可以叙说,也可以描绘。援情以穷,可以是章法,可以是修辞,也可以是字句。援情以穷无疑展现了汤显祖始终贯彻的对于情的倚重和强调。写入文章,就是情识绰约,情词淋漓。就连《青莲阁记》这类为别人楼阁作记的

---

① (明)汤显祖著,徐朔方笺校:《汤显祖集全编》,第1541页。
② (明)汤显祖著,徐朔方笺校:《汤显祖集全编》,第1458页。
③ (明)汤显祖著,徐朔方笺校:《汤显祖集全编》,第1495页。

篇章，亦是援情下笔。开篇想象李白，情思摇漾——"李青莲居士为谪仙人，金粟如来后身，良是。'海风吹不断，江月照还空'，心神如在。按其本末，窥峨嵋，张洞庭，卧浔阳，醉青山，孤踪晻映，止此长江一带耳"[①]。终篇更以清远道人的身份劝慰那位青莲阁主人：

> 道人闻而嘻曰："有是哉，古今人不相及，亦其时耳。世有有情之天下，有有法之天下。唐人受陈隋风流，君臣游幸，率以才情自胜，则可以共浴华清，从阶升，娱广寒。令白也生今之世，滔荡零落，尚不能得一中县而治。彼诚遇有情之天下也。今天下大致灭才情而尊吏法，故季宣低眉而在此。假生白时，其才气凌厉一世，倒骑驴，就巾拭面，岂足道哉。"海风江月，千古如斯。[②]

这一段文字，就是援情入理的典型。在关于世相、事理的讨论中，如果有了"情"的厕身，就不仅仅是平添一味真切温厚，其实也多了几分别致动人。时世之差异，人才之差异，这是老生常谈的话题。汤显祖却可以另出己见，作"有情天下"与"有法天下"之分别，思致不落常俗可见。进一步提出倘若异代而处，则有才如李白也难免零落，低眉如季宣却可能凭着才气凌厉一世。由此，世之差异判然可睹，人才之相近相似也得到了说明。此处即为援情而穷的典型笔墨。今昔之间，未必今人果逊前人，时世之全然有别才是最为主要的"影响因子"。"海风江月，千古如斯"，正是如此。时世有异，才情无差，则才情受制于时世可知。这大概就是千古才人所不得不面对的困局。沈际飞称"末段必传"，信然。决定其必传的，当然就是通过"援情以穷"的笔墨而呈现的所谓别见卓识——真切，而又灵动飞荡，且其意隽永不灭，一如海月江风。

---

① （明）汤显祖著，徐朔方笺校：《汤显祖集全编》，第1577页。
② （明）汤显祖著，徐朔方笺校：《汤显祖集全编》，第1578、1579页。

三、写理入微

作为泰州学派三传弟子罗汝芳的学生，汤显祖每以"道学"作为批评的一个最高范畴。比如他在《复甘义麓》中就称："弟之爱宜伶学二《梦》，道学也。性无善无恶，情有之。因情成梦，因梦成戏。戏有极善极恶，总于伶无与。伶因钱学《梦》耳。弟以为似道。"① 在他看来，"天下之物，最大者无如道与法。希微渊沦，潦恍浡郁，道之存也。劙错莹荡，方俨员幅，法之持也。法与道际，可以言心，可以言天下。心与天下，道法之所营也。性命功实节烈名誉之士，无一不在乎是。时一意之，时一至之，皆足以有言于时。而况其存与持焉者哉"②。而在这样一个学养背景下，精于议论，写理入微，很自然就成了汤显祖古文写作的突出特点。

论说文自然首当其冲。汤显祖集中有三篇"说"，列在《汤显祖集全编》诗文卷三十七，是《玉茗堂文之十》。这三篇说分别是：《贵生书院说》《明复说》《秀才说》。探究汤显祖学说思想与其师承、与心学的关联，这三篇文章可谓重中之重。《贵生书院说》《明复说》直承其师罗汝芳思想主张而来，罗汝芳强调"生生之德""赤子之心"，并以此二者进一步就所谓"心""良知"做出阐发。汤显祖这两篇文章，同样紧扣住了"生生之德"来展开论说。《贵生书院说》开篇即云："天地之性人为贵。人反自贱者，何也。孟子恐人止以形色自视其身，乃言此形色即是天性，所宜宝而奉之。知此则思生生者谁。"③ 以切要之论开篇，思致的力

---

① （明）汤显祖著，徐朔方笺校：《汤显祖集全编》，第1941页。
② （明）汤显祖著，徐朔方笺校：《汤显祖集全编》，第1464页。
③ （明）汤显祖著，徐朔方笺校：《汤显祖集全编》，第1643页。

量往往顿见。之后作者又提出疑问，自设波澜，自然将论说层层推进，引出"生生者谁"的思考。生生之德在天，生生之德亦在亲，所以才有"仁孝之人，事天如亲，事亲如天"①，甚至"事死如生"。在此基础上，作者又进一步推衍：

> 子曰："天地之大德曰生，圣人之大宝曰位。"何以宝此位，有位者能为天地大生广生。故观卦有位者"观我生"，则天下之生皆属于我；无位者止于"观其生"，天下之生虽属于人，亦不忘观也。故大人之学，起于知生。知生则知自贵，又知天下之生皆当贵重也。然则天地之性大矣，吾何敢以物限之；天下之生久矣，吾安忍以身坏之。②

这段文字在直接道出"生"为天地之大德之后，继续围绕"生"与"位"之间的关系再做申说，论及有位者与无位者在"生"这一问题上的区别，也即"观我生"与"观其生"的分别。生固有大小，贵生却当如一。所谓大人之学，即从"知生"而起。能够知生，便知自贵。不仅贵一己之生，也是贵天下之生。由此，则"贵生"与"生生"、与"仁"之间的关联也就呼之欲出了。之后作者再进一步补充：之所以贵生，是不以一己而限天地之性，同时也不以一身坏天地之生。所以，"贵生"的内核，就不止自贵而已。贵一己之生，是贵天下之生的必然前提。如此丝丝入扣，反复申说，正是"写理入微"的突出表现。

《明复说》与此篇非常接近，心学色调分明，且是从罗近溪一脉而来。其文开篇就有：

> 天命之成为性，继之者善也。显诸仁，藏诸用，于用处密藏，于仁中

---

① （明）汤显祖著，徐朔方笺校：《汤显祖集全编》，第1643页。
② （明）汤显祖著，徐朔方笺校：《汤显祖集全编》，第1643页。

显露。仁如果仁，显诸仁，所谓"复其见天地之心"，"生生之谓易"也。不生不易。天地神气，日夜无隙。吾与有生，俱在浩然之内。先天后天，流露已极。故曰："君子之道费而隐。"费者浩费，隐者深隐也。血气心知乘之，有不尽之用。①

汤显祖之说理，惯用这种层层剥茧的方式，分而论之，不断推进。既然说"性"是天命之成，性之后有善，其实就带出了一个问题：明复的必要性何在？所以汤显祖接着阐发性与善的存在特性。"于用处密藏，于仁中显露""吾与有生，俱在浩然之内""费者浩费，隐者深隐"，这样的议论足见精要深微。性与仁，与天地之心，与生生，与君子之道，其实都是一意。讲清楚这一层，也就不难理解何谓"率性""知性""见性"。接着分述"明"与"复"，其实不过是为了进一步观照"性"的特点。其中尤为值得注意的是，汤显祖认为"自诚明谓之性"，就是所谓"赤子之知"②，无须外求——此论正是对其师罗近溪的承续之处。而所谓"复"，则是"乾知之始也"③。沈际飞对此篇之评——"其别解处却是正解"，正道出了汤显祖说理的那份熨帖与别致。

至于《秀才说》一文，其特别之处则是在说理之时引入自身，于是顿增一分亲厚生动，消解了说理的板滞枯索。这同样也是"写理入微"的表现之一。其实除了以上三篇"说"，汤显祖的他体文章亦多精辟之论。史识超拔，如《岳王祠志序》就是此类。论及岳飞遭际，是文写道：

观金起时，其君臣父子叔侄将相之间，皆意念深毅，经略雄远，非可狞狞乘弊而竟者。且其时诸将并以诏还，王以偏师济乎？夫王以归而死，得为世所哀怜。佻而往，王之为王，未可知也。王所谓进退维谷

---

① （明）汤显祖著，徐朔方笺校：《汤显祖集全编》，第1645页。
② （明）汤显祖著，徐朔方笺校：《汤显祖集全编》，第1646页。
③ （明）汤显祖著，徐朔方笺校：《汤显祖集全编》，第1646页。

者与。[1]

    此即不落流俗又特具见地之见。翠娱阁所评即称:"如此论事,方是置身于古人之中,置心于古人之胸。岂是拮人齿牙,恣己偏见。"[2] 至于观世有法,《读漕抚小草序》等皆为其属。论及文学,也时有精当之见——无论对有明一代文坛的把握,还是回溯明以前的文学发展,抑或就文学本身发表高见,皆有不少令人过目即感难忘者。甚至一些看似"陈套"的议论中,也有新见迭出。沈际飞评《金竺山房诗序》就有:"以地论人,迩来作叙之套。然出自才人之笔,自有异姿。"[3]

---

[1] (明)汤显祖著,徐朔方笺校:《汤显祖集全编》,第1507页。
[2] (明)汤显祖著,徐朔方笺校:《汤显祖集全编》,第1508页。
[3] (明)汤显祖著,徐朔方笺校:《汤显祖集全编》,第1545页。

第三节
自成一家的小品

由古至今,汤显祖向被认为是中晚明小品文名家,尤以尺牍一体为世所称。沈际飞《玉茗堂尺牍题词》即有:

为诗磨韵调声,为赋繁类掞藻,为文镕经铸史,为词曲工颦妍笑,皆有意立言,久而后成。至于裁书叙心,春容千言,寂寥数字,挥毫辄就,开函如谭,自非内足于理,外足于辩,学无余沈,品无留伪者,其书不工;虽工,而不可与千万人共见也。汤临川才无不可,尺牍数卷尤压倒流辈。盖其随人酬答,独摅素心,而颂不忘规,辞文旨远。于国家利病处,缅缅详言,使人读未卒篇,辄憬然于忠孝廉节。不则惝恍沉潾,泊然于白衣苍狗之故,而形神欲换也。又若隽泠欲绝,方驾晋、魏,然无其简率。而六朝以还,议论滋多,不复明短长之致,则又非临川氏之所与也。呜呼,不以临川之牍射聊城,而徒供寒暄登答,烂熳云烟,亦何足以竟其用哉!选成为之三叹![1]

确如沈氏所评,汤显祖的其他文体,"有意立言"的特性甚为分明,基本都经过一番熔裁,"久而后成"。其尺牍的特别,就在于全然消解了这份刻意,同时充分展现了一份真切率性——可以长则长,可以短则短,

---

[1] 毛效同编著:《汤显祖研究资料汇编》,第452页。

学养、思致、性情皆可谓焕然。其间,既有对于"国家利病"的议论痛陈、关切满纸,也有写及世事苍茫却能够令读者神远的色色文词,还有几乎可以追步六朝的冷俊简远,议论清切。所以在沈际飞看来,汤显祖几乎称得上"才无不可",却尤其在尺牍写作上擅场,所谓"尺牍数卷尤压倒流辈"是也。

吴承学《晚明小品研究》认为:"万历年间,公安派的创作,标志着晚明小品开始出现高潮。但是在此之前,晚明小品已达到相当高的艺术水平。"①汤显祖就是晚明小品略早于公安派的重要作家。关于汤显祖小品文的特色,吴承学《晚明小品研究》有议论如下:

汤显祖尺牍一般篇幅短小。三言两语,潇洒自如,而其中大有意趣。②

汤显祖尺牍,尤其是晚年尺牍,写得行云流水,舒卷自如,而颇有意趣。③

汤显祖尺牍,清丽雅致,隽永飘逸,文采飞扬,可称为文采派尺牍。汤显祖在语言形式上非常讲究,尤其喜欢简洁高雅的表达方式。④

……汤显祖尺牍吸收了六朝骈文小品之精华,而达到颇高的艺术水平。其高妙之处,在于用骈文句式把复杂的人事和感情表达得如此生动流畅。这也是一种非同寻常的文字功夫。⑤

由此数段文字可知吴承学《晚明小品研究》同样认为尺牍就是汤显祖小品文主要成就所在,其具体特性是语近六朝,文字舒展,大有意趣。应

---

① 吴承学:《晚明小品研究(修订本)》,第76页。
② 吴承学:《晚明小品研究(修订本)》,第80页。
③ 吴承学:《晚明小品研究(修订本)》,第81页。
④ 吴承学:《晚明小品研究(修订本)》,第82页。
⑤ 吴承学:《晚明小品研究(修订本)》,第82页。

该说，汤显祖的小品文不止尺牍一体，其集中一些小赋、小序，包括著名的几篇题词，历来都是小品文多家集钞收录的对象。作为略早于公安派，同时又和公安三袁有交的小品文作家，汤显祖的具体创作恰恰呈现出与小品文写作主流，也就是所谓"时风"颇为相异的特质。

首先，以公安三袁为代表的小品文作家，笔下总是呈现出对于山水的痴迷与耽留。山水，基本是作为一个固定的审美对象出现在他们的小品文中。汤显祖则不然。在他的小品当中，可以说很少看到山水的踪迹。他观照的对象，几乎不外乎世情、人情，这便是汤显祖小品写作旨趣与诸家相异之一端。

其次，晚明小品的泠然意趣，基本来源于作家们对于性灵、对于诗意的标举，以特殊的言行举止区别于众人，在观照角度、体认感受的独特中凸显和强化那份过人的诗情。汤显祖的小品，其意趣重点依然不在诗意，而在其观照世情的那份深切，以及书写人情的那份深挚。可以说，特具诗性，是晚明小品的共性；特具情识，却是汤显祖小品文的独特所在。

再次，晚明人重六朝小品，看重的无非就是其"记言则玄远冷俊，记行则高简瑰奇"①，以此而形成玄远冷俊、出尘拔俗之文风。然而汤显祖学习六朝，所重并不在此。汤显祖对于六朝的看重，更多的是在语言形式的骈偶清丽。小品文力主自由、恣意，以骈偶结篇的方式，明显就带来了迥异的情致——于整饬中更见深宛，于拘束中逸出清隽。

总之，汤显祖小品的别致超拔，往往不在刻意标举，更没有致力于日常审美，致力于树立范式，而是根源于其识见的独到与超拔，可以说是因思致之过人而动人。另突出的动人之处，则在文中的情思摇漾——那些父母兄弟、友朋师生之间看似寻常的情感，在汤显祖的笔下往往有着深挚的品格，纯然出自肺腑，娓娓絮语，真气漫溢，令人动容。略而论之，识见夺人、特具深情、出语隽拔、流转自如就是汤显祖小品文最为突出的

---

① 鲁迅：《中国小说史略》，人民文学出版社1973年版，第47页。

特色所在，以下将就此分而论之。

一、识见夺人

沈际飞评汤显祖《答刘士和》一则有："大识见大议论以数字出之。"①汤显祖小品文最为突出的一项特征，就在其识见之过人——无论是就时世国事而发，还是论及交道世相，或者是就诗文、词曲而加以论议阐发，均高明拔俗，出语或凝练，或激切，汤显祖不惧忤人，更不惧忤世忤时。

汤显祖惯于在尺牍中观世论世，颇有论及当日朝政之笔。像《再奉张龙峰先生》即有：

中治者，其人公然邪而或留，公然直而或去。非尽其私暗，乃以为术而轻重之。然术未脱于门而疑填于市矣，术安得施！近时名卿大夫，亦多上比执政而以为用。执政尚刑名，则亦杀人；执政恶言者，则亦不善言者。自谓吾将用相国，然已为相国用矣。②

这一段文字，语及"近时"，又是写给自己老师的书信，却丝毫不见避忌，出语切直，意气逼人。可以与《论辅臣科臣疏》对看，无非是从另外一个角度谈及了"为私门蔓桃李"③的问题，同样意在"正君臣之义"④。

《答舒司寇》一则论及国事，同样也是"缅缅详言"，力陈己见，丝毫不以得罪为念，令人叹为观止。其文写作：

---

① （明）汤显祖著，徐朔方笺校：《汤显祖集全编》，第1748页。
② （明）汤显祖著，徐朔方笺校：《汤显祖集全编》，第1713页。
③ （明）汤显祖著，徐朔方笺校：《汤显祖集全编》，第1705页。
④ （明）汤显祖著，徐朔方笺校：《汤显祖集全编》，第1701页。

窃观先师有戒，壮在斗而衰在得。盖血气有余，宜受以不足；不足，又宜受之以有余，自消息自补引，亦"观其生，进退"之义也。如此然后可以观民。诸言者诚好事，中多少壮。盖少壮多下位，与物论近，与老成更历之论远。相与党游，而执政之游绝。故其气英。既不习于事，又不通于执政之情。名位轻而日月长，去就不至深护。或以此自惠。议随意生，风以羽成。斗诚有之，未足为定也。而诸老大臣又多不喜与少年郎吏有风性者游。物论既寡所得，又进而与执政亲，熟其恩礼宴笑，因知其所难。物盈而虑周，中多眷碍。如井汲且收，不复念瓶羸也。故倾朝中尊卑老壮交口相恶，莫甚此一二年余。人各有心，明公以诸言事者多恶少，正恐诸言事者闻之，又未肯以诸大臣为善老耳。[①]

观此，则当日朝堂之真实状况可知。言官多少壮，大臣多老成，少壮老成之间，因身份地位之差异，导致行事迥不相侔，以致"交口相恶"。则朝臣之"相与党游"分明可见，意气、戾气一时漫溢，朝政纲纪之陵替隳坏无须多言。而汤显祖之议论笔墨，未尝空发、极中时弊之特性自然也无须多言。

当然，小品文中这一类议论通常不是出之以横肆铺排，洋洋洒洒，而是以精粹凝练见长。像《与李道甫》一则，就很典型。其文曰：

知仙舟今日客满，明当一出。夫用人者，主人之才；为人用者，必非主人也。长者常能诱人；诱于人者，必少年儿也。难动者精奇，易动者必蚩蚩之民也。目中谁当语此。[②]

寥寥数语，道尽世相。结尾"目中谁当语此"，又尽深宛之妙。沈际

---

① （明）汤显祖著，徐朔方笺校：《汤显祖集全编》，第1714页。
② （明）汤显祖著，徐朔方笺校：《汤显祖集全编》，第1722页。

飞称"胜读一则子书",以其奇警飞荡处而论,此评确有得处。

深宛之外,也时见切直痛快。汤显祖论文主奇气,其为文亦是奇气淋漓。《复刘郡伯》一篇,汤显祖就修府志问题答知府,其观点、语气就颇有些咄咄逼人、锋芒毕露。其文写作:

辱以郡乘下询。意三十年中人物,皆在耳目之前。乡贤官以媚人,何得依乡作传?名宦人以媚官,未审以何而名?大可忘言,细复何述?若兵食杂志,只取各县规条,浃夕而成,又无需立局也。[1]

这段议论,是彻底否定了修志的必要性,不留情面地径然戳穿了府志的虚浮空洞,没有任何客气,更没有任何转圜。翠娱阁本评此一则即有:"直是开不敢开之口。志书可以不作。"评及"乡贤官以媚人"几句,更直接说:"忤世语。极快。"所评可谓确当。汤显祖尺牍中的议论笔墨,往往呈露出无所顾忌、直刺要害的特点,并不因书写对象身份地位的特殊而呈现出差异,沈际飞所谓"品无留伪"显非虚言。因为这些议论的存在,汤显祖的小品往往呈现出文气飞动、文意精警的特色。

论及交道、世道的所谓警策,汤显祖小品文中实有不少:

世之假人,常为真人苦。真人得意,假人影响而附之,以相得意。真人失意,假人影响而伺之,以自得意。[2](《答王宇泰太史》)

清虚可以杀人,瘴疠可以活人。[3](《寄帅惟审膳部》)

---

[1] (明)汤显祖著,徐朔方笺校:《汤显祖集全编》,第1785页。
[2] (明)汤显祖著,徐朔方笺校:《汤显祖集全编》,第1739、1740页。
[3] (明)汤显祖著,徐朔方笺校:《汤显祖集全编》,第1762页。

治世人多于事，否则事多于人。①（《答邹尔瞻》）

至于世局纷呶，正坐人生有欲。②（《答高景逸》）

直心是道场。道人成道，全是一片心耳。③（《答诸景阳》）

吾辈初入仕路，眼宜大，骨宜劲，心宜平。④（《寄李孺德》）

能够出语警拔，与汤显祖观照的独到、体认的深入直接相关，加上扼要凝练的文字表达，便自然掷地有声了。汤显祖的难得，在于这些警策基本不见刻意、用力，随文杂出，又洞见在在，精光四射，信笔涂抹间，遂为这些随人酬答、独撼素心的文字平添了一份深邃与透辟。

像是《答凌初成》一篇，论及歌曲变化、曲学相关，所见即远过时侪，令人耳目为之一新。前文谈及汤显祖戏曲主张时已有引证，兹不烦再引，以观其论断之精——

不佞生非吴越通，智意短陋，加以举业之耗，道学之牵，不得一意横绝流畅于文赋律吕之事。独以单慧涉猎，妄意诵记操作。层积有窥，如暗中索路，闯入堂序，忽然溜光得自转折，始知上自葛天，下至胡元，皆是歌曲。曲者，句字转声而已。葛天短而胡元长，时势使然。总之，偶方奇圆，节数随异。四六之言，二字而节，五言三，七言四，歌诗者自然而然。乃至唱曲，三言四言，　宁　节，故为缓音，以舒上下长句，使然而自然也。独想休文声病浮切，发乎旷聪，伯琦四声无入，通乎朔响。安诗

---

① （明）汤显祖著，徐朔方笺校：《汤显祖集全编》，第1846、1847页。
② （明）汤显祖著，徐朔方笺校：《汤显祖集全编》，第1909页。
③ （明）汤显祖著，徐朔方笺校：《汤显祖集全编》，第1910页。
④ （明）汤显祖著，徐朔方笺校：《汤显祖集全编》，第1916页。

第五章　汤显祖的文赋与小品创作

填词，率履无越。不佞少而习之，衰而未融。乃辱足下流赏，重以大制五种，缓隐浓淡，大合家门。至于才情，烂熳陆离，叹时道古，可笑可悲，定时名手。不佞《牡丹亭记》，大受吕玉绳改窜，云便吴歌。不佞哑然笑曰，昔有人嫌摩诘之冬景芭蕉，割蕉加梅，冬则冬矣，然非王摩诘冬景也。其中骀荡淫夷，转在笔墨之外耳。若夫北地之于文，犹新都之于曲。余子何道哉。[1]

文章的议论颇为精要。"皆是歌曲"云云，便富于洞见。强调变化，无非是为了突出以格律相绳，不知诗意生机之所在的僵化与荒谬。短短一篇当中，笔意纵横古今，议论信手拈来，既有鞭辟入里之感，也分明道出他人所未道，所谓特具卓识是也。更在腾挪跌宕间，嬉笑怒骂，批评指斥，字数无多也自见跌宕开阖，真可谓才气纵横，意气纵横。

尺牍而外，汤显祖题词诸作的议论也颇多精彩。《牡丹亭记题词》堪称"至情论"的一则宣言，将"何为至情"道得既简扼又淋漓，其文开篇即有：

天下女子有情宁有如杜丽娘者乎。梦其人即病，病即弥连，至手画形容传于世而后死。死三年矣，复能溟莫中求得其所梦者而生。如丽娘者，乃可谓之有情人耳。情不知所起，一往而深，生者可以死，死可以生。生而不可与死，死而不可复生者，皆非情之至也。梦中之情，何必非真。天下岂少梦中之人耶。必因荐枕而成亲，待挂冠而为密者，皆形骸之论也。[2]

杜丽娘这一形象的动人，正在其堪称"至情"的化身。文章开篇，以

---

[1] （明）汤显祖著，徐朔方笺校：《汤显祖集全编》，第1913、1914页。
[2] （明）汤显祖著，徐朔方笺校：《汤显祖集全编》，第1552页。

简扼数语，勾勒了杜丽娘不同于"一般"的"有情"，即因梦而病，病而至死，死而后生。此后，再就"至情"慨然而论，指出"至情"的核心即"不待"。不待论其条件，更不待论其"真假"。文章议论切要而横肆，思致深微，金句迭出。

至于篇末，汤显祖又进一步叹道：

嗟夫，人世之事，非人世所可尽。自非通人，恒以理相格耳。第云理之所必无，安知情之所必有邪。①

叹惋中，再就情与理的关系问题加以申说。不论此处是否以"情"破"理"，汤显祖都充分展现了情与理迥乎不同的特性，此处之理，显然就不是所谓至理、天理——因为至理、天理也就是所谓至情，此处之理，正是与情判然二者的所谓常理、事理。我们无法从常理来对情加以轩轾，同样也无法从至情出发推揣常理。"情有者理必无，理有者情必无。真是一刀两断语"②，这是汤显祖《寄达观》的开篇所言，与此即为如出一辙。汤显祖所受达观之影响，不可谓不深，尤其是在他写作《牡丹亭》时。汤显祖不但工于言情，也深于论情。"梦了为觉，情了为佛"③，"临川四梦"其余诸梦相关题词，同样不乏精辟之论，通透之见，读之使人对于情、梦之间有更为深入的思考，进而能够对所谓"因情成梦，因梦成戏"④有更多的会心与了然。

情爱一事，历来不乏议论、阐发，然而像汤显祖这样上升到思想高度，拈出所谓"至情"来理解人生，诠释"道体""心性"的，却实在不多。汤显祖议论的高蹈绝妙，正在于此。以小品为之，则其精妙隽永，更不待言。

---

① （明）汤显祖著，徐朔方笺校：《汤显祖集全编》，第1553页。
② （明）汤显祖著，徐朔方笺校：《汤显祖集全编》，第1798页。
③ （明）汤显祖著，徐朔方笺校：《汤显祖集全编》，第1555页。
④ （明）汤显祖著，徐朔方笺校：《汤显祖集全编》，第1941页。

二、特具深情

特重"性灵",是晚明人写作小品的主流风气。汤显祖以"尺牍"为代表的小品文,却显然没有被这"性灵"风尚笼摄席卷。较之"性灵",汤显祖小品文更为突出的是所谓"深情"。笔触所及,每每皆是情之缱绻深挚,或为骨肉亲情,或为友朋厚谊,或是旅情宦情,生涯种种,皆在其中。"缘境起情,因情作境"①,不但见诸汤显祖他体文章,小品一体,可谓同样典型。这就是汤显祖论文主情,其思想以"至情论"为核心的必然反映。

于《与司吏部》这封以"拒绝"闻名的尺牍中,汤显祖借用《与山巨源绝交书》的格套,痛陈"断不可北者有五",首当其冲拒绝"北地"的前两个理由,所呈现的就是汤显祖对父母幼儿的拳拳深情。其文写作:

父母与子,异息分身,丝忽悬虑。纵以受事乏其温清,何得更忍阔离疏隔闻问乎!南都去家,水行风利,可五日所。家大人不远一来至,月一相闻也。北则违绝常百余日,子不知父母。一也。仆亡妇二年矣。遗息阿蘧八龄,阿耆六周耳。推燥分甘,用父代母,至今两儿尚枕藉怀腕,行则牵人衣带,引凉避风,衣食加损,视病汗下,非仆不可。在北鞅掌,何能视儿。二也。②

沈际飞评此即称:"若士妙腕,最善写骨肉深情。"③此言非虚。汤显祖从来未将仕宦置于亲情之前,所以每每深引为幸者,无非双亲健在、稚子

---

① (明)汤显祖著,徐朔方笺校:《汤显祖集全编》,第1593页。
② (明)汤显祖著,徐朔方笺校:《汤显祖集全编》,第1719、1720页。
③ (明)汤显祖著,徐朔方笺校:《汤显祖集全编》,第1722页。

绕膝。早年功名未就之时，其于《答龙君扬》诗前小序即有：

  足下遗物，兼问我属趣何似。一向无异，止有清夜秉烛而游，白日见人欲睡。复是草庵河上，家徒四壁；药肆人间，口无二价。一动九连之井，去舍百步之园。或临春送腊，首夏兼秋，定有欢悲，终焉翰墨。释兹而外，酒则时一中之；由斯以谈，色则谁为好矣！有子龆年扶床巧笑，大母魏夫人吹饴弄之，有童孺之色。严君用是欢笑，第欲我在云台之上耳。①

  晚岁罢官家居，写给友人的信件依然强调："所幸高堂健饭，稚子知书，班斓之色，吾伊之声，差慰晨夕耳。"② 可见于汤显祖，重视骨肉深情从来就不是托词，更不是装点，而是贯穿其生涯终始，不曾更易减损的人生态度。骨肉亲情在侧，便可以泛散南郎；骨肉亲情在侧，即远胜云台之上。晨夕堪慰，素心无忧。将此写入文中，字里行间，拳拳可辨，真切亦可辨。而所谓言之"有物"，从来就不离此项。
  至于友情，则是汤显祖尺牍中出现频次最高、占据篇幅最多的一项内容。每次写到友情，只觉墨迹间光色动人，情境一时毕现，一时鲜活。有时是直书失友之恸，情切感人——"谒上官不得意，忽忽思归，辄思惟审。或舟车中念及半生游迹，论心恸世，未尝不一呼惟审也。惟审仙去，里中谁与晤言，浪迹迟归，殆亦以此"③。有时是回忆过往，踪迹历历，焕然目前，其中相思缱绻，何待文词——"不佞弱冠时，庚午冬，同令先公春试同旅舍，对窗扉而卧，先晨起者，必拊背而笑……壬午，生赴春官，过杭州，湖上卧雪者月余。生之制义，并是此时所作。每一篇出，先公必

---

① （明）汤显祖著，徐朔方笺校：《汤显祖集全编》，第207、208页。
② （明）汤显祖著，徐朔方笺校：《汤显祖集全编》，第1792页。
③ （明）汤显祖著，徐朔方笺校：《汤显祖集全编》，第1764页。

为喷饭绝倒，夸其必传"①。有时则是念念在兹，情思摇曳。汤显祖写与三袁的尺牍，可以说都是此例。且看其具体文字：

出关数日作恶。念与君家兄弟五六人，相视而笑，恍若云天。一路待君不至，知君已治吴。吴如何而治？瞿洞观相过，应与深谭。②（《与袁六休》）

蹇散之姿，天幸以金玉之游，牵拘黾勉，忽自忘其非神仙侣也。亦恃王子声在座。交知零露，倏离而去，念之怅然！在都一吏部郎相诒以散局见处，谓可燕南赵北之间，便回马首，不谓墨丝金骨，销缠四年。玉堂人颇记平昌令夜半雪中回啸否？③（《寄袁石浦太史》）

都下雪堂夜语，相看七八人。而三公并以名世之资，不能半百。古来英杰不欲委化遗情，而争长生久视者，亦各其悲苦所至。然何可得也。弟不能世情怆恻事，而于此际无服之丧，无声之哭，时时有之，更在世情之外。小修当此，摧裂何如。天根来，知兄意气横绝，无损常时。而中郎有子而才，稍用为慰。湘沔间正图一把晤也。④（《寄袁小修》）

这几则尺牍，虽然字词偶见六朝妍丽，但整体而言，大类苏黄文字，于短章之中腾挪跌宕，纵横笔意，舒卷自如，同时情语并韵，令人俯仰。知交意绪，正在这样的从容洒落中跃然纸上，因为唯有知交方才会有这般不见任何刻意的自在自由，率性而为中更见情笃。虽然汤显祖难免也会就

---

① （明）汤显祖著，徐朔方笺校：《汤显祖集全编》，第1818页。
② （明）汤显祖著，徐朔方笺校：《汤显祖集全编》，第1808页。
③ （明）汤显祖著，徐朔方笺校：《汤显祖集全编》，第1810页。
④ （明）汤显祖著，徐朔方笺校：《汤显祖集全编》，第1811页。

"世间惟意义之交,多成虚幻"①生出喟叹,但是那些"时忆长安夜雪"②的真切,却仿佛握手相视,一笑豁朗,寻常如斯,却动人如斯。

写情文字,向以"不伪"为难、为佳。汤显祖小品情语之越出流辈,正在其情真意切,并无丝毫伪态。朋辈之时在念中,不仅见诸相关尺牍,就连写给旁人的书信,也不断提及,关切备至。一句"徐天池后必零落,门下弦歌清暇,倘一问之",则汤显祖之为人有情可谓不待论说,未必交深,却可以同情牵怀,一至于斯。《与门人王观生》一篇更写道:"霍林为世疑至此,门下宜往慰之。古人怀一饭,不佞于天下士怀一言也。"③于交谊上不见浮泛只见深厚,于友朋遭际能够感同身受,"修辞立其诚"的所谓"诚"便落到了实处。这也正是汤显祖自己所说:"弟学殖浅骞,然语人未尝不尽其诚。"④还有,"弟从来不能于无情之人作有情语也"⑤。正因为汤显祖能够倾心见诚、有情深挚,其笔下的情深一脉才足以触动情肠、摇落千秋。

三、出语隽拔

汤显祖小品文在语言上的特点,一般认为就在其对于六朝骈文的师法,于是在小品写作中常常可见骈俪结篇、文词轻妍的特性。通常来说,小品文主性灵、尚自然,文字以收放自如为佳。骈句在汤显祖笔下的出现,就是与众有别的一份古雅和整秀,同时也在思致的书写上增加

---

① (明)汤显祖著,徐朔方笺校:《汤显祖集全编》,第1809页。
② (明)汤显祖著,徐朔方笺校:《汤显祖集全编》,第1809页。
③ (明)汤显祖著,徐朔方笺校:《汤显祖集全编》,第1878页。
④ (明)汤显祖著,徐朔方笺校:《汤显祖集全编》,第1875页。
⑤ (明)汤显祖著,徐朔方笺校:《汤显祖集全编》,第1966页。

了一份深恻宛转。

譬如《寄左沧屿》一文,就是娴熟的六朝笔法:

目中如门下,零露蔓草,未足拟其清扬,秋水霜蒹,差以慰其游溯。鸣琴山水,太冲深招隐之情;迟暮佳人,惠休拟碧云之咏。倏焉别去,渺矣伊人。再觏无从,怅伫何及。[1]

同样是写友人别去之后的相思与挂牵,于此以四六骈句出之,明显就减了一味直白强烈,多了一些蕴藉深宛。正如沈际飞所评,"零露蔓草"等句,写出了一份"疏秀"[2]的风致。而"倏焉别去"四句,则是强化了喟叹的意味,在拉长惆怅无主的语气之余含情不尽。

《答吴屺阳》一篇,同样是四六结篇的典型,沈际飞称其"俱午节事,落腕不同"[3]。其文即作:

时维正午,礼直佳辰。偶将豚犬之儿,观于流水;特思鸾凤之友,蓄彼高山。眷何日以游兰,欲因风而采艾。乃辱冲华,及于衰朽。角黍闵灵均之既馁,梧仁感威凤之同餐。雨茶开金缕之香,雪酒映青蒲之色。自美人之为美,与清者而皆清。诸附足以珍完,再肃手而鸣谢。[4]

其实,所谓"落腕不同",在于笔法,同时也关乎风致。如此敷演端午节相关的种种风物节俗,一则增添了古雅与深折,一则突出了整肃与典丽。像"雨茶开金缕之香,雪酒映青蒲之色"这样的表达,就在漾开鲜明光色的同时,也点缀了几笔幽怀深致。沈际飞评汤显祖之文,常见深心婉

---

[1] (明)汤显祖著,徐朔方笺校:《汤显祖集全编》,第2021、2022页。
[2] (明)汤显祖著,徐朔方笺校:《汤显祖集全编》,第2022页。
[3] (明)汤显祖著,徐朔方笺校:《汤显祖集全编》,第1987页。
[4] (明)汤显祖著,徐朔方笺校:《汤显祖集全编》,第1987页。

笔之语。像这样以骈句结撰的篇目，其实正是深心婉笔的典型。

除却六朝的骈俪，汤显祖小品文的语言也从六朝的冷俊上有所取法。时见隽语，就是汤显祖小品在语言上的又一特性。隽语的出现，使得汤显祖尺牍等作，往往有警拔的特色，同时也富于别致的气韵。类似的例子，可谓俯仰皆是。像是《寄万二愚》一则道出的"一不负江西，二不负友，三不负髯"①，就颇具峭拔之势。以掷地铿然的方式，将自身无愧乡邦、友朋、岁月的那份心事，别致地传递出来。《答陆学博》所写"文字谀死佞生，须昏夜为之。方命，奈何"②，也是典型的隽语。认为墓志无非"谀死佞生"，这样的文字无法在光亮中完成，唯有昏夜才与之相配，这一观点本身即有冷峭的意味，再以如此短促凝练的字句出之，就更显峭直非常。故而在沈际飞看来，就是"数字银钩铁画"③，足见其逼人锋芒。

而于骈语、隽语之外，汤显祖的小品文亦颇多妙语。汤显祖的小品文，每每妙于譬喻，既可以在譬喻中委婉抒发，又能够通过譬喻轻易实现趣味与诙谐。像是《答王宇泰》一篇，汤显祖面对王宇泰"委蛇郡县"这样的劝说，就写道："至若应付文字，原非仆所长。必糜肉调饴，作胡同中扁食，令市人尽鼓腹去，又窃自丑。因益以自远。其以远得嗔，仆固甘之矣。"④此处即以制作扁食作讨好郡县之喻，戏谑之余，傲然可见。汤显祖决计难为谀佞之事可见，其笔墨之富于变化、不可限量亦可见。类似的笔触，于《寄高太仆》则写作："吾乡贵人如短尾羊，裁取自掩，何能庇人。"⑤讥诮嘲讽之中，趣味盎然。《答马心易》更有："此时男子多化为妇人，侧行俯立，好语巧笑，乃得立于时。不然，则如海母目虾，随人浮沉，都无眉目，方称盛德。"⑥谀佞之行，于前是制作扁食讨好，于此则是

---

① （明）汤显祖著，徐朔方笺校：《汤显祖集全编》，第1751页。
② （明）汤显祖著，徐朔方笺校：《汤显祖集全编》，第1903页。
③ （明）汤显祖著，徐朔方笺校：《汤显祖集全编》，第1903页。
④ （明）汤显祖著，徐朔方笺校：《汤显祖集全编》，第1740、1741页。
⑤ （明）汤显祖著，徐朔方笺校：《汤显祖集全编》，第1746页。
⑥ （明）汤显祖著，徐朔方笺校：《汤显祖集全编》，第1804页。

化作妇人，做小伏低。没有骨骼，方得立于时，没有面目，方可称盛德。讽刺之辛辣，可见一斑。沈际飞于此即称："如画。不顾剥人面皮。"①汤显祖之不留情面，亦可谓一以贯之。《与刘天虞》一篇，也是戏谑满纸，其文作：

> 意仁兄便起家郎丞以上，不谓更纡南服。迩得宦籍，见作荆郡丞，为兄怅然。然有一耆宿云："荆州措大多如鲫鱼，沙市琵琶多于饭甑。"措大多可憎，琵琶多可近也。仁兄渐北，太宰知我乎？燕烛郢书，弟不为悮。②

此段文字，足见汤显祖笔墨之老辣，嬉笑怒骂，皆成文章，果然堪称"似真似谑，妙状"③。再如《与康日颖》一则，又是在譬喻中暗含嘲谑，思致委婉，耐人寻味。其文见下：

> 读大作，玱玱琤琤，鲜发可喜。加以珑琢，魁卷无疑。苏有妪卖水磨扇者，磨一月，直可两，半月者八百钱。工力贵贱可知。吾乡文字，近不能与天下争价者，一两日水磨耳。④

综上，汤显祖小品文妙于设喻毋庸赘言。这些贴近日常的譬喻使得说理议论呈现出亲切的面容，既不复诘聱又诙谐生动，不过其意蕴却不见得浅露直白。如上引一则，对于近来"吾乡文字"在"工力"上的匮乏，就是借用水磨扇的价格加以暗讽，是所谓"一两日水磨耳"，故此"不能与天下争价"。讥诮没有出之以剑拔弩张，看似温和，其一针见血的特质却依然

---

① （明）汤显祖著，徐朔方笺校：《汤显祖集全编》，第1805页。
② （明）汤显祖著，徐朔方笺校：《汤显祖集全编》，第1866页。
③ （明）汤显祖著，徐朔方笺校：《汤显祖集全编》，第1866页。
④ （明）汤显祖著，徐朔方笺校：《汤显祖集全编》，第2024页。

分明。趣味与诙谐，同样是晚明小品看重的特质。汤显祖笔下趣味横生的妙喻带出的就是一味老辣的诙谐，些许幽默的光色，不经意间便镂刻出鲜活的性情。

可以整饬骈雅，也可以冷俊峭拔，同时还可以绝妙诙谐，汤显祖小品文的语言风格并没有限定在某一种特性上，反而呈现出姿态万千的特性。这充分说明汤氏于笔墨一事上的从容老练、富于变化，也应和了小品文一体不拘一格的那份自在娴雅。像是《与宜伶罗章二》一篇，就是汤显祖小品文中不多见的俚俗口语，这样的语言选取，与写信对象直接相关，不过就在这样的明白如话中，依然不乏深折意蕴。类似"如今世事总难认真，而况戏乎""我平生只为认真，所以做官做家，都不起耳"[①]，夹带着自嘲神色的轻喟中，世相宛然，个性亦见卓然。汤显祖于小品一体的收放自如，足见一斑。

四、流转自如

前论汤显祖古文写作，有所谓"波澜老成"的特性，所道出的正是汤氏对于章法结构的重视，同时老于笔法的特点。汤显祖小品一体，限于篇幅，没有那么多层峦叠嶂，却同样呈现出流转自如的特性。这同样是章法俨然、笔力劲拔的一重体现。

《与曾金简》一则，就是这份流转自如的突出代表。且引其文如下：

山僧携大序来，宛转莲花眷属。白莲乍生，须蕊台盖一时俱生。仁兄妙言初出，悲智愿行一时俱出。此际弟五柳门中，作陶令之攒眉；何时与

[①] （明）汤显祖著，徐朔方笺校：《汤显祖集全编》，第2011页。

仁兄千莲会上，向远公而捧腹。第恐衡山白衣山人不得终隐，为懒残笑耳。回雁有音，迟伫无尽。①

沈际飞评此则，即道："流转如丸。"②此四字道出的，一方面是汤显祖文章意绪繁多却又层次分明的特性，另一方面则是其笔墨在建构层次时的毫不费力、轻巧洒落。尺牍从称美对方文词入手，"山僧""宛转莲花眷属"云云，似乎俱在凸显其幽致。接着作者笔锋一转，指出莲花之喻乃是强调多种美好品质一时并见。接下来笔锋又转，以陶令自比，以慧远白莲会相期。其后旁逸一笔，宛转写出期许。终篇则以蕴藉的方式，期待回音的同时，也逸出些许思念。意蕴层级分明，层级之间递接自如且全无痕迹。这就是苏轼所谓"行于所当行，止于不可不止"。

《与丁长孺》一篇，同样是运笔如飞，情势分明。其文写作：

弟传奇多梦语，那堪与兄醒眼人着目。兄今知命，天下事知之而已，命之而已。弟今耳顺，天下事耳之而已，顺之而已。吾辈得白头为佳，无须过量。长兴饶山水，盘阿寱言，绰有余思。视今闭门作阁部，不得去，不得死，何如也。③

尺牍开篇，以自谦的姿态道出所作传奇特性，堪称一则观看须知——"传奇多梦语"，"梦语"即幻语。太过清醒的立场，是无从懂得其间奥义的。其后是一则针对"知命""耳顺"的妙解。其无所挂碍、从容自若的人生态度可知矣。"吾辈得白头为佳"一句韵甚。"长兴"数语，则是道出此地宜隐的特质。最后的笔墨看似就仕隐两端而言，然而"阁部"一语过于具体，显然是有内涵特定某人的用意。徐朔方认为此数语即针对

---

① （明）汤显祖著，徐朔方笺校：《汤显祖集全编》，第1850页。
② （明）汤显祖著，徐朔方笺校：《汤显祖集全编》，第1850页。
③ （明）汤显祖著，徐朔方笺校：《汤显祖集全编》，第1853页。

王锡爵而发，"若士出于锡爵门下，未便有所云云，而量移遂昌后，不得重返朝廷，为锡爵所困厄，故怨毒颇深"①。此说无论是否，其意之深宛可见。"不得去，不得死"，六字形同一声断喝，出语之铿然有力亦属分明。

《答罗匡湖》一篇，则是一转再转，又仿佛回到了山阴道中。其文见下：

> 市中攒眉，忽得雅翰。读之，谓弟著作过耽绮语。但欲弟息念听于声元，倘有所遇，如秋波一转者。夫秋波一转，息念便可遇耶？可得而遇，恐终是五百年前业冤耳。如何？二《梦》已完，绮语都尽。敬谢真爱，不尽。②

沈际飞评"夫秋波一转"等四句，称"老僧于此悟禅。又一转语"③。实际上，是篇何止一转。市中攒眉之际收到所谓雅翰，其欣喜可知。展信却发现是对所作传奇的批评，其失落可知。此处即一次转折。"过耽绮语"，这是一个很严重的批评。写信之人的期许在于命汤氏"息念"，写出临去秋波那样的所遇。汤显祖的辩驳即为：即便息念，也未必可遇；即便可遇，也未必是所谓胜境。此处又一转。至于"二《梦》已完，绮语都尽"，则是辩驳之后又一转——虽然就"绮语"说了那么多，但实际已无再作的必要。既是对创作状态的交代，也写出了此时怀抱的特殊——已然倾吐殆尽，又何必再写。终篇收束，既表谢忱，也表示犹有未尽。"不尽"二字，正是小品文的情韵所在。幅短神遥，纸短情长，总是"不尽"；言辩无休，何必穷尽，当止于"不尽"。

前人评汤显祖制义特点，有称其以古文法为时文。其实于小品一体，同样能够看到汤显祖以古文法为小品的特性。此处所论"流转自如"，某

---

① （明）汤显祖著，徐朔方笺校：《汤显祖集全编》，第1853页。
② （明）汤显祖著，徐朔方笺校：《汤显祖集全编》，第1859页。
③ （明）汤显祖著，徐朔方笺校：《汤显祖集全编》，第1860页。

种程度上来看，正是作者老于古文文法的明证。短章之中，信笔涂抹，居然可以跌宕腾挪，从容自若，运笔洒落，作迹全无。这与前文所谓"波澜老成"，可谓如出一辙。

结语

汤显祖生活的明代，历嘉靖、隆庆、万历三朝。这个时期，明代已经步入所谓中晚明。时代的各个方面，类似朝政纲纪、思想学说、文坛风尚，还有士人心性，比之前代都出现了较为显著的变化。左东岭谈到这一时期的学术与士人品格，有这样一段论说：

学术的独立带来了相对自由的学术空气，从而形成学者的独立人格与独立思想。明代经由正德、嘉靖两朝，士人品格已不同于前期，其基本趋势是朝着复杂多变方向演进。这又表现在二方面：一是士人人格趋于多样化，他们或贞直不阿，或狂傲自放，或练达老成，或矫激重气等等；二是论人标准难于执一，即不像明前期那样可以用君子与小人的标准来衡量所有士人。[①]

罗宗强《明代后期士人心态》谈及明代后期，也说这是一个"有些异样的时代"——

明代后期历来受到学界的重视。关于它，有过太多的著述。它之所以受到重视，大概就是因为那是一个有些异样的时代。一面是商业繁荣，一面是土地大量兼并、农民生活艰难；一面是城市生活豪华享乐，一面是流民无以为生；一面是皇权的高度集中，一面又是思想的多元化。行将易代

[①] 左东岭：《李贽与晚明文学思想》，人民文学出版社2010年版，第15页。

的末世气象，世态人心，思潮变动，以至明亡之根由，在在都引起治史者之关注。①

汤显祖对于自己所历时代，一向有着清醒的认知。所谓"从容观世，晦以待明"②是也。论及朝政局势，总是精辟有洞见。像是"上有疾雷，下有崩湍，即不此去，留能几余"③数语，则当时士人的生存环境便大略可知。其于《论辅臣科臣疏》更直接指斥：

失此不治，臣谓皇上可惜者有四。爵禄者，皇上之雨露也。今乃为私门蔓桃李耳，其实公家之荆棘也。皇上之爵禄可惜。一也。若群臣风靡，皆知受辅臣恩，不知受皇上恩。岂复有人品在其中乎？皇上之人才可惜。二也。辅臣不破法与人富贵，不见为恩。皇上之法度可惜。三也。陛下经营天下二十年于兹矣。前十年之政，张居正刚而有欲，以群私人嚣然坏之。后十年之政，时行柔而有欲，又以群私人靡然坏之。皇上大有为之时可惜。四也。④

由此四项"可惜"来看，汤显祖所历时代的朝政纲纪已经隳坏殆尽，再无可称。而这么一通上疏，自然会引得万历帝震怒，汤显祖也几乎遭遇不测。得人上下斡旋，方才以"一尉雷阳"结束。所以，行走于这样的时世，汤显祖显然无法得意于科场、宦场，也无法惬意于任何一个特定官职之上，生涯之蹭蹬困厄，毋庸多言。所幸汤显祖可以在洞彻个中关窍之后，依然故我，豁朗以对。无论是多次拒绝北上，固守南部闲郎的职位，还是后来为令遂昌时的"纵囚观灯"，抑或最后选择罢官归家，其实都可

---

① 罗宗强：《明代后期士人心态》，第1页。
② （明）汤显祖著，徐朔方笺校：《汤显祖集全编》，第1723页。
③ （明）汤显祖著，徐朔方笺校：《汤显祖集全编》，第1733页。
④ （明）汤显祖著，徐朔方笺校：《汤显祖集全编》，第1705页。

以看到汤显祖那份傲睨物表的特定姿态。"江海萧条，大是群鸥之致"①，言辞之间，在在皆是分明的不屑与拒绝。

至于此时的文坛，在汤显祖看来，乃是"此道神情声色，已尽于昔人，今人更无可雄"②。虽然从事此道之人并不少，"然而环视天下之为此者亦众矣。其材力，其志意，翩翩焉，兀兀焉，捷疾而争高。巧质之相乘，玄思之相倾，卒未能有所出也。嗟夫，古文词不可作矣"③。所以，"我朝文字，宋学士而止。方逊志已弱，李梦阳而下，至琅邪，气力强弱巨细不同，等赝文尔"④。究其原因，无非就在于此时文字大体打着复古的旗号步趋前代，并无更多特属于自己的"神情气色"，几乎看不到真意，更不要说奇气了。而此二者，才是文章得以灵动的根本所在。无怪乎赝文充斥，而真正言而有物的文章却付之阙如。

于是汤显祖无论为官还是为文，都显然选择了一条不同流俗的路径。没有任何谀佞之色、奔竞之心，只有"当索弟官级之外耳"⑤的清醒与傲然；同时强调"伉壮不阿之气"⑥，也就是所谓"真气""奇气"。有此，方能真正做到"宛转百年之中，淋漓千里之外"⑦。

李惠仪《晚明时刻》一文写道："谈到中国文学的晚明时刻，就不得不涉及几个方面的交错发展：对'情'的强烈程度及其超越性的全新意识，对梦与幻象的痴迷和颂扬，对认知与经验微妙转折的刻饰，对现象世界观察入微、条分缕析的兴致。"⑧令人讶异的是，汤显祖显然不仅在其"临川四梦"这几种有关"梦"的传奇剧作中做到了这一点，他于其他各体文学

---

① （明）汤显祖著，徐朔方笺校：《汤显祖集全编》，第1729页。
② （明）汤显祖著，徐朔方笺校：《汤显祖集全编》，第1736页。
③ （明）汤显祖著，徐朔方笺校：《汤显祖集全编》，第1518页。
④ （明）汤显祖著，徐朔方笺校：《汤显祖集全编》，第1925页。
⑤ （明）汤显祖著，徐朔方笺校：《汤显祖集全编》，第1732页。
⑥ （明）汤显祖著，徐朔方笺校：《汤显祖集全编》，第1758页。
⑦ （明）汤显祖著，徐朔方笺校：《汤显祖集全编》，第1951、1952页。
⑧ 徐永明、[新加坡]陈靝沅主编：《英语世界的汤显祖研究论著选译》，第29、30页。

作品中似乎都呈露出上述特质，预先展示了这一特定时段所具有的色色光景，全面宣告了所谓"晚明时刻"的已然到来。

首先，对于"情"的强烈程度及其超越性的全新意识。正如李惠仪所说，"关于晚明文学中情的深广及其翻山倒海的力量，最常被援用的文字恐怕是汤显祖1598年作的《牡丹亭》题词"[①]。实际上，这一则题词的重点，与其说是"强烈程度"，倒不如说是"超越性的全新意识"。此前强调情之真与深，应该说是代不乏人。但是像汤显祖这样将情推及至境，认为所谓至情已经超越了常理的认知范畴和相关局限，它不存在条件，也不能够被规定、被束缚，它可以冲破一切的阻隔，包括生死。这等于是呈现了一种去到极致，拥有绝对性，甚至成为哲学范畴，可以与"心""良知""天理"互为解释关系的所谓"至情"。在此基础上，汤显祖提出了"世总为情"[②]，这是他思想学说的核心所在。于是他撰写了四部传奇剧作来展开有关"情"的思考——《紫钗记》围绕夫妇成婚、分离、想念、阻隔来结构成篇，呈现的无非是"情之常"；《牡丹亭》探讨情的绝对性，把握的便是"情之至"；《南柯记》用尽幻笔，不仅构建了一个异域世界，也演绎了"情之幻"；至于《邯郸记》，则是着力于情的消解，是为"情之化"。之所以选取传奇作为这样一番思考的载体，则是因为汤显祖看到了戏曲一体与人情之间的密切关系，可以演绎人情万有，可以直接作用于人情。戏曲之外，情的存在也是汤显祖其他文学创作最为令人瞩目的特性。比如小品文对于人情的把握与书写，比如古文的特具深情。至于论诗、写诗，同样也把情放到了最为重要的位置——所谓"情生诗歌"[③]，即为明证。

其次，对于梦和幻象的痴迷与颂扬。汤显祖的"临川四梦"，包括残缺的《紫箫记》，其实都是取材于梦，以梦结篇。就连《紫箫记》《紫钗记》这两种与梦的紧密稍逊一筹的剧作，其间也有对于梦境的书写。甚至《广意

---

① 徐永明、[新加坡]陈靝沅主编：《英语世界的汤显祖研究论著选译》，第30页。
② （明）汤显祖著，徐朔方笺校：《汤显祖集全编》，第1497页。
③ （明）汤显祖著，徐朔方笺校：《汤显祖集全编》，第1497页。

赋》中还写到了一个与命运转折相关的光怪陆离的梦——"先鸿征之一日兮，块见梦乎海神。攒宝异而况观兮，复延欢于巨山"[1]。这显然就充分表现了汤显祖对于"梦"的痴迷、耽留。传奇之外，汤显祖还在不断阐发梦与情、梦与真之间的关系。比如"梦中之情，何必非真"[2]，还有"第概云如梦，则醒复何存"[3]，包括"梦了为觉，情了为佛"[4]，可说都是此类。至与旁人提起这几部作品，汤显祖也总是在强调所作与梦之间的关联。像是"弟传奇多梦语，那堪与兄醒眼人着目"[5]，还有《复甘义麓》的"因情成梦，因梦成戏"[6]，以及《答孙俟居》的"兄以二《梦》破梦，梦竟得破耶"[7]，可谓乐此不疲。其痴迷程度，已是昭然目前。徐朔方《汤显祖评传》同样提到了汤显祖在诗歌中表现出来的对于"梦"的沉迷，据他所论，则有：

这是饶有兴味的一件事实，有确切年代可考的汤氏初还乡诗作，即编入《汤显祖诗文集》第十四卷的前十首诗，提到梦境的竟占其中一半。《答周松阳》"梦去河阳花似远，兴来彭泽柳初分"，才卸任的遂昌知县情况犹如一梦；《初归柬高太仆应芳曾岳伯如春》："几年清梦有长安，不道临川一钓竿"，写的是过去对官场的憧憬，如今虽然未曾完全清醒，却已意兴阑珊，可以说这是《南柯记》和《邯郸记》的遥远而微弱的先声；《初归》说："春深小院啼莺午，残梦香销半掩扉"，那是短暂的午梦；《移筑沙井》说："闲游水曲风回鬓，梦醒山空月在脐"，则是多梦的春夜。

汤显祖的剧作以《四梦》为名。它们都有或长或短的梦境，既是作者人生态度的表白，形式多样，内容不同，而都有一梦，同时又和作者平时

---

[1] （明）汤显祖著，徐朔方笺校：《汤显祖集全编》，第280页。
[2] （明）汤显祖著，徐朔方笺校：《汤显祖集全编》，第1552页。
[3] （明）汤显祖著，徐朔方笺校：《汤显祖集全编》，第1555页。
[4] （明）汤显祖著，徐朔方笺校：《汤显祖集全编》，第1557页。
[5] （明）汤显祖著，徐朔方笺校：《汤显祖集全编》，第1853页。
[6] （明）汤显祖著，徐朔方笺校：《汤显祖集全编》，第1941页。
[7] （明）汤显祖著，徐朔方笺校：《汤显祖集全编》，第1848页。

多梦、善梦，沉溺于梦想有关，甚至和他的生理气质易于入梦分不开。①

除开个体的特性，以"梦"去体察、观照并书写、记录人生，痴迷于幻象、幻境，这当然也是时代色彩的投射与映照。汤显祖，确实无愧是"晚明时刻"的典型代表。

最后，是对认知和经验微妙转折的刻饰，加之对现象世界的观察入微、条分缕析的兴致。应该说，这样的措意与兴致，汤显祖笔下从来就不缺。这一类的表达，不仅仅见诸"临川四梦"传奇中那些梦境的刻画，以及梦境与现实的区分。汤显祖集中大量的对于人情、世态的体贴与观照，由此而生发出来种种高论、种种细致入微的感悟，都是此例。于赋作的"深入寄托""精于文辞"，古文的"说理入微"，小品的"识见夺人"，其实都可看到此等刻饰与兴致的不断闪现。汤显祖文章的兴趣始终都在人情、世相，这固然是受到了"世总为情"等观念的驱策，但也充分说明时代之于其人的牵引。所以就连以抒写性灵为特质的小品，来到汤显祖笔下，也蔚然成为人情之要地，世相之泽薮，精见卓识之层出不穷，每每令人读之难忘。像《与但直生》这样的文字，就是此种光色的一则注脚。其文写道：

良书亹亹，知一意时文字，殊慰。娇儿儿女偶尔流态，不待饰妆，青衣有遇，此殆如梦中婉娈耳。老女施缡，必须庄严精晓。尊章鉴之，姒娣睨之俱可，而后君子安焉。此如醒时迎别，故难易若亹耳。总之男女遇合有命也。直生正当醒时，未能免俗，聊复为之。为之，则得矣。②

以世间男女遇合差异谈文章得失，加之以醒时梦中的分别，这就是非常典型的认知、经验微妙转折的刻饰。娇儿儿女的情态，是一种自然流

---

① 徐朔方：《汤显祖评传》，第123、124页。
② （明）汤显祖著，徐朔方笺校：《汤显祖集全编》，第1863、1864页。

露，仿佛梦中的甜美，自有让人沉醉无端的特质。到了上年纪的女子，即使精心修饰，严妆华服，却实在太过分明，只能是清醒时的一番迎送。如此层层推演，轻易道出了"自然而好"与"人为而精"的迥乎不同，令人较易信服接受的同时又没有板起面孔说教的难耐。这便是观察入微又条分缕析的兴致所致——形容殆尽，刻画毕肖。

于《与司吏部》终篇之处，汤显祖曾经写下这么一段精彩的议论——

长安道上，大有其人，无假于仆。此直可为知者道也。夫铨人者，上体其性，下刊其情。恐门下牵于眷故，未果前诺，故复有所云。倘得泛散南郎，依秣陵佳气，与通人秀生，相与征酒课诗，满棒而出，岂失坐啸画诺耶。《语》不云乎，"斐然成章"，人各有章，偃仰澹淡历落隐映者，此亦鄙人之章也。惟明公哀怜，成其狂斐。[①]

人各有其适意，并不是所有人都对所谓"热地"心生向往、趋之若鹜，同样，不是所有人皆会因身处冷僻之境而心生黯然。一般说人各有志，汤显祖却说"人各有章"。也就是说，那些文采气韵、才情怀抱，从来就无法整齐划一、简单趋同，而是各自成章——取舍各异其趣，神情自然有别。所幸，这么一位热衷于"情之至"，痴迷于"梦之幻"，始终保有年少时"伉壮不阿之气"[②]的汤显祖，其"狂斐"之成已然见诸生涯，更形于文章。而其中那些"偃仰澹淡历落隐映"的点滴情致，便是洒落于笔墨字句，终不能灭的所谓"真气""奇气"——是汤显祖独有的意趣神色，也是晚明所特有的光色潋滟。这也正如汤显祖自己所说，"性乎天机，情乎物际"[③]，是之谓也。

---

① （明）汤显祖著，徐朔方笺校：《汤显祖集全编》，第1721页。
② （明）汤显祖著，徐朔方笺校：《汤显祖集全编》，第1758页。
③ （明）汤显祖著，徐朔方笺校：《汤显祖集全编》，第2007页。

参考文献

（以出版时间先后为序）

一、古籍部分

[1]（明）沈懋学:《郊居遗稿》，明万历三十三年沈有容福建刊本。

[2]（明）汤显祖撰,（明）臧懋循订:《玉茗堂四种传奇》，明刻清乾隆二十六年书业堂重修本。

[3]（清）严可均校辑:《全上古三代秦汉三国六朝文》，中华书局1958年版。

[4]丁福保编:《全汉三国晋南北朝诗》，中华书局1959年版。

[5]（明）沈德符:《万历野获编》，中华书局1959年版。

[6]（清）方东树著，汪绍楹校点:《昭昧詹言》，人民文学出版社1961年版。

[7]（清）张廷玉等撰，中华书局编辑部点校:《明史》，中华书局1974年版。

[8]杨伯峻撰:《列子集释》，中华书局1979年版。

[9]（晋）陈寿撰,（南朝宋）裴松之注，陈乃乾校点:《三国志》，中华书局1982年版。

[10]（清）钱谦益:《列朝诗集小传》，上海古籍出版社1983年版。

[11]郭绍虞编选，富寿荪校点:《清诗话续编》，上海古籍出版社1983年版。

[12]（明）徐渭撰:《徐渭集》，中华书局1983年版。

[13]（清）王应奎撰，王彬、严英俊点校:《柳南随笔续笔》，中华书局1983年版。

[14]（清）洪昇著，徐朔方校注:《长生殿》，人民文学出版社1983年版。

[15]（清）方玉润撰，李先耕点校:《诗经原始》，中华书局1986年版。

[16]（汉）王充著，黄晖撰：《论衡校释》，中华书局1990年版。

[17]程树德撰，程俊英、蒋见元点校：《论语集释》，中华书局1990年版。

[18]（清）朱彝尊著，姚祖恩编，黄君坦校点：《静志居诗话》，人民文学出版社1990年版。

[19]（明）阮大铖撰，徐凌云、胡金望点校：《阮大铖戏曲四种》，黄山书社1993年版。

[20]（汉）刘安编，何宁撰：《淮南子集释》，中华书局1998年版。

[21]（清）温汝能纂辑，吕永光等整理，李曲斋、陈永正审定：《粤东诗海》，中山大学出版社1999年版。

[22]（宋）苏轼著，（清）冯应榴辑注，黄任轲、朱怀春校点：《苏轼诗集合注》，上海古籍出版社2001年版。

[23]（唐）释道世著，周叔迦、苏晋仁校注：《法苑珠林校注》，中华书局2003年版。

[24]钱仲联主编：《清诗纪事》，凤凰出版社2004年版。

[25]（清）顾祖禹撰，贺次君、施和金点校：《读史方舆纪要》，中华书局2005年版。

[26]唐圭璋编：《词话丛编》，中华书局2005年版。

[27]（清）谈迁著，罗仲辉、胡明校点校：《枣林杂俎》，中华书局2006年版。

[28]（明）吕天成撰，吴书荫校注：《曲品校注》，中华书局2006年版。

[29]方祖猷、梁一群、[韩]李庆龙、潘起造、罗伽禄编校整理：《罗汝芳集》，凤凰出版社2007年版。

[30]（清）钱谦益撰集，许逸民、林淑敏点校：《列朝诗集》，中华书局2007年版。

[31]（清）王士禛撰，袁世硕、王小舒点校：《渔洋诗集》，齐鲁书社2007年版。

[32]（清）黄宗羲著，沈芝盈点校：《明儒学案》修订本，中华书局2008年版。

[33]（明）王守仁原著，（明）施邦曜辑评，王晓昕、赵平略点校：《阳明先生

集要》，中华书局2008年版。

[34]（明）袁宏道著，钱伯城笺校：《袁宏道集笺校》卷六，上海古籍出版社2008年版。

[35]俞为民、孙蓉蓉主编：《历代曲话汇编：新编中国古典戏曲论著集成·明代编·第三集》，黄山书社2006年版。

[36]（明）汤显祖著，（清）陈同、（清）谈则、（清）钱宜合评：《吴吴山三妇合评牡丹亭》，上海古籍出版社2008年版。

[37]俞为民、孙蓉蓉编：《历代曲话汇编：新编中国古典戏曲论著集成·近代编·第三集》，黄山书社2009年版。

[38]（明）汤显祖著，钱南扬校点：《汤显祖戏曲集》，上海古籍出版社2010年版。

[39]（清）杨恩寿撰，王婧之点校：《词余丛话》，岳麓书社2010年版。

[40]（清）黄仲则著，蔡义江等选注：《黄仲则诗选》，中华书局2011年版。

[41]（清）沈德潜著，潘务正、李言编辑点校：《沈德潜诗文集》，人民文学出版社2011年版。

[42]邓子勉编：《明词话全编》，凤凰出版社2012年版。

[43]（唐）李贺著，吴企明笺注：《李长吉歌诗编年笺注》，中华书局2012年版。

[44]（梁）刘勰著，黄叔琳注，李详补注，杨明照校注拾遗：《增订文心雕龙校注》，中华书局2012年版。

[45]（明）王骥德著，陈多、叶长海注释：《曲律注释》，上海古籍出版社2012年版。

[46]（明）屠隆著，汪超宏主编：《屠隆集》，浙江古籍出版社2012年版。

[47]张寅彭选辑，吴忱、杨焄点校：《清诗话三编》，上海古籍出版社2014年版。

[48]（明）张岱著，夏咸淳辑校：《张岱诗文集》（增订本），上海古籍出版社2014年版。

[49]（清）潘乃光著，李寅生、杨经华校注：《榕阴草堂诗草校注》，巴蜀书社2014年版。

[50]杜书瀛译注：《闲情偶寄》，中华书局2014年版。

[51]李剑国辑校：《唐五代传奇集》，中华书局2015年版。

[52]（清）王夫之等撰，丁福保辑：《清诗话》，上海古籍出版社2015年版。

[53]（明）汤显祖著，徐朔方笺校：《汤显祖集全编》，上海古籍出版社2015年版。

[54]李雷主编：《清代闺阁诗集萃编·天游阁集》，中华书局2015年版。

[55]（清）邵晋涵撰，李嘉翼、祝鸿杰点校：《尔雅正义》，中华书局2017年版。

[56]陈广宏、侯荣川编校：《明人诗话要籍汇编》，复旦大学出版社2017年版。

[57]（魏）王弼、（晋）韩康伯注，（唐）孔颖达疏，于天宝点校：《宋本周易注疏》，中华书局2018年版。

[58]（梁）顾野王撰，吕浩校点：《大广益会玉篇》，中华书局2019年版。

[59]（明）蒋一葵撰，吕景琳点校：《尧山堂外纪（外一种）》，中华书局2019年版。

[60]中国戏剧研究院编：《中国古典戏曲论著集成》，中国戏剧出版社2020年版。

二、著作部分

[1]张友鸾：《汤显祖及其〈牡丹亭〉》，上海光华书局1930年版。

[2]赵景深：《读曲小识》，中华书局1959年版。

[3]侯外庐：《论汤显祖剧作四种》，中国戏剧出版社1962年版。

[4]鲁迅：《中国小说史略》，人民文学出版社1973年版。

[5]徐朔方：《论汤显祖及其他》，上海古籍出版社1983年版。

[6]黄文锡、吴凤雏：《汤显祖传》，中国戏剧出版社1986年版。

[7]龚重谟、罗传奇、周悦文:《汤显祖传》,江西人民出版社1986年版。

[8]胡忌、刘致中:《昆剧发展史》,中国戏剧出版社1989年版。

[9]周育德:《汤显祖论稿》,文化艺术出版社1991年版。

[10]黄芝冈著,吴启文校订:《汤显祖编年评传》,中国戏剧出版社1992年版。

[11]徐扶明:《汤显祖与牡丹亭》,上海古籍出版社1993年版。

[12]徐朔方:《晚明曲家年谱》,浙江古籍出版社1993年版。

[13]徐朔方:《汤显祖评传》,南京大学出版社1993年版。

[14]邹元江:《汤显祖的情与梦》,南京出版社1998年版。

[15]孙崇涛:《风月锦囊考释》,中华书局2000年版。

[16]郭英德:《明清传奇戏曲文体研究》,商务印书馆2004年版。

[17]程芸:《汤显祖与晚明戏曲的嬗变》,中华书局2006年版。

[18]任半塘:《唐声诗》,上海古籍出版社2006年版。

[19]陈永正:《岭南诗歌研究》,中山大学出版社2008年版。

[20]叶长海主编:《〈牡丹亭〉:案头与场上》,上海三联书店2008年版。

[21]左东岭:《李贽与晚明文学思想》,人民文学出版社2010年版。

[22]牟宗三:《从陆象山到刘蕺山》,吉林出版集团有限责任公司2010年版。

[23]郭英德:《明清传奇史》,人民文学出版社2012年版。

[24]徐永明、[新加坡]陈靝沅主编:《英语世界的汤显祖研究论著选译》,浙江古籍出版社2013年版。

[25]钱志熙:《唐诗近体源流》,北京大学出版社2015年版。

[26]邹元江:《汤显祖新论》,上海人民出版社2015年版。

[27]江巨荣:《汤显祖研究论集》,上海人民出版社2015年版。

[28]华玮:《走近汤显祖》,上海人民出版社2015年版。

[29]毛效同编著:《汤显祖研究资料汇编》,上海古籍出版社2016年版。

[30]徐扶明编著:《牡丹亭研究资料考释》,上海古籍出版社2016年版。

[31]吴承学:《晚明小品研究》修订本,北京大学出版社2017年版。

[32]罗宗强:《明代后期士人心态》,中华书局2019年版。

［33］王瑜瑜:《深情与梦幻——从〈牡丹亭〉到〈临川梦〉》,文化艺术出版社2022年版。

三、论文部分

［1］泖东一蟹:《汤临川四梦传奇考》,《小说月报》1913年第4卷第6号,商务印书馆1913年版。

［2］李慈铭:《汤玉茗传奇压倒元人》,《文艺杂志》1915年第3期,文艺杂志社1915年版。

［3］效公:《中国莎士比亚——汤显祖》,《申报》1941年11月27日。

［4］赵景深:《读汤显祖》,载《明清曲谈》,古典文学出版社1957年版。

［5］戴不凡:《纪念汤显祖》,载《戴不凡戏曲研究论文集》,浙江人民出版社1982年版。

［6］金紫光:《和莎士比亚同时代的伟大戏剧家汤显祖》,《北京日报》1959年6月6日。

［7］徐朔方:《汤显祖的生活、思想和创作——〈汤显祖全集〉前言》,《人民日报》1962年3月21日。

［8］吴新雷:《论戏曲史上临川派与吴江派之争》,《江海学刊》1962年第12期,江苏人民出版社1962年版。

［9］钱南扬:《汤显祖剧作的腔调问题》,《南京大学学报》1963年第2期。

［10］黄天骥:《汤显祖的文学思想——意、趣、神、色》,《中山大学学报》1963年第1、2期合刊。

［11］徐朔方:《汤显祖与莎士比亚》,《社会科学战线》1978年第2期。

［12］赵景深:《汤显祖传》,载《曲论初探》,上海文艺出版社1980年版。

［13］叶长海:《沈璟曲学辩争录》,《文学遗产》1981年第3期。

［14］叶长海:《汤显祖与海盐腔——兼与高宇、詹慕陶二同志商榷》,《戏剧艺

术》1981年第2期。

[15] 徐朔方:《汤显祖和利玛窦》,《文史》第12辑,中华书局1981年版。

[16] 徐朔方:《关于汤显祖、沈璟关系的一些事实》,《戏文》1981年第4期。

[17] 徐朔方:《汤显祖和沈璟》,《文学评论丛刊》第9辑,中国社会科学出版社1981年版。

[18] 蒋星煜:《寻其吐属、如获美剑——纪念汤显祖逝世三百六十五周年》,《上海戏剧》1982年第4期,上海文艺出版社1982年版。

[19] 徐朔方:《汤显祖的思想发展和他的"四梦"》,《戏曲研究》第9辑,文化艺术出版社1983年版。

[20] 俞为民:《也谈汤显祖剧作的腔调问题——与徐朔方先生商榷》,《江苏戏剧》1983年第4期。

[21] 俞为民:《重评汤沈之争》,《学术月刊》1983年第12期。

[22] 江巨荣:《汤显祖——格韵高绝的戏曲家》,《文史知识》1984年第3期,中华书局1984年3月。

[23] 朱万曙:《沈璟三考》,《戏曲研究》第21辑,文化艺术出版社1986年版。

[24] 蒋星煜:《汤显祖研究的反思》,《上海戏剧》1987年第1期,上海文艺出版社1987年版。

[25] 郭英德、李真瑜:《论汤显祖文化意识悲剧冲突》,《戏曲研究》第24辑,文化艺术出版社1987年版。

[26] 张新建:《徐渭与汤显祖》,《戏曲研究》第27辑,文化艺术出版社1988年版。

[27] 孙永和:《论汤显祖在戏曲理论史上的地位》,《戏曲研究》第28辑,文化艺术出版社1988年版。

[28] 黄仕忠:《明代戏曲的发展与汤沈之争》,《文学遗产》1989年第4期。

[29] 吴承学:《江山之助——中国古代文学地域风格论初探》,《文学评论》1990年第2期。

[30] 饶龙隼:《论汤显祖的二重文学观》,《中国古代、近代文学研究》1991年第6期。

［31］韦海英、张见:《汤显祖的情哲学及其展开》,《戏曲艺术》1991年第4期。

［32］叶长海、孙以侃:《汤显祖》,载胡世厚、邓绍基主编《中国古代戏曲家评传》,中州古籍出版社1992年版。

［33］吴国钦:《改革派·创新家·开拓者——论汤显祖》,《中华戏曲》第14辑,山西古籍出版社1993年版。

［34］周维培:《沈璟曲谱及其裔派制作》,《文学遗产》1994年第4期。

［35］刘彦君:《论汤显祖的自由生命意识》,《文学遗产》1997年第1期。

［36］程芸:《论汤显祖"师讲性,某讲情"传闻之不可信》,《殷都学刊》1999年第1期。

［37］左东岭:《阳明心学与汤显祖的言情说》,《文艺研究》2000年第3期。

［38］［日］根山彻:《〈还魂记〉在清代的演变》,《戏曲艺术》2002年第4期。

［39］赵山林:《"临川四梦"文学渊源探讨》,《文学遗产》2006年第3期。

［40］解玉峰:《从全本戏到折子戏——以汤显祖〈牡丹亭〉的考察为中心》,《文艺研究》2008年第9期。

［41］姚小鸥、李阳:《〈牡丹亭〉"十二花神"考》,《文化遗产》2011年第4期。

［42］曾莹:《〈春阳曲〉与〈牡丹亭〉——兼论声诗与戏曲之间的关联性问题》,《文化遗产》2014年第6期。

［43］杜桂萍:《从"临川四梦"到〈临川梦〉——汤显祖与蒋士铨的精神映照和戏曲追求》,《文学遗产》2016年第4期。

［44］曾莹:《汤显祖〈紫箫记〉〈紫钗记〉声诗笔墨探微》,《戏曲研究》第102辑,文化艺术出版社2017年版。